江蘇地方詩文總集叢刊

曲阿詩綜 曲阿詞綜

〔清〕劉會恩 輯

④

廣陵書社

曲阿詩綜卷之二十九

丹陽後學劉會恩時菴輯

國朝

貢　銘字西箴號蓉塘邑廩生著有聽雨樓詩集

矯志詩

山有猛虎不廢採樵華龍在淵舟楫逍遥烏角殞犀明珠剖蚌山雞五色乃卽羅網鳳棲枳棘驥服鹽車處非其地失足堪虞琢石爲研繅絲成線堅觳足恃久而亦變塵羹土飯畫餅誰餐以充饑渴厥用誠難斥鷃能飛枋榆決起不知黃鵠一舉千里

天門開

天門開光晶瑩掣飛電奔流星玉殿珠宫周廻數里神采炫爍不可仰視鈎陳啓而旁列華蓋垂而高蔭結璘拱河鼓鳴驅豐

隆御曜靈百神環衛閶闔清王母翩然朝玉京雲旗縹緲沆瀣
霄仙樓十二分漢津天門開混沌繫紫薇中垣天樂作三奏霓
裳陳碧落垂衣遠鑒憫此下土錫之以和風甘雨螟賊不興桑
麻無節抒誠上告親爲簡閱世方熙皞祚永昌羣黎沐浴恩波
長神功收拾希夷歲歲諦視上界遥蒼茫

古詩

白露瞑空庭寒花曉惹情愁人起獨坐感此風物變蟋蟀鳴我
階蟏蛸集我院嗟彼離心子同居不同戀簾幃邈山河衾枕隔
鄰縣令儀豈不懷嘉勳無由薦棄置愧班姬殷勤賦紙扇
明月多情輝照我西南隅纖纖挂玉鈎光彩耀雲稱東家有好
女白玉顏色殊少小織流黃善製碧羅襦一朝嫁商人棄置落
塵途空閨難獨宿永夜恒踟躕缺月有時圓人情寧不如

辭君遠行役隴首車塵紛白日既西匿青天無片雲去馬夜未息寒蟬晚猶吟嗟彼唱者兮令人感離情長路日以遠夢魂日以親惻惻慰兄弟依依憶戶庭結想不能至輾轉多苦辛

綺樓一何高洞戶紛相連中有窈窕人倚窗悵雲天青春不常駐宛轉徒自憐空閨兮夢魂含情爲誰言撫鬢日以減不覺衣帶寬厭言撫瑤瑟此曲不竟彈遠聽孤鴻鳴令人增感歎

永濟寺石壁示同遊諸子

排空險勢橫突兀寒陰積見谷不敢鑱鴻荒訝初闢軒昂巨雲路奔峭壓坤脊古色棲遠烟微光逗長碧奇疑五丁鑿巧類巨靈擘鳥道出林端苔痕上籬額嵯岈八蘿落放浪尋山展躋險愜幽素探奇訪靈迹慚無栩子才徒負米公癖但恐清景逼追摹望諸客

朝陽洞望海中初日

天雞唱曉色照耀扶桑根須臾擁火球遙挂天一痕海水羣沸揚江光互吐吞還疑祝融下操鞭策乾坤射人馮夷宮蛟龍盡懾魂其赤瑩珊瑚其晶透金盆電影夜未收閃爍開烟昏我今獲奇覽殊覺靈曜尊閒將鐵笛吹暖氣回山門

感懷

朝出城東門暮歸深竹院秋風倏然至草木色屢變樓勢挹重雲江光澹匹練青天如美人窈窕露微面而我任天和良朋恣酬宴彈棋復六博絲桐侑珍膳月上河漢橫漏壺急銀箭

自象山放舟至焦山

滄桑變易天無紀龍伯一釣巨鰲起惡風傾折蓬萊峰隨波湧至澄江底我昔登城覓奇觀海門東望蘆花灣青天突兀一峰

秀髮鬅曉錦開烟鬟此時策杖立山頂直疑呼吸通天關鶴巢掩映懸木末飛勢下攫驚人顔瘮鶴巖邊鼉出沒兩石角觝苔斕斑須臾潮響雜金鼓更有幽絶難躋攀老僧煮茗且留坐日脚倒射光朱殷舟人已催客皆散獨凭小閣芙蓉岸一聲旅雁横江飛無數征帆倚天半

隴上行送友人出塞

腰插弓衣箭在手青絲控鞍騎疾走山中杜宇啼一聲隴上行人盡回首陽關西出多黄沙塚邊白骨紛如麻君去樓蘭逢宿將莫教哀怨動琵琶

重瞻東柯

有酒不羨瑞節之酬飲有山不愛康樂之幽尋仰天粲然發大笑我與造物無古今四月新晴滿江郭風吹柳花隨意落手持

釣竿臨水涯得魚勿取恒拋却兒童齒笑牽人衣歡然問我何時歸林中片月生清輝醉弄烟霞欹竹屐胸懷浩落空城府眼看富貴如荒土留此樽前自在身長伴江山作賓主

鬻女詞

貧家小女年十五隨人奔走延門戶街頭聚看人千百問女何爲心獨苦我家積糧三年欠父爲人傭母人乳得錢償官數不足家徒四壁田荒土今秋催租吏更凶粒米欲欠命且終父母悽惶更無措鬻女勢家配家僮堂前有弟上有翁可憐不見淚眼紅

捕賊人

奸民窺伺夜作惡穴墻直入鄉居房恣情探取盡藏物家家守夜人隄防鄉村巨猾更招集坐守屋舍分餘贓昨聞東家暗組

獲縛之直送縣門旁捕八欣然快得意更索酒錢循舊例不加鞭扑賊安然主人錢盡終無濟明日公然下鄉村得錢還送胥吏門

焦山古鼎歌

寶光騰擲山林幽元精耿耿横斗牛是何神物發摧爍焦巖古鼎前人留海雲佛堂溪冥冗銅花蝕盡藍色浮何時陶鑄紀甲戌歲月荒遠從成周雷回雲紋不可辨狀偃饕餮昏蚩尤虎彝蜼敦總滅沒遺此瑰異歸林邱震雷遣護降玉女太陰下燭天吳愁魚龍旋繞攫彈壓月黑霧雨恒不收憶昔分宜初柄國神器窺竊紛奸謀頓使流禍及士族鼎居鈐山毋乃羞一朝折足傾巨猾厭棄塵俗耽江流新城尚書今作手詩傳五字風骨遒縮紙爲圖肖古式神寒骨重窮雕搜我今拜手禮佛像五體匍

伏身難抽海門風濤嗟壯絶瀟山落木吟清秋安能擲筆遠天外興酣意氣凌滄洲

長相思

長相思夢不成月光挂井梧我愁乃更生美人如玉隔千里憑欄一望風雲起寒衣未寄心慘傷刀尺縱橫手漫理君身長短寄依稀君心厚薄安能擬倦倚妝臺淚如洗

醉歌

我生不作封侯念慷慨投筆將何爲雪卧終宵守窮厄徒然攬鏡憐鬓眉寂寞芸窗暗白日北風颯拉吹墻隙挑燈起讀離騷詩唾壺擊碎終何益青氊坐擁頻叉手丈夫懷才亦無偶更殘篝火剔寒衣破除萬事無過酒左手鄭重持離騷右手閃爍開霜刀浩歌一曲凌霄漢眼看富貴如鴻毛

觀友人擊劍歌

鸊鵜淬鍔如凝霜吹毛凜冽函中藏兩手揮霍抽短囊仰視白日無晶光初疑電影流座旁倏忽騰擲森星芒滿堂寒氣人誰當銀濤乍捲來胡床壁閒遠挂音琅璫對酒不覺歌慨慷丈夫無力從戎行徒然七尺軀軒昂儒冠寂寞老益狂猶幸此物長周防送君遠適今無方出門揮涕天蒼茫

攝山棲霞寺觀禹王碑歌

洪波湔洞民其魚懷襄告儆帝曰吁崇伯已化黃熊逋司空繼起土始敷上窮積石下孟諸八年外出形容枯塗山新娶歌白狐幼子弗視聲呱呱天遣庚申降玉女支祁乃鎖龜山趺元圭告功九疇錫鼎金盡鑄魑魅圖萬方玉帛畢朝集乃敢後至余則誅當年史官紛著作詞嚴義奧當何如我嘗耽奇事遐覽孔

刪邱索非全書會稽古穴信可探靈威丈人今已無更聞衡陽立岣嶁有足不到終凡夫今秋攝山復登眺異賞時獲靈蛇珠禹碑岌嶫字奇古筆畫迴過周秦殊枝柯玉樹交珊瑚懸崖怪石形像粗蛟龍盤拏肉倔强星斗錯落雲模糊李斯程邈隷且奴破碎古體無完膚宣王史籀亦變舊石鼓底事歌韓蘇同來好手篆者吳懿山鄺子亦係傳古徒文韶張眸不省指亂畫相顧錯愣口囁嚅細視題跋僅乃識文如嶽瀆古不誣吾儒愛古有古癖譬若好貨窮錙銖况乃此碑出夏后大文天地方全局醉中得意酒更沽相與拍手羣歡呼但恐山靈厭摹搨雷轟一夕空踟躕嗚呼禹王明德天壤俱何必區區片石留庭隅

茅山曉雲歌

古來華陽洞天稱第八內有福地藏陰宫伏龍蜿蜒緣壁一千

尺昂首噓氣凌長風初疑擘絮晴空飛片片倏忽萬縷盤結虛無中金枝玉葉常捧黃帝蓋毋乃眞君羽節朝蒼穹瑞氣凝不散祥烟積猶濃倒射扶桑日一色成青紅樓臺縹緲望無際恍惚烟霧移三峰鳳翥鸞翔變滅有奇態瀟眼波瀲穿玲瓏忽焉天衣下垂立化作千朶萬朶突兀金芙蓉我疑此中有神物來往塵界恒相通便當採藥依古松乘雲遠邁上揖浮邱公

風雨中望海潮戲作短歌

北風颯拉推蓬蒿蘆花捲地飛鴻毛舟人搴舟不敢渡白浪噴湧如連鼇屏翳作惡陽侯驕往來衝擊魚龍逃百千丈纚疊相接素蜺渴飲驅雲濤我觀海水疑倒立平地何止十丈高天先沉沉海門黑一氣鼓盪恒周遭作詩濡墨意興豪况乃四壁秋蟲號尊中有酒蟹有螯此時長醉疑仙曹

吕城懷古

井中璽出炎精滅討逆無功空喋血神亭一戰走劉繇半壁江山遂分裂爾時將相說江東吳下還聞舊阿蒙咄哉子敬不解事幾曾三日識英雄謀畧從來出行伍白衣江上人搖櫓須臾六郡手持還從此荆襄非漢土功成一戰績雖高嗟爾胡爲反助曹惟有曲阿留捣壁一方保障記前勞我到秋深夜尋步鱗鱗萬室撐雲樹江山不改色依然城郭人民盡非故孫吳霸業冺無憑戰壘荒凉幾廢興廟食至今傳漢壽一杯誰復奠孱陵莫道無才徒碌碌古來人事多翻覆士生四十未成名敢向席前誇刮目

金山

萬里帆檣落兹山氣暗吞鶻巢偏有路潮浸若無根細雨分瓜

步垂雲隔海門江天堪一覽坐對亦驚魂

絕壁誰能上留雲亦有亭魚龍寒已蟄島嶼氣猶腥老樹經霜赭遙天過雨青塵心何處滌我擬汲中泠

山中採藥

一徑繞松花泉聲帶淺沙每尋巖隙路望見野人家我亦倦行役叩門言乞茶山中無一事終日伴烟霞

岡山秋眺

絕壁曉葱蘢遊人曳短筇嵐開黃葉樹風斷白雲鐘天迥剟孤塔江寒落五峰登高還眺遠慘澹抱愁容

客中酬立堂

客路久蹉跎舟行更若何暮寒黃葉減秋老白雲多月牖垂新橘風池折敗荷雙螯應入饌溪上訪漁簑

舟過金山

木落潮爭渚人歸月滿艘衆山遥對峽孤塔倒凌江薄酒未成醉疎鐘夜已撞旅情何所似數點白鷗雙

讀馬夢白西青二公詩集夢白名宇陽所著有焚餘草西青名曦號墨樵著有謔墨樵人草並東柯相若父

文釆傳遺册清名第一家山林甘隱逸父子擅詞華自可題黃絹何須寵壁紗還將冰雪意灑酒問梅花集中多詠梅詩

夜渡

估客歸心動寒舟夜雨行潮隨柔櫓下人倚片帆輕天闊霜無影江流月有聲他鄉悲所戀名利早心平

銀山

石路盤空起天門倚嶺開峰危全傴竹樹古半緣苔磬響連城

郭經聲滿釣臺更疑仙境邇清曠少塵埃

奔牛道中

客路多乘興停舟試一登河通今孟瀆地是古蘭陵到海金牛去當窗玉兔升蕭梁寥往事寂寞竟無憑

龍挂

一吸連江漢蟠拏浪幾層溪雲如倒立野水盡飛騰攫爪寧無用攀鱗或可乘何當超域外六月息鯤鵬

聞緬甸捷音

亂德曾聞說九黎妖星今敢犯天西七擒漢相紆籌策六月周師動鼓鼙銅柱遠標蠻雨黑滇池秋冷瘴雲低請纓何必皆年少倚劍長空拂紫霓

和馬東柯黃鶴樓眺望之作

高樓百丈倚征夫萬里江天擁畫圖衡嶽翠峰凌楚塞洞庭支派坼彭湖魚龍夜櫂浮光滿風雨寒窗客影孤歌到陽春誰屬和君應問我有詩無

丹徒宮弔宋武帝

舊跡彭城膽氣殊軍前力戰走孫盧微行已拾青衣藥王氣遥延赤伏符一代英雄歸草澤百年事業起樗蒲新洲龍子今無恙莫更人間說寄奴

過賀黃公墓

生不成名死不休騷壇塞耳屈詩流（黃公讀書以絮塞耳）身歸大漠墳三尺才盡荒原土一邱風雨幾殘寒月夜松杉深護暮雲秋只今載酒園林內魂魄依依憶舊遊

郡城雜詠

京江形勢甲中原卧聽軍營鼓角喧淮海南來資管鑰岷峨東下列屏藩城開鐵甕雄旗滿地控金陵虎豹繁北固名山稱第一至今安穩奠黎元

劉家宮殿一朝傾休道南徐北府兵龍虎儀容歸正朔貔貅將士列空營風吹古渡蘆花暗潮落新洲劍氣平莫恨建康徒負議褚淵何事更先迎

烽火連天羽檄馳倉皇北固更何之元嘉枉自開邊釁道濟安能起視師歸燕莫巢楊子驛神鴉永護佛貍祠英雄稱弟斜陽樹最是傷心草罹時

登錫山頂望太湖

具區終古浸淵渟吳越山川滿眼青澤國波濤春浩浩海天風雨晝冥冥蘆邊一水吞陽羨雲裡雙峰揷洞庭極目滄溟原咫

尺瀨舟葉葉似浮萍

漢武

甘泉烽火接龍堆五夜清聲畫角哀宛馬未隨筇杖入金城猶向玉門開孔桑心計司農最衛霍勳名上將才萬里河源窮落日漢家何事棄輪臺

閨怨

思君不敢言自覺春衣緩深夜悄倚簾窺見月華滿

西溪偶步

鶯聲帶雨初咽燕剪當風欲斜蒲徑落花春晝小橋流水人家

長門怨

月冷霜高寂寞春宮中不到已生塵可憐金屋忘前約猶待丁寧作賦人

半山亭

晚渡青溪水一灣，春風花柳自幽閒。空亭冷落無人問，羞說題名是半山。

凉州詞

北渡桑乾塞草黄，凉秋幕外擁刀光。可憐一夜邊城角，吹落征人馬上霜。

何麟東 字東來，號練湄，太學生，援例候選知縣

自甘州歸途漫興

迢迢鄉國六千餘，無那春歸花事虚。塞上柳綿看歷亂，故園桃李應稀疎。愁懷不爲傷多病，旅思非關感獨居。忽聽曉鐘烟嶼外，又隨殘月過村墟。

潼關曉發

崎嶇歷盡重徘徊，百二城高夜漏催。太華鐘鳴三晉曉，潼關日射二陵開。愁牵秦嶺和雲斷，夢落黃流入塞來。幾度風塵勞遠涉，不堪重聽暮笳哀。

月夜聞笛

何人旅邸暗悲秋，一笛風清月滿樓。憶得廣陵橋廿四，簫聲吹上木蘭舟。

黄　援 字濟美，號蘭溪，乾隆甲寅舉人，歷署臨縣、嶧縣知縣。

次姜子春勝得令弟晨蔚闈中書却寄原韻

聞說班生幕府新，典文芸署筆如神。風流羨爾凌雲客，詩酒仍予卧雪人。千里書迴汀畔雁，書係汀州行署郵寄。一枝梅寄旅中身。何時握手重相話，吟對江南二月春。

巽受祉 字景岐，號懿山，嘉慶戊午舉人，景山教習，任欽縣教諭。

贈德州祝鍊師

瀟灑標清韻丹成未易形棋經傳石屋書法本黄庭玉館通仙籍壺天隱曜星願師關令尹同與攄青冥

白燕

一桁梨花是也非參差雪羽故依依露凝清索聲偏細月淡黄昏影入微玉剪漫裁西子袖珠簾輕曳素娥衣春風得意休相妬同向瑤階取次飛

同友人往潭渡看桃花口占

頻年抱病負韶華說着登臨興倍賒自笑塵踪如柳絮不知春事已桃花連雲甲第新祠宇潭渡有黄氏祠極壯麗傍水樓臺舊酒家吟眺却忘歸路晚紫騮馱醉夕陽斜

莫愁湖凉亭

莫愁湖上水連空舊日涼亭草樹封燕子不來鶯又老簷烟斜日一樓鐘

山色湖光漾碧穹昔年亭館半塵封朝雲夢斷巫山杳又值華嚴起暮鐘

畦錫祚字文若號西疇嘉慶戊午舉人選銅陵教諭

題麥舟圖

今人重黃金昔賢敦古誼每過麥舟橋停橈一遊憩欽仰二公風邈若居上世受者不傷廉與者不傷惠父子妙同心友朋免留滯屈指贈舟年今經七百歲土人爲余言石公多苗裔春秋遣祭時清風動蘭桂范氏更蕃昌誠哉金石契書此貽後昆何人能善繼

經山寺

欲認前朝寺夷猶石徑閒經壇收宿雨梵響徹春山日照金牛
出風吹銀杏閒茗香僧入定無夢到塵寰

懷顧敬庵即次贈別元韻

與君一離別使我常沉吟旅店三更夢孤燈萬里心詩情塵外
遠交誼客中深此日燕山鶴又鳴何處陰

送林蔭莊由洛陽之湖北老河口軍營

驛路蕭蕭征馬鳴西風黃葉動離情從來舊雨難爲別況值新
知又送行千里雲山京洛勝三秋水月楚江情如今小范飄然
去對酒誰談腹内兵

夢歸家鄉

蕭蕭春雨送春愁忽到家園醉小樓啼鳥一聲驚夢破始知身
在信陽州

周鳳翹字翔梧號春巖嘉慶辛酉舉人官甘泉訓導

雨泊

秋雨曙光遲雞聲出坰郭衰柳風蕭蕭中有扁舟泊掠水一燕飛打窗片葉落談深積霧開坐久客衾薄呼童催煮茗聊代深杯酌

老泉硯歌用東坡龍尾硯歌韻

物以罕見愈珍惜礪有精金璞有璧宋之龍尾唐紫雲一代所寶異其右老蘇當日際清時抽秘騁妍舒英辭書成鉅編二十一從此歐韓深相知默質泓潤淨無垢助公揮灑龍蛇有含精韜采何其深青鐵藝文瞠然後清晨棐几嘗生雲新試隃麋不染塵當其二十七歲研磨日詎料七百載後傳其人可知陶泓務精擇大筆淋漓恣點畫君不見鳳味涵星什襲藏時煩坡公

作歌寓區別

摭港偶作

辟壤停踪久寒堤近可過天風雄挾海竈雪冷熬波簷溜煎茶

蟚蜞螯上市多齋中閒照鏡喜未鏡全皤

舟泊滄洲月夜聞笛因索香醉大兄和韻

邂逅相逢未識荆何期吳越共歸程忽聞水上龍吟遠頓覺舟

中鶴夢清殘月曉風倍惆悵異鄉同調盆和平莫教吹徹梅花

引悵觸離人無限情

雪後至邪江北城外偶成

肩輿侵曉北城隅雪後風威冷射膚畫舫無人歌斷岸青帘有

女倚寒爐白鷗失素吟傳謝銀海生花句憶蘇便欲穿林訪海

塢新春繁蕊巳爭敷

賀翼字仕詒號旦菴布衣

題八中公暨于孺人行述後

萬里尋親日兵戈擾擾時途窮天地窄身没鬼神知遺骨藏燐火深閨助孝思蹁行無別語老母慎扶持

暗泣淚痕斑承懽強笑顏固知成死別猶擬得生還白雪歸明鏡黃雲蔽遠山高堂問遊子爲答在人間

塞上曲

萬里離家郎雪山十年猶未覩力環深閨莫倚樓頭望不報君恩誓不還

射虎歸來氣正雄獨提長纛舞西風樓蘭懸首男兒事肯向同袍說戰功

詠史

誅戮胡藍雖有因一生做漢忌勳名蕭曹絳灌無遺種若個能
消靖難兵

張景桂字香銓號丹崖嘉慶辛酉順天舉人

謁劉王墓小憩茅菴

三茅烟雲合一路柳花香石徑蒼苔滑山坳古墓荒大江東去
遠幽寺日中涼汲澗瀹新茗支公清味長

錢塘江曉發

歸夢初驚暗自傷時丁內艱又乘朝霽渡錢塘櫓搖殘月冲寒浪雁
唳空江憶曉霜山勢萬重連百粵水源千里接三郚莫愁前路
灘行緩碧巘青溪引興長

吉士琦字幼韓號省菴嘉慶辛酉舉人

題孔東塘傳奇

東林名士本風流况自夷門公子侯水榭旗亭渾似昨月明歌起木蘭舟

青娥二八破瓜辰玉管金簫度曲新一自干戈零落後相逢都作夢中人

鄉生舌本似瀾翻多少興亡杯酒論今日江湖餘白髮漁翁猶自話開元

武昌營外月初三倚酒長歌興正酣人世不堪傷往事天涯回首失東南

家住青樓大道邊舞衫歌扇舊時緣棲霞勝似胭脂井天女維摩總解禪

翁緣瓜葛影重重尺素拈來興正濃阮馬引來無恙否使君詩日到蘇淞

貢成性 字南陵號靜臣太學生

仝劉大時菴謁陳少陽墓

宋室已偏安上書仍切齒汪黃迫高宗罪以太辟擬逆同歐陽生捐軀臨安市李猷贖其屍返葬歸故里其地曰桐村佳城鬱然起龍回大結束歸堂有四水少陽陳公墓過客咸共指余家近墓旁景行時仰止春露復秋霜椒漿奠石几拜跪多畸人不獨一陳氏訪古具深識陽邑讓劉子劉子精考證文獻搜桑梓勒成書一編邑誌相表裏詩綜羅古今表彰心獨矢授徒來荒村子姪得正軌與余時過從秋毫晰名理忠孝報君親聞之即色喜歲歲必邀余同拜墓前址松柏蔭森森墓碣其徒倚歷歷溯賢奸放懷論宋史公論在太學時勢值如此非公越俎謀伏闕作偏始逮乎都南遷宵小益無耻從此和議成半壁江山圯

何勞身後邮贈官榮銘誄祭墓亦有文賜田褒主祀劉子論誠允余深契其旨方悟忠義人必拜忠義士

束南蕭字虞琴號景部附貢生　景部年伯博極羣書所作詩古文辭皆有關係非芟芟於風雲月露者可比其學與識勝人遠矣

蝙蝠謠

獸而不獸禽而不禽形猶如此矧問其心　心險迹詭爲世所病遇明則伏遇暗則出　晝伏夜見鼠輩難防胡爲變化倏爾飛翔　雖則飛翔性猶是鼠汝弗驕吾吾今識汝

景岐吳大過訪小酌即事

故人遠相訪一見歡平生聯韻短長句對酒更怡情樂事苦夜短暘月倏倒行揮杯但極歡不覺到五更含醉入卧榻喔喔聞雞鳴

義猴

城西有畜猴者其人死猴伏尸大慟守護甚謹若子弟然見人輒跳躑悲號有求殯之意既殯遂不食而死君子曰此人所鮮能者因爲詩以義之

孝義天下重古人誰伯仲獼猻一獸耳奇傑偏出衆昔在紫霞巖時卧白雲洞忽然履塵世若馬受羈鞚哺養何殷勤今得免饑凍恩報罔極思萬里天宇空誰知養狙者長逝乃如夢四顧相識稀窮途誰可控清淚橫闌干臨風一號慟地下永從君窀穸遠相送嗟哉尾君子若抱蓼莪痛勁節凌秋霜王孫豈蚩弄想是餌靈砂因之豁愚瞢人苟不如是未免胡猻諷

練湖觀荷卽贈秀三上人

師未任湖亭一望皆青草師既任湖亭萬頃蓮花好蓮昔何所

往蓮今何所來問蓮蓮不語曰向烟波開界湧釋迦奇池現神
光巨花爲生公來蓮花應我許

仝何氏諸子泛舟至道人墩即事

雨後湖水集一望無涯涘翛然雲樹中行人手遥指隱隱有隹
城墩名道人是何子往祭掃邀我泛清泚澄澂寶鑑開周廻四
十里樹影多參差山色映青紫最愛湖心亭竹木秀而時放舟
至中流人聲隔渺瀰忘機狎鷗鷺聞香辨蘭芷長幼共笑語樂
此風日美此境清我心此水洗我耳須臾近古墩舟子沙頭艤
名[illegible]蒼筅蓬壺儼相似勝地鬱松杉氣吞一湖水拜墓繼飲
侑酌我以酒酣事畢賦歸歟惟恐日移晷回舟蕩漣漪我興猶
未已忽見驚風發無端大波起嶋夷肆顛狂天吳弄奇詭罔象
復凞濞飛出琴高鯉滿舟皆失色變幻倏如此中有齒德尊閑

目不能視我時醉興豪欲附純陽子洞庭且飛過視此僅尺咫
果然破浪行到岸疾如駛回望道人墩依約烟雲裏

林長増際泰年十四入泮詩以勗之

舉世重修名其實却難副愚者得之喜賢者見而懼汝年僅成
童入學肄習雅觀者如堵墻嘖嘖嘆世寡莫恃天資好經史山
岳集莫恃年華富轉瞬四五十莫恃名可常一蹶嗟何及所以
古偉人勤勤在自立
君子戒浮氣浮則心不入沉潛志乃専探討靜温習君子戒驕
氣驕則心不下惟虚受益多盛滿衆所咤君子戒怠氣怠則心
不振鋭意爭寸陰一簣在精進可以造淵博可以取青紫猛着
祖生鞭功自今日始
聖朝重經術妙用士所須出世建偉績繕性爲純儒精華發爲

文字字皆膏腴鑑古讀諸史善惡分褒誅小說蕩人志一見當
目毋外此惟詩古源流宗大雅雄奇唐李杜瑰麗漢司馬餘力
摹鍾王臨池去苟且已學不可忘未學不可住幼小責猶寬成
人莫汝恕唐有張童子昌黎進以道汝今勉乎哉發奮當及早

製端硯成

琳腴巧琢成光芒射牛斗一泓寒碧姿笑指烟雲有我昔愛名
山名山落吾手怡情筆墨間得此作良友

驛馬嘆

雲陽驛馬有來自西北者虎胸麟腹即壯士不能馭且
食盡一石更奪諸馬之食馬盡餓圉人以其食之多而
又不可用也鬻諸坊間令負磨碾穀已復曳磨怒出圉
人殺之見胸下有龍鱗數寸乃知是龍種也因作驛馬

嘆

客談驛馬爲馬悲燒剔刻絡無不爲吾春游牧失所宜芻粟曰限常苦饑羸弱大半誰可騎忽從西北得神馬旋毛勁骨色如赭腰褭騊駼何足論萬里風雲出蹄下暄鞍且笑將軍假（謂壯士李）公國人又豈知馬者擬以大用倘不虞反曰無用是可屠食奪諸馬盡而不供馳驅奴輩羣起戕其軀天乎天乎爾生此馬胡爲乎

兔盡烹走狗鳥盡藏良弓功業已樹死亦雄縱使沙塲先暴骨英風萬古流蒼穹胡爲流離顛沛老廐下命懸斂豎命乃窮良馬追風還逐日爲問伯樂何時出

謂馬何必悲坎坷我今獨曰爾之過大宛山深邃入境水草豐美食且卧不然入世急自貶斂才從俗忍寒餓明哲者保身詎

不遠摧挫驥足思一展遂爲世所涴君不見騶馳産北海櫪下伏駑駘一飲一食幸無罪逍遥偏得大自在

打冰行

黄雲城邊風色惡天寒雪片如手落大河風緊水無波波面嶙峋起銀鍔官船下令急如火縣捕丁夫斧斤鑿鑿開復合冰峩峩墮指裂膚面如削使君縱欲碎堅冰無奈窮簷布衣薄此時使君擁狐裘氍毹縱酒飲羊酪儼然笑傲凌滄洲試問嚴寒幾人樂

馬陵觀燈有感次於子亦川原韻

此地昔日燈成市今春復耀都人士八聲鼎沸西北隅山村蔓衍數十里登高縱目遠近收燭天光燄因風起乍隱乍見遥月華半迎半送羅星紀溪頭照瀲灩空明魚龍驚醉碧流水忽發

感慨猬入中燈雖與昔爭豪雄誰爲之首爭相從大士法相珠
絡籠豈欲爾輩誇玲瓏耗費爾穀千萬鍾競言菩薩馭飛龍燈
輿若願輸陳紅精誠上格蒼旻通十日一雨五日風田蠶收倍
室不空任爾盈止揄且春含哺鼓腹歌三農不愁蠶盡鎖冒峰
阜財盡卜五綵桐與衣稱貧心盈恭何取破產敢叢宗親朋駢
集遍村野望風勢若山雲爲車馬塡門日用繁費中置矣誰人
假觸籓進退人不知祗博觀燈說妍冶鄉鄰來約隨靈璈繞湖
胼胝迎風濤食僅一簞飲一瓢通宵奔走逐烟飄歸來賓客逸
輿高傴僂欲矚覷陸毫伴客不得覓巾袍日夜纏擾中心搖捲
地人來千萬隊前推後擁衣裳碎遺簪墮珥無處尋億兆喧闐
稱勝慨忽聞金鼓動地來野老失足仆塵埃小兒散失不得迴
野塘擠落數難枚一國若狂聲如雷呼爺喚子何悲哀少年結

黨隨燈步狼奔豕突沿村度無端瞥見免冠搶一語不合肆其怒草竊奸究識機變擬囊不怕生人面更有昏期不及防蔓草扶蘇伺其間大士端坐那得聞到處惟看金碧眩落伽登翠臨重溟清淨寂滅成[illegible][illegible]鄉人強欲鬧塵喧慈悲豈與世無營火坑推落如馬陵燈實致之嗟且驚徒然熠耀排空星大士赫怒居幽冥莫求福祿降郊坰況不因諂否始傾天有定數最分明惟應修德常戰兢苦臘萬狀情難述青爐芳歧餘酸瑟無益有損不可行何必華燈推第一村中假若稱富饒益寡裒多太平日古來積善慶有餘賑恤孤貧賙白髮奈何燈火繼前年空擲虛名歎癡絕目前祇覺爭心生將來不顧鶉衣結息蜡吹豳古有經誰說報功非佞佛於子有護持端的賴神明本爲報功非佞佛之句於子作歌頗自豪敘事縱橫讀無數我今叠韻告鄉人停燈自有安貞吉於本

川大用外排以宏麗勝斯則一翻前案
立意以垂戒也俗爲主故並存之

漢劉褒北風圖

是何噫氣神力巨忽解煩襟滌炎暑誰知博汜生畫圖滿堂快欲乘風舉博物志載劉公褒漢室可許入中豪蜀郡出守展經濟延熹觀政心焉恫直臣遺棄李與杜黨錮書名在王府虐焰方張勢燎原安得清凉生殿宇古人綸事不可輕下筆何愧天機精此更寄意深且遠不獨神妙高羣英我生南方苦炎熾思圖已釋心憔悴何況颯颯張高堂當之不減披襟思劉公别有雲漢圖能使凜冽消紅爐北風一幅亦公手意境迥然分兩途倘邀其京紛雨雪欲斂寒威雲漢設暑來惟有北風圖快哉一解炎氛熱

天下第一泉歌

揚子江頭浪翻雪金鼇永鎮蛟龍穴中有淵然至味藏天地精靈久蟠結我來爲訪中冷泉揚帆不避洪流決蒼茫一片無處尋祇覺禪林逈幽絕江上忽逢憨道人特指眞泉爲我說欲携銅絣往取之當援郭璞波心凸鬼神珍惜人不知子午二時藏秘訣石窟取出窈無底咽若醍醐吐芳烈不覺仙風兩腋生一時洗盡塵心熱乃知位置有神妙珍奇豈肯輕漏洩山下出泉何足奇澤上有水自有別况今知味果屬誰估客漁子競高潔徘徊磯畔思古人贊皇卓識稱英傑

相馬篇　物色駿材也

相士品揀金相馬骨充鐵老髯奚官雖見慣淑慝無人敢施別月鞴錦幛飾駑駘誰信空群有英傑古有伯樂世所寡至性由來識天馬不必追風逐電時巨眼先能辨眞假君不見卓立不

動擯四蹄矯矯龍性自不迷但使天機得其精何妨牝而黄者之爲牡而驪騏驥奮然起誓不負知己瘦骨銅聲何處敲横門道上幾千里

識曲引 辨正文體也

陽春白雪誰能歌下里巴人和者多曼聲動人有韓娥繞梁三日雍門過遏雲妙技一任他悲難聲律鳴天和猛如伊凉鐵騎揮金戈柔如兒女纏綿唱采荷蕩如桐峰撫瑟漾海波悲如披髮行吟汨羅參差間出寧無訛辨正音節者誰何古惟李札號知樂曠識新聲乃英卓凡音之起通乎文是在先覺覺後覺

書估行 購求異書也

我欲訪宛委金簡玉書幽秘旨會稽山深惝悦遊龍蛇守護烟雲詭我欲探酉陽秦人千卷於此藏自經祖龍劫灰後經義漫

漫長夜長遠求近索無一可閑關精思恃有我忽見書估扁舟
來縹囊緗帙重重裹夢蘇思與古人接買來如得珍珠顆他日
蘭臺石室閒精研更現燃藜火

河兵謠 咨訪河務也

我行至河濵一望驚四溝河兵忩河務縷縷為我陳黃河道常
改遷徙無定在今始南入淮雲梯關入海濁強黃勢驕清弱淮
流涴力築高家堰障之使東滙藉淮以制黃厥功自百倍運道
可不梗迄今幾百載無何積沙淤勢難達尾閭黃逆入清口奔
注洪澤湖湖淮復挾黃湧灌高寶途民抱為魚憂何以通輓輸
徘徊不必頻搔首安瀾惟恃 迴瀾手治源先葺歸仁堤殺流急
宜濬海口半使水由地中行衽席之安可長久

麥舟橋懷古

渡頭楊柳東風急波光帶雨春帆濕范氏高風何處留小橋倚杖徘徊立緩急誰堪足恃者推解交情世所寡但恐年深事失真徒勞遍訪來堤下來公因以名其橋（初名七里橋嘉靖間知縣來汝賢改名麥舟橋）麥舟古誼今遥遥我來一度一回首鄙吝忽逐溪雲消俯仰蒼茫無限意當年勝蹟橋空記散步斜陽大道邊老人猶說忠宣事

甲子暮春林子愚軒得陳少陽壁中遺硯

舊坑黑端宋已竭近世爭誇紫花發此石驚看世所稀蒼龍蟠結雲興浡舉袖拂拭不敢輕但覺英氣生勃勃徐翁為我言硯出草巷陳公垣陳公文章著天下珍重愛惜同璠璵伴公慷慨入太學鐵肝石膽報主恩赫然三疏一展讀筆有正氣留乾坤詎料衣冠徙東市此時硯友吞聲飲泣何處鳴其冤流落沉埋

數百載靈氣至今猶未改泥塗烟雨春復秋一任人間轉桑海天心默佑固有時世人真賞果誰在幸今出世得所歸先後與懸若相待我時聞所述對硯欲更詰世豈有少陽硯也可不出而硯固有心知翁爲最慾鑑物素獨精好古世罕匹果然一見面中情若膠漆飾以崑崙玉貯以旃檀室太朴重未雕存此本來質一日十摩挲知已推第一因以出風塵相隨永無失翁乎翁乎硯以無意而得之何時再得陳公筆

北固山下用王灣韻

孤舟千里外旅泊暮山前壁峭風烟壯江空日月懸滄桑誰信劫寺觀不知年縱目情何極蕭疎古木邊

晚過灣溝

樹色遠浮天天低落照邊展分春草路門浸夕溪烟犬吠柴墟

外人歸竹墅前鄉村如畫處雲水數家連

大雪後三日遊八公洞

日暮訪幽境鐘聲隔翠微雪消千嶺出雲破一僧歸古徑松陰合空齋俗客稀欲尋高士蹟處處叩荆扉

登北固山次擔雲上人韻

百丈霞光返射紅輳裳直上叩鴻濛氣吞江海孤峰立勢壓金焦兩點雄鐵塔崢嶸凌碧漢石帆突兀掛長風應知勝地誇今古秀削全憑造化工

瘞鶴銘

書傳龍爪世無雙瘞鶴巖前激浪撞不見羽衣歸夜月空留筆法照秋江幾回古壁尋殘碣此日奇蹤出怒瀧點畫半湮渾莫辨仰瞻　天翰耀軒窗

卷二十九

迎鶴茗肆看菊有感

也從彭澤徑邊分，此日驚看逐世紛。詩酒放情因識我，風塵寄跡獨憐君。雖然流俗常相混，卓爾高懷自不羣。多謝時人青眼顧，朝朝灌溉却辛勤。

岳武穆

背嵬軍已奏鐃歌，豪傑同聲應兩河。指日豈難擒兀朮，呼天爭奈大風波。雄心君相銷磨盡，蒿目江山感慨多。終始不忘恢復事，西湖驢背任韓過。

送友人之粵東

尉佗臺下水連天，行旅崎嶇取道偏。險戒清溪灘十八，遠通大庾路三千。會因訪古舜韶石，豈爲求珠大賈船。笑指陸生遺蹟在，好携佳句賦言旋。

雪夜

夢中衾似鐵窗外雪如銀賴有寸心熱能回天地春

雪後登城望北郊諸山

萬里同雲雨雪浮滿郊積素映瓊樓青山莫恃青山色昨日少年今白頭

劉孝祖字紫垣號春山乾隆乙卯戸部議敘候選巡檢著有養餘齋詩草年姪東灃璵謹

昔懷有寄

瞻彼朔風歲云暮矣綠綠平居慷慨切齒時會易逝芳華難恃我心惻傷中夜欲起

夜起彷徨愁思難理太白正高北斗猶指征夫路長車迅馬駛我獨伊何没没鄉里

里居浮沉薄俗是鄙辱之何損譽之何喜高陽酒徒新豐俠士

我實疎慵切以自比
自比誠愚撫劍倚徙壯志不成命也已矣窮思極神何如息機
我今孔懷聊付尺鯉
翟公勢謝無與爲依利劍在手結交不稀貴者自貴微者自微
恍然沉思日暮掩扉
靑髩漸改朱顏易酡燈前慢舞醉後狂歌騏驥伏櫪志將消磨
寄語同儕當復如何

貧交行

流水桃花千尺好不若人情汎爲寶君不見胡馬失羣長相思
此道今人棄如草

再遊後湖

後湖亭子臨湖起遠挹長山迎蘭芷我來泛舟荷花開置身若

在蓬瀛裏漁樵兩岸自悠悠風送輕波綠油酒醉詩成天氣爽不教名勝屬空遊

驚蟄夜雨

風雨蕭蕭夜靑燈倍黯然聞雷知節序把酒聽流泉撫劍雄心壯高歌俗慮捐少年湖海興聊寄七絲絃

再寄於涉川

忘形應擬漆投膠索和先傳錦字拋萬里途遥堪羨驟一聲雷動自騰蛟興來時對銀釭舞醉後頻將玉局敲寄語使君相憶否月明窗外影初交

訪道仙橋可避囂時讀書於訪仙橋不嫌荒墅太寥寥自驚五夜雞聲促忍聽三春燕語嬌壯志未酬時按劍衷懷欲訴漫吹簫丈夫際會原難定定擬芳名桂籍標

周起鳳 字掌綸，號紫庭，嘉慶辛酉舉人

自金山放船至焦山

晶瑩浮玉江心吐，龍宮鳳闕誇寰宇。蒼茫遠接海天潮，崇隆遥對焦峰雨。玉帶橋邊水自流，妙高臺畔雲如縷。登高東顧思茫然，層巒叠峙横江渚。參差不見樓與臺，烟波浩渺絕塵土。萬頃凌空一葦航，瞬息直下如飛羽。老僧詢客從何來，青山相對心堪數。幽崖曲折恣我遊，石奇壁峭真仙府。突兀全憑造化功，雖淡不須人力補。孝然自昔來此間，洞名三詔今爭睹。回首金鼇白浪間，雙雙鬣立峙千古。

甘露寺

山寺巋峩龍宮聳，碧霄塔臨城北樹，窗吸海東潮。佛宇珠璀璨，僧房玉鏤雕。殿高雲欲護，樓靜水偏摇。傑閣藏蘭若，禪關鎮洑焦水寬龍埂窄浪擁石帆遥清磬隨波遠奇香帶雪燒菴音空色相劍石想風標王業成三國雄圖振六朝嘉名依鐵甕宸翰麗銀毫花木眞堪挹丹青未易描江山稱第一登覽絶塵囂

魏之瓊字蘊輝號玉實邑文生

學孟襄陽

宿雨過新竹灑然洗餘清古苔沙半出空館鳥一鳴永懷江上客復此山中濤獨立竟成笑微烟裊茶鐺林空纖月上時聞幽琴彈永夜攬衣起長天作聲去麥寒老樹占庭露小蟲吟石闌盛年不可得俯仰聊三歎

楊宗約字繼懷號以堂嘉慶邑貢生著有川淥遺輿草

石鍾山

江岸聳危壁實外而虛中狂飈鼓其隙發響超鴻濛噌吰及鏜鞳物異聲則同咄哉造物者妙手何空空湘靈操琴來河鼓聲逢逢波而吼長鯨潭底吟蟄龍我來泊江上未遇洪濤風海若潛深谷馮夷處幽宮大聲寂不發細響微琤琮舟人欣浪恬予意方憧憧怏怏鼓枻去兀坐懷蘇公

舟中望九華山

九華山勢何穹窿離奇倒挂青蓮峯舟中所見半面耳望之已覺靈氣如游龍憶予早年愛山水雍豫奔馳數千里策馬崤函渡孟津少年遊興已如此中歲迍邅廿載餘夢魂猶與山水俱眼前一邱並一壑往往舉踵相踟躕時在乙卯年棘闈復躓頓命櫂浮江漢重結山水緣天下名山看不足譬如異書難盡讀巫山十二最高峰濶大嶔崎豁心目江右匡廬秀更神千巖萬

經何論匡彭蠡湖上數百里客中容我騁遊魂江左名山亦紛出九華奇秀尤超逸峰巒變幻即離間蓮葉蓮華淨如拭安得脫盡塵世緣到此相將覓地仙有方爲爾換凡骨設水樵松煮白石

黃鶴樓對月

不知身是客猶自倚高樓月色千江曉蟲聲四壁秋更殘宵漏急風起夜潮流微覺衣裳冷徘徊動旅愁

舟中

客裏程無定黃岡月滿樓水光連極浦山色送行舟月皎千家鏡霜寒一枕秋匡廬知不遠計日到江州

梁山 在和州界江濱

一徑入雲際高峰伴落暉禪房依石罅古佛傍山扉風急潮頭

彌天寒酒力微坐看孤鶩起遥共晚霞飛

白帝城懷古

夔山前労擁郊郭漢代空留舊帝都諸葛祠前雲欲散永安宫外草全蕪三分統系原歸蜀兩表精誠爲托孤蹟禎猶傳郡風俗聲聲金鼓出城隅

次吳山樵方士登黃鶴樓原韻

江城如畫水如箋面面山光到眼前鶴去鶴來空迹相雲留雲散謝華年塵中駐足漸隨俗方外論交試問禪幸過吾師丹鼎熟殷勤指點後先天

舟次吳城夢過灩澦灘因得一二三聯醒足成之

潦倒江湖歲已寒寒風颯颯怯衣單身辭楚北蛟螭窟夢繞巴東灩澦灘詩思每隨鄉思發塵心久共客心闌會當問訊禮闌

裏一卷楞嚴仔細看

荻港

扁舟暫繫大江邊風颭蘆花影亦顛紅樹人家漁艇外白雲僧舍晚山前峭帆挂月來長岸孤雁啼霜過遠天何處高樓人徙倚一聲鐵笛破空烟

百花洲

綠楊一帶夾青溪曲曲清流繞舊堤兩岸常教春着色月明何處鷓鴣啼

賀　瑛字訥人號　太學生乾隆庚子四庫館議叙恩施縣縣丞署建始縣知縣

客中送蔣子大中

我亦他鄉客何堪送遠行也知非久別無奈轉關情齊鋏孤身倚秦箏熱耳迎相看重握手驪唱一聲聲

去矣休惆悵秋風一鶚前翩翩人共許落落我猶憐玉笛閑中夢金樽客邸年隨時愛光景到處百花妍

顧廷若 字初濤號鶴皋邑文生

題虎溪三笑圖

誰繪三笑圖粲然尺幅中傾耳聽其笑止見三笑容聲空僅有色色亦非空釋氏本空者幽居梵王宮持戒廬山間精嚴不送客安禪制孟虎送客以溪劃一旦忘所持陶然爲破格不覺相視笑笑罷仍脉脉

自金山放船至焦山

振衣獨上金鼇脊峰巒掩映江之湄妙高臺迥恣遐眺天光雲影深秋時突見焦巖絶幽異我欲從之慰所思中流回首烟雲處樓臺金碧影參差須臾蘭舟到山足古鼎燦爛多奇姿枯木

堂前木千載雙峰閣上峰兩岐二山相對似相友山其與我爲心知

甘露寺用王維過香積寺韻

幽尋入古寺天際擁危峯山枕江頭浪僧敲雲外鐘苔深封狠石路轉識虬松入破一聲笛滄波起卧龍

過丁卯橋懷許郢州

沙暖雲香唱午雞芳踪獨弔有餘凄詩成冷月殘花夜家住春風麥秀西何處客帆孤棹急却憐流水小橋低郢州勝蹟今乃在烟樹蒼茫鎖曲隄

步鶴樵夫子燕子磯望江韻

燕子凌風蹴浪頭搴衣直上恣尋遊帆檣隱接靑天鳥蘆荻遙連白鷺洲更愛波光三面見誰分水道兩支流凝眸欲極滄江

還更踞危峰百尺樓

秋林

萬樹覺蕭踈高秋爽氣初懸知上林雁將寄一行書

湖上漁歌

持竿獨釣水雲居起向波頭呼鯉魚明月一舟歌一曲蘆花深處幾人漁

張瑤樹字玉文號楓園布衣

燕子磯石壁觀吳道子觀音畫像

道子畫法垂亘古道子妙蹟無可覩金寒石泐何處尋畫史紛紛徒悵憮一日閒登燕子磯石壁鏤像來皈依云是有唐道子畫注目果然所見希使筆化盡筆畧痕衣裳縹緲江雲奔色卽是空卽色水光月影相吐吞況是名磯誇秀峙凌波欲舞因

風起靈區古跡雨擅絶美名常繞江之涘

淥湖泛舟

爭說淥濵風景美木蘭舟泛湖心裏浪花來去遂船流帆懸倒影落秋水雨岸青山學黛眉一片晴光澈川底珠簾暮捲碧雲高湖天木落悲風起上下天光澹泬寥風高秋爭雲千里

春郊寒食

寒食郊原日乍晴春風繡陌景偏清舟移曲水嵐光遠馬繫垂楊烟翠橫紅雨落花香徑暖綠波飛燕小橋平不辭把酒酬佳節明日鞦韆一架輕

游後湖

雨後長堤近午天小舟爲泛後湖邊平波一碧秋千頃萬朶芙蕖弄晚烟

蔣春潮字葵卿號　邑文生

燕子磯石壁觀吳道子觀音畫像

長康已來畫佛像神妙誰繪空中軀爲訪道子留手跡人間又見寶相殊曾狀山水大同殿驅山走海開生面當其下筆無不可令人一見顏色變道子得名歷有年丹青往往留山巔玲瓏石壁佛像古金色夜動浮江天自從南本畫辟支火中趺坐雷電馳今之圖形空色相水光月影擢珠眉衣裳縹渺山樓外空中結撰雲雨會借問苦心愛者誰前有裴旻後蘇大道子而今不復生凌波一覽烟霞横古蹟至今胡可役尚有金容入夜明

由金山放船至焦山

飛巖倒影勢兀兀金焦山勢何怒突六朝烟霞說東南萬古江山連楚越曉霧朦朧影欲沉日照山頭鷲崒屼一聲幽磬靜洪

濤湧出雙峯拄天闕我家焦巖幽更奇片帆晚自金山發兩岸鐘聲送寂寥斂人淚滴長江月我來直到山之巔遥望海門形出沒壯哉北固射腋間三山鼎足壓溟渤

短歌行

人生矯矯貴自立世道炎凉已成習今人願濁不願清我不願醉長願醒君不見古來松栢後凋士閱盡悠悠世俗情

過丁卯橋懷許郢州

聯珠唱玉遥風流丁卯橋邊勝蹟留詩卷早推崑體上聲名直向晚唐收人來練水山椒夕家對金陵海月秋此地當年重回首扁舟紅葉使人愁

吉士璞字伯英號璞堂乾隆己酉順天舉人嘉慶壬戌進士欽點翰林院庶吉士散館任新城縣知縣調冠縣知縣

春日陶然亭次友人韻

桃李嫣然態山亭自釀春壺觴聊避俗風景亦還淳作客增離思逢花似故人長吟諸友句百感又成新

京邸除夕劉紫垣二兄饋梁酒金鯉諸物賦此郎謝

京國誰來問索居寂寥燈火讀殘書一年甲子餘今夕萬里征人值歲除爆竹未聞愁已劇椒花欲頌夜還舒多君旅邸相遺意携得齊醪並鯉魚

李兆瀛字華英號晒庵邑文生古籍丹徒著有晒馨齋詩文集黑海燈傳奇

雜詩

人生皆有業所業貴精專分內求不盡何能更他營越畔必多蹟更途乃無成所以晋師曠專聽願亡明百爲人斯熟熟極巧自生成名無小大一藝亦可鳴况與聖賢期高踞擁書城

花因色見折木以香自焚才士喜名譽殺身乃在文幽人隱蓬
蒿身老名無關榮辱兩不及天懷含清芬嬌若雲中鶴落落誰
與羣

荒塚嘆

瞽鯀何所修而乃生舜禹堯舜誠巍巍朱均墜厥緒曹瞞三子
皆英物昭烈之兒乃如許古今食報若盡然常令奸雄笑且舞
奸雄笑舞不足論可憐荒塚多忠魂

游沈山寺

四望緜迢迢人稀寺寂寥藤蘿穿石齒松竹抱山腰犬吠紅塵
客僧來曲徑橋莫莫歸去晚前路有漁樵
古寺萬松間清泉響珮環地依僧舍靜人到佛堂閒流水通茶
竈迴風掩竹關幽情不可極拳石袖將還

木蘭

依然當戶一嬋娟，卸却金釵便着鞭。論孝直將東海並，懷貞豈讓北宮先。紅顏代父三千里，白璧持身十二年。但以知兵誇女子，西秦不少小戎篇。

蠏

稻花深處水之涯，黍穀圍來路半斜。白雨長街看行行，紅燈小巷聽爬沙。一秋夢冷江南味，八月人圍吏部家。愛爾懷中真瑪瑙，碧雲盤裡赤些些。

白桃花

天台何處訪兒家，流水春風一徑斜。未免誤他雙燕子，重門深鎖認梨花。

荆翔九 字宗若，號參菴，邑庠生。

初夏幽居效劍南體

隨分原吾事，幽居志不賒。飽餐春後筍，渴試雨前茶。雪點方塘鷺，風喧曲沼蛙。日長甜睡熟，借榻即爲家。

地僻塵緣少，心閒晝漏長。門前多畫意，枕上即詩囊。雨洗秧疇綠，風翻麥浪黃。舊醅聊破寂，笑事醉爲鄉。

聞雁寄懷馮廷鏞

一行書寄字橫斜，秋雁催人兩鬢華。正是離愁聽不得，數聲隨月到牕紗。

賀昌祚 字允成，號雲軒，邑文生

偶然作

好花開庭前，不過艷陽節。好鳥鳴樹間，易卷調簧舌。名士遲才華，古來多挫折。我欲識夷途，悠然甘抱拙。

塞下曲

萬里從戎去年華鬢已斑身寒金鎖甲夢入玉門關夜月邊塵靜秋風戰馬閒君恩有未報何日唱刀鐶

君子行

君子樂歸愚履險意亦平小人喜徼幸居高勢易傾寒飲貪泉水未必傷其清跖飲廉泉水孰與成其名總在幽獨中操持守吾貧

猛虎行

猛虎在深山徑路行人斷榛莽雜烟霞陰風起天半獵戶奉官牌入擒失精悍任爾肆咆哮勢窮臭投竄射石李將軍沒羽南山畔

練湖歌

曲阿後湖淨如練城西城北尋常見春來生草夏生波依稀彷
彿滄桑變就中傳聞四十里者民作堰留遺址開鑿東西二斗
門盈科還是無源水唐代貿分上下湖湖田萬頃看糢糊頓將
竹筧勤澆灌居人從此輸官租周遭叠翠屛山小一葉漁舟飛
渺渺點破青天一鏡中夾提柳色啼春鳥品評曾有謝中郎湍
注微波照夕陽一簇樓臺飛遠際僧廬松竹多淒涼歡遊到此
情無極四面烟嵐歸暝色剛出城中路未遲所逢盡是漁樵客
水平風定不生波步屧春郊一再過我在雲陽還信宿風光孰
比鍊湖多

醉後放歌

人生不能勒足吾鼎畫淩烟閣嗜古研求厭糟粕又不能控琴
仙鯉跨猴山鶴塵網常羈徒束縛聲名壽世兩無期如何鬱鬱

不爲樂一壺酒嘗獨酌銀燭下三更明光猶閃爍拔劍酬歌放
浪吟起舞婆娑消寂寞縱飲希風阮步兵恢諧願學東方朔君
不見壯士難酬白日車千金不鑄名花落人間無淚見王喬盏
世勲名悲衛霍明日青山一度游且攜雙屐尋幽壑

蜂冢

金鼇峯頭春草生一坏沙土成孤墳山僧爲我談往事羣蜂似
没于人軍一蜂飛去火如指臨風觸石含寃死羣蜂折翅多摧
殘紛紛激烈能如此我聞此言三嘆息昔年讀史堪追憶田横
傳詣洛陽村五百島人生不得奇事相傳自海濱一朝烏合同
其身吁嗟蜂兮一蟲耳亦明大義知君臣

弔謝貞女

貞女常州人字吾邑東湯村謝姓家貧出爲養媳其夫

貌寢而惷女甚敬之但其姑寡居不嫻內外之教同里有輕薄子欺其貧弱欲逼之而漁其色女廹於勢遂自經死

青青女貞樹不識寒與溫盈盈古井水不起波與瀾采擷芣苢具味殊霜風何故摧芝蘭我聞謝家有淑女咏絮才華無足許深閨猶未識摽梅池邊忽聽氷人語東山門第委青蕪畢室嗟無擔石儲短襖練裙儉粧束家貧先遣事孀姑恥嬾相送淚如霰女亦含悲多戀戀須臾欲別復牽衣箴規耳語叮嚀遍入門總髮事姑嫜閒教銘心刻不忘羞在庭前逢雁壻學從厨下作羹湯月明獨向秦樓宿栢性松心同馥郁雀鼠旋生齒與牙無端忽欲穿墉屋當年草草結絲蘿漫咏雙飛黃鵠歌自媿于歸歸未得之生之死矢靡他槖金年少漸相逼陌上羅敷辭不得

難寄高堂血淚封傳語曇花開頃刻死節原來即死貧盟欲敲斷欲沾巾常懷荀采從夫願緣得陶嬰未嫁身詩成擱筆頻揮涕蕭瑟寒風酸我鼻空期彤史發幽光哀吟聊待輶軒使輶軒何日過江湄泉臺理玉空銜悲誰將一片磨笄石別勒千秋貞女碑

月夜聞雁

皓月渺無際清光逐次加天空橫一雁秋思落誰家塞北書何寄江南路已賒孤檠猶未滅舉手攬霜華

即景

古木陰初散清波淺自流鳥歸黃葉雨人渡白蘋秋貰酒從村市尋溪問釣舟同來無小杜簪菊教盈頭

落葉

林下西風思飄搖意若何欲留梁苑月忽起洞庭波樹影渾難
合秋聲何處多榮枯憑大化對景費吟哦

九日阻雨

我欲登高去淹留客路頻如何風雨日偏作別離人園菊荒來
少堦苔染處勻故園猶在望魚鳥自相親

秋日京口晚泊

江城如古畫秋色惱吳儂黃葉前朝寺青山北固峯月明千里
雁風定萬家鐘市火通津驛鄉關客思慵

登雲陽驛亭

一葉樵風輕棹停舍舟步屧上郵亭湖光近繞孤城白山色遥
從隔縣青野戍花深春晝永酒旗風捲暮烟暝醉來高卧蓬窗
底京口尋看瘞鶴銘

淮陰侯廟

淮水清流今古同釣竿拋却立奇功恩留一飯酬漂母策獻三分失蒯通草没空山投狡兎鳥啼殘月怨藏弓宫中疑語移天聽枉上高臺唱大風

吳季子廟

南國高風世所知忽逢村落有荒祠交情曾挂千秋劍墓道還留十字碑詩樂請觀懷卓識雞豚致祝起謏詞終身常抱魚腸恨那管田園度歲貧

聞楚蜀賊寇盡平喜而賦此

天兵幾道渡關河從此南征共荷戈湘水遥傳烽火劲華山高擁陣雲多戍樓月出悲猿鶴戰壘風生起鸛鵝羽檄盡馳邊塞上年來頻奏凱旋歌

秋夜吟

葉落他鄉樹愁思獨夜添欲留明月住不忍下疎簾

過篁川廢園

一泓溪水映清霞茅屋疎籬三兩家草木不知悲往事臨風還放拒霜花

過載酒廢圃

誰向名園載酒過漫將舊事費吟哦滿川烟水今無恙白草黄茅此地多句用黄公夢識語

古鏡

一片光明不染塵就中形影自相親縱教閲盡妍媸態難把今人作古人

姜鳳起字雲帆號緬山邑文生

管山閒眺

書齋門設亦常關最喜開門即見山烟鎖竹林濃淡外雲移松嶺有無間詩中風月饒幽興畫裡樓臺破笑顏何日扶筇登絶頂一聲長嘯謝塵寰

麥舟橋懷古

分手論交金石堅爭推高誼范公賢商邱家未三喪厝練水舟還百斛麴車有知心盟白水能教靈魄慰黃泉石橋遺跡今猶在雲樹蒼茫鎖碧烟

遊沈山寺

山深古寺白雲封空外時聞慶遠鐘竹影參差翻石壁松濤遠近捲孤峯談禪欲謝塵氛遠論茗潛消磊魂胸境静晝長如太古何妨僧院寄閒蹤

黄炳　字宿來號穀庵筠湄次子嘉慶戊寅歲貢生著有學庸辨疑性理日錄及敦復樓詩文集

偕友人秋郊晚眺

落日下前峯孤村澹將夕烟光幕遥野空翠轉若積相攜趁幽眺言笑信所適秔稻卧新雨平隴徑微窄步繞松風長坐藉芳草碧煩襟一以開凉思入輕幘歸來踏樵歌斜月逗林隙

求友篇

睚眦競相軋薄俗何時平吾徒金石交誰能奪其貞撫懷千載上慷慨多違情陳張役時利凶隙交相并人心有山川雖豁乃弗驚俗紛一爲驁疵類從兹生螻蛄爭短長至道本無營遊思淡漠中世事一笑輕願君秉明燭照我幽獨誠我亦寶光耀晚節以自程

姜子瞻斐盆荷盛開招同人飲其下即席賦贈

朝霞冠新旭高雯生麗華綠水冐紅蕖對鏡無纖瑕問君奚能爾清質自成葩凌波步仙襪塵垢其焉加天芳一時出衆艷徒紛奢移就君子堂高情永不遐

我友清淑姿素修獨深歛夫何托幽意懿此泥不染亭亭翠蓋植特立吾何貶清標却炎威明粧見端儼綠幄障盃池墮月光冉冉因之寄歲華心迹兩無歉

娟娟彼美人端居發遐思何期陪嘉招開軒坐閒僘摘花當酒籌刺筩吸清流諸公增曠懷予亦學頹放夜永繩河靜莖露滴清響悠然醉復醒撫心謝塵鞅

唐步庚 字漢西號秋渚邑庠生

秋夜遊金山寺

澄波樓閣目滔滔落木蕭蕭對濁醪塔影迥懸孤月白江流中

擁一峯高廻廊照浪全浦雪深鼇搖風亦捲濤天際飛霞光已
飲殿鐘龕磬忽驚敲

題桃源圖

雞犬桑麻隔世塵桃花一度一回新溪流誤引漁郎入已被人
傳就避秦

偶題書齋

松陰隙處便栽花二月春風盡鬭芽屋有書聲樽有酒紅塵堆
裏即仙家

曲阿詩綜卷之三十

丹陽後學劉會恩時菴輯

國朝

潘宸載字作霖號澤蒼邑文生

甘露寺

南徐春色滿北固曉雲開江入滄溟去山從建業來龍堤蟠古木狠石卧蒼苔欲擬前賢韻慚非杜牧才

謁濂溪周夫子祠

大道荒蕪後吾師作大儒遺經傳孔孟絕學啓程朱座右春風滿溪邊夜月孤瞻來祠宇峻花卉正榮敷

蔣晉字斗文號竹齋乾隆壬子副榜嘉慶癸酉欽賜舉人選潜山訓導

渡揚子江望金焦二山

長江浩淼奔如驚萬里雲濤京口渡烟中隱約指金焦琳宮紺宇仙雲護淩潮直吸海天風潤州城郭西津樹倚蓬一望烟溟濛急風駭浪中流遇匪遠若遠江潮翻欲沉不沉山半露洪濤遠接二山迤一片風帆等閒度須臾帆落到沙灘樹色蒼蒼天欲暮安得江山朝夕如此盪心胸一洗世態驅塵霧

登惠山

負郭峰偏秀蕭閒出世塵鶯花三月暮裙屐廿年身湖水新成漲長山舊與隣晚來嵐翠合畫角起城闉

姜新旭 字亮初號勉齋邑文生

得弟晨蔚閩中書次韻却寄

不堪改歲穀重新時余丁內艱片紙傳來應愴神詩補循陔遙痛我情同采杞舊懷人早占他日干霄象自嘆頻年伏櫪身更有一

言還記取開樽處祝畫堂春

姜日新 字琦巖號昜齋嘉慶戊辰恩貢生

題迂樓叔祖秋江醉月圖

把盞秋高江上佳天將清夜景安排東坡有百波光漾李白惟三月影偕來石磯邊留勝迹臨臯亭下想幽懷醉吟蘇李詩和賦逸興飄然水一涯

張鳳城 字鳴揚號丹阿邑文生鳴揚素不工詩而天性孝友篤與俗不偶嘗自撰聯句云拜彌勒爲大師到處逢人笑笑結嬰孩爲知己暇時與我談談其感於俗也深矣性飲酒好嬉外絶不與人交結眞狂士也

題扇墨菊

扇上何人畫墨菊寫作兩朵三朵花明月在天杯在手悠然共醉入陶家

丁瀚 字介臣號儀民邑文生

遊西山潭柘寺咏龍潭柘樹

靈巖絕頂有龍潭碧沼丹淵不許參屏障　京畿峯列九脈通瀛海島分三翼然亭適朐堪盪湛若泉流味倍甘此際在天占九五風雲雷雨一泓涵

功在絲綸桑共榮文章黼黻藉經營始知法祖開山經特立靈潭題寺名兮取鳥號稱上品火鑽夏季應離明樹猶如此供登用想見當年慧眼評

賀有堂 字兼人號甲山邑增生

答友人書

忽見榴花發低簷簇小紅遠書今日到尊酒去年同學晚心難細吟孤語未工有懷緘不見帆席待秋風

卧龍岡

誰言五丈原煌煌大星隊我今道南陽平兩向雲氣

黃　均 字錦阜號坦菴邑廩生

次原韻寄長甥姜晨蔚

芹香共采事猶新携手圜橋最有神余與甥同受知於彭芸楣學使風韻早知强似我才華生愧不如人爐開宮閣同仙侶雪映寒氊獨此身驛使乍逢何所寄殷勤聊贈一枝春

吉景沆 字端選號雲巖嘉慶壬申邑貢生

題顧南炳乘槎圖

天風吹天吳舞馮夷宮中頻擊鼓鯨鱗跋浪天山午自昔仙人携短簫無心海若曾見招狂飈掠地託遺響幽壑千舞起赤蛟君亦翛然有仙骨科頭坐對扶桑日極目蒼茫天地寬浪花片片輕鷗出乘槎自有天路通何時騁望斗牛宮雲霄意氣滄海

量且看萬里乘長風

趙　偉字淡存號筠亭嘉慶時邑貢生癸酉欽賜舉人著有學齋老人詞

遊華陽洞

朝遊訪華陽華陽在空翠百丈聳雲端巖壑幽且邃洞口聞鐘聲洞中閟仙氣策杖且逍征逍遙人幽寺松風多清響苔壁饒古意泉水滌塵氣巖花發詩思晚烟横疎林下山雲景異歸來萬慮蠲願言覽隱遯

自書覺齋老人詞後

何須譜曲付優伶一調塡來寫性靈月下酒酣成獨樂自家歌得自家聽

周　標字太因號澹漪郡文生　澹漪先生與余爲垂髮交工詩好古風甬一編吟哦不輟詩境雅淡有儲玉風

自箴

義憤形於色已爲忌者窺義憤形於言言出不可追義憤形於筆見之那不危稽康慨寄書終亦遭讒死君子懼盛名闇遏乃益喜立心貴和平得意即須止放誕安可爲假蹇亦非美書之座右隅謹飭從此如

山行

路折入山谷林霧鬱未消急泉漱亂石獨木支危橋上嶺攀雲度雲動山若搖俯瞰怖羣壑仰睇逼九霄目迷懼或失步躊何敢驕羣鹿遊前引鐘響境不遙沿緣境稍轉隔澗山僧招

東籬

蕭然者東籬悠然者南山山外雲自歸籬邊人亦還今人慕古人高情不可攀何以慰素懷菊華方斑爛松竹影蕭蕭澗泉聲潺潺藉此盈樽酒蹔爾酡朱顏

題紅拂圖

衛公命世才被褐謁當軸巍巍堂上貴俯視罕青目侍者誰娥眉翩然謝金屋今夕果何夕羈客慰幽獨方之見卧虎委身事窮甕笑彼閻求凰夜就長卿宿越公亦元勳啞乃等碌碌虬髯兀相向神閒氣逾肅美人而英雄記載播芳馥茫茫天壤間泛泛眼多肉汎汎粉黛行見當尤鄙黷樂師負偉畧定不飾邊幅何以臨覩間賢愚若可卜鄙夫爭趨炎奔走集華族猝然遇貧士意態別寒燠胡爲丈夫者見乃異閨淑酌酒酬素胸流眄動擎燭

漫興

好句前人得翻新一字難我自用我法人各有金丹求深理反晦說悟喜忘餐財散囊中琴顧聽知音彈

敝居城南客來對飲

城南一隅地人家只數家家正午炊炊烟數縷斜隔墻種蔬圃春非已生苜家釀味雖傳數甕不須賒酒酣語未歇林端見栖鴉若肯常來飲山桃欲着花

古劍行

學書學劍丈夫職我入窗前勞翰墨元龍豪氣未能除少年心事塡胸臆思把純鉤對酒酣起舞樽前矜抑塞齊金楚鐵漫紛紜誰是干將舊相識鶉衣落拓故家子手把長韜倚街市云是家傳破賊遺年荒出售謀薪水拂袖提來共一觀匣中隱隱波濤起傾囊那惜萬錢輸快哉似得奇書比歸來重向燈前閱湛湛寒輝凝白雪塵漬微昏沓上星痕殷猶帶沙場血拂拭光鋩試一揮滿院沉沉驚電掣吁嗟劍兮鑄何時歛鍔藏鋒淪在茲

憶昔鯨鯢勞剪滅仗爾傅取封侯資只今四海承平久買犢買牛歸隴畝縱使龍文虎氣雄浮沉空落書生手丈夫遇合本無常失路難辭栖蘘牖斫地歌聲且莫哀相看還引盃中酒留得青萍巨闕材風胡薛燭千秋有君不見豐城寶器未爲龍紫氣熒熒貫牛斗

金沙郊外晚步

地僻饒幽致誰家竹滿村寒雲迷塔影春水浸城根古寺無僧住空林聽鳥喧梅花開幾樹新月上黃昏

焦山

雙峰鬱蒼翠波浪接天浮海氣晴疑雨山光淡欲秋亂雲松下石踈磬竹邊樓歸約扁舟載隨風到潤州

看菊

古屋藏琴石黃花護短欄但從君處醉不過別家看竹外分秋
謌樽前趁暮寒忍教詩興劇拈韻共盤桓

遊茅山乾元觀

鬱鬱高嚴樹琳宮接翠巒野田時見石幽草自生蘭碑合雷霆
字笙吹月夜壇層樓今在否到此願憑欄

贈友

交道今難數如君得幾人向因詩酒合今更性情真處遠能周
物才高不累身何時江上住相與結芳鄰

別胡秋坪

七載鶯花夢飛鴻去杳冥客懷雙鬢白歸卧衆山青此别莫言
恨浮生原聚萍殷懃一樽酒離棹暫相停

哭寶章姪

天心何處問壯志一生還我族無雙士無端撒手歸文章盡不滅富貴報原微欲寫煩冤意泫然淚獨揮

秋日登郡樓懷古

憑欄山色怡新晴入耳蕭蕭落木聲風葉飛帆歸極浦雲扶華月上層城六朝往蹟空簫鼓三國遺踪能戰爭何似漁舟蘆荻岸得魚沽酒醉盈觥

簡友

重來酒憶去年時欲慰離懷只賦詩客久自憐花亦笑病瘳私喜酒先知山泉雨過倏無瀑牆角寒歸漸拂絲幾日呼童掃苔徑故人芳訊舊相期

寄王午帆

十二瓊樓仙子才琉璃貯硯玉爲杯青燈夜雨人初別黃鳥東

風花亂開幾向芸牋鈔舊稿更期郵使答新裁蒲觴會有聯吟約應爲江頭弔屈來

題厲秋臣雜著

手勞芸箋祇自傷着卿風調擅詞場十分春意憐紅豆一片閒情繫綠楊狂客可呼魂欲出美人雖逝骨猶香集中於赤川荆州女子二傳最佳奚囊未肯輕相示留待才名播洛陽

陸毅軒招飲

傲似天隨笠四儔量如士行只三甌雁聲高並雲霄月霜意初寒菊徑秋酒伴無非籬下寄詩名不負劍南遊相期倘遂焦山約手釣鱸魚景更幽

咏梅

風雪溪山處士身斷無消息到紅塵師雄偶作羅浮夢未必梅

花卽美人

虎阜雜詠

美人遺冢弔眞娘古樹扶踈趁晚凉載酒醉吟僧定後可中亭畔月如霜

山脚花田數十家紅紅白白鬭羣葩終年生計都緣此便是年荒也種花

周綬 字方來號丹崖邑文生著有絜栢軒詩草

鶴林寺用李白尋雍尊師韻

突兀欲撑天青青積歲年山腰森古木石齒漱寒泉檻鶴冲雲起庭花帶雨眠携筇仍獨往曲徑繞蘿烟

登金山

一從元氣結胚胎砥柱危峰矗立開塔勢逼天懸日月潮聲到

海走風雷烟迷鐵甕雉城暗樹隱瓜州古渡迴爲問頭陀今在否只餘空洞白雲限

黃　中　字里玓號東園布衣著有聞猿集

孟河舟中

雲消朝霽雨日上夜潮平譙鼓扁舟夢鄉心兩岸鶯林開萬歲寺山出孟河城雖泊彈丸地風光無限情

符秦

壺關破後鄴都平臣主雄才問世生河北已無燕尺土江南還有晉金墉擬驪但識珠堪竊得馬誰知禍早萌最是阿脂歌一曲秋風五將不勝情

漫成

海上求仙得識還癡心湮谷又漸山早知劉項兵來處不築長

城築武關

黄　培字直方號筠湄太學生著有藕漁小草

仲夏水西別業

新霽朝旭清園林萬象綠啼鳥悅晨光隔葉喧衆族散帙步每苔披襟慰書屋水木湛清華風泉響飛瀑黃梅落淺草蒼鼠竄深竹尋芳搴岸芷拾翠煮溪蔌獨坐古松根高歌酌醽醁

晚步池上

落日半啣山涼風動高樹餘霞結輕綺匹練宕空素散帙愛臨池迢遞引幽步一徑入松濤千林散花霧竹喧歸宿鳥荷響滴清露欲采芙蓉花所嗟日已暮沿洄葭菼邊方舟不可渡新月升華林悵焉尋歸路

雨中登木末樓

樹抄出樓臺江天四望開帆檣千艦落風雨萬山來洞壑蛟龍
蟄城高笳鼓催微茫渺高處終古使人哀

八公洞

古洞何年闢精藍取次探泉聲皆繞郭樹隱半藏庵野鳥穿雲
竇幽花供石龕高風懷漢隱一徑訪瞿曇

江行

鼓棹秋江裏輕風漾細鱗帆飛山揖我舟泊柳迎人海氣浮青
靄霞光散白蘋石頭城畔路落葉下寒津

春日懷姜子秀上

幾年詩酒共綢繆二月鶯花好唱酬寂寞袁安常閉戶飄零王
粲莫登樓蠻江落日黃雲滿瘴嶺連天白浪浮望斷嶺南無驛
騎寒梅開遍使人愁

蓉江道中

芙蓉江上晚來秋楓葉蘆花隱暮愁司馬青衫遊子淚吳宮白紵榜人謳山雲嶺繞迷人跡烟水蒼茫大釣舟最是茱萸佳節近吳鄉何處更登樓

金陵雜感

搖落深知作客愁青溪長坂漫遨遊黃花細雨新歌舫紅樹斜陽舊酒樓虎踞六朝空壁壘雞鳴十廟總荒邱淒涼異代休生感嗚咽秦淮水自流

竹林寺

雨洗蓮峰石骨青粽鞋籐杖叩幽扃泉聲百折通香積樹色千章擁翠屏修竹繞窗清鶴夢虬松入座吼龍形戴公别墅今何在鐘梵泠泠徧隔聽

登京口城樓有感

東方形勝鬱岧嶤鐵甕城高擁麗譙南北舟航京口渡乾坤鎖鑰海門潮頭陀山下軍容肅胡豆洲前霸業銷一自水軍東下日蛟人蜑戶靖無囂

重過鶴林寺翁杜鵑逸事遇雨題壁

野鳥閑雲任去留仙人蹤跡杳難求杜鵑枝上空成夢黃鶴峰前已倦遊滿地江山重作客極天風雨一登樓澆愁可有青旗酒好與良朋共唱酬

憶宮妹丈硯耘

落葉蕭蕭作雨聲酒醒孤館早寒生懷人江上無來使憔悴秋風老杜蘅

短長亭畔草芊芊楊柳春風喚杜鵑猶憶城南沽酒處淡雲疏

雨落花天

姜景 字星垣號　邑文生

棄婦辭

孤鴻去天末嗷嗷多哀音請君房中琴彈作白頭吟妾本良家子爲君理簟衾與子期偕老情若江河深團扇忽辭秋顏色旋非故習習谷風陰煢煢走雌兎宛轉前致辭恐適逢君怒徘徊戀空房展轉心獨苦掩我舊時鏡着我舊時裳舅姑悄無語含淚下君堂淚落幾時收出門行就橋君心蕩似水妾身賤如草春草有榮時妾去無還期終望君子心哀此零落枝

讀二氏書有感

上士能祛眞陰陽學吞吐習翀西方流神奇化臭腐一願月常盈一指日常午歲八形亦錯隱怪假爲祖周孔萬世師大道照

今古奇蹤有仙佛於世竟何補縹緲蓬萊山虛無祇園樹布金
毋乃負辟穀徒自苦毀倫既滅亡長生亦奚取釋道列爲三嗟
息喻等伍

由新河渡江抵燕子磯

河流到江聲漸壯兩岸危峯兀相向片帆蕩漾入波心楚尾吳
頭只一望蒼茫雲樹渺千艘倏忽爲龍標萬狀空曠能教耳目
寬俯仰但覺心神暢須臾風起雲陰陰一葉浮空捲白浪同舟
危坐悄無言榜人咋舌色沮喪舉頭燕子已飛來青山窈窕峙
江上誰云窮薄賦江潭布帆笑指今無恙蘆邊欸乃兩三聲遥
認秦淮新畫舫

頤龍山遇雨

崇岡横秀色一徑轉蒼翠野店雲疑墮山鳴雨驟來梵音秋磬

度燕語掠舟回攀話新亭八遥天霽色開

金陵懷古

虎踞龍蟠壯帝京當年割據苦紛爭鍾山空指眞王氣牛渚偏傳才士名故壘蕭蕭三國戍暮烟隱隱六朝城南都多少凄涼事併作秦淮玉笛聲

息夫人

誰教靜女貌如花傾國傾城啓怨嗟桃李無言終結子蘼蕪抱恨已亡家粉身甘與珠同碎緘口難遮玉有瑕千古名流艱一死紛紛巾幗等蓬麻

村居七夕

綺樓瓜果鬧窗櫺農舍黃昏靜掩扃男解牽牛女能織不須翹首拜雙星

青冢

當年埋玉傍陰山塞草年年綠一灣不信明妃歸漢托春風竟度玉門關

姜曙霞字晨蔚一字宸熙號覺園邑廩生

次佈申兄寄懷原韻

對牀風雨話如新抱愧家駒解悟神山入閩甌無坦路海連烟瘴薄征人羈愁懶步中宵月鄉夢幾忘客邸身嶺外花開獨占早憑君重惜故園春

次蘭溪黃母舅見寄元韻

慈親手線寄猶新遊子依依入夢神憶舅有書曾識我憐甥無策但因人才慚陸杲英多質名顯張融奮躍身聞母舅歲試列前茅海嶺雲飛時悵望難忘護草北堂春

呂少棠字希牧號韻軒邑文生著有東皋書屋詩鈔

蠶婦詞

西家有少婦，手姿頗娟嫵，幷臼既親操，衣裳復籃縷，終歲多拮据，獨自甘貧窶，花冠戴勝飛，養蠶盈牖戶，采采陌上桑，攜筐忘日午，有似秦羅敷，駟馬不復覩，胥吏來追呼，賦稅於焉取，嗟嗟堂上姑，藉此禦寒苦，因之憶東鄰，豪華共詡詡，妻本能管弦，妾尤妙歌舞，鮮衣爛如雲，鳳釵飾翠羽，玩月倚繡簾，尋春向花塢，層樓睡起遲，夜宴紅牙聚，勞逸縱相懸，賢愚奚足數

觀周鼎

海門一凝睇，寶光常熊熊，或疑吐紫蜃，否則騰蛟宮，我今來焦巖，日色淡秋風，吼然見古鼎，光怪豁雙瞳，憶昔周宣時，採得赤堇銅，鎔氣鼓陰陽，模鑄勒良工，奇字錯蝌蚪，蛟螭蟠玲瓏，寶奪

瑛與彝羅列敦彝同無何遇塵刼漂泊隨兵戎丞相傾資購寶貴搜求空神物不肯屈獨向江之東瀛洋最好古拂拭意何窮至今猶陸離飛烟變滅濛安得負汝出置身明堂中

觀音閣題石壁

峭壁立千霄嵌空搆傑閣鐵鎖穿山坳迴環相縈絡俯視窗檻下逈然出林薄風吹勢動搖登者多詫愕我今適來遊風吹松子落巖邊古洞幽洞口烟濛濛曲徑連鐘阜隱約見城郭眠江萬里流喧豗波浪惡参差帆影遶船向磯前泊憑高胸次曠欲駕雲間鶴

題友人所藏劉松年曲水流觴圖

會稽勝遊傳典午内史書法高千古禊事至今留遺風蘭亭眞跡不復睹誰遺描寫入丹青曲水流觴勤摩撫從來書畫雖兩

家名異理同共誇詡松年劉公荆關流畫名稱絕探足取逕遙隔絕丞和年製成此圖匠心苦唆營宗山淑景多清籟繚繞春和煦青童壺榼安上遊浮杯載雕觴綠醽沿溪酌飲怡幽情彼既不作藏鈎覩坐來細草軟如茵分行或三而或五閒花是處開芬芳無事還教催羯鼓狂士襟懷觴詠閒湔裙小婦何足數人物點染妙傳神筆底烟雲化絕矩是誰藏弃在箱囊世寶河山幾易至吾友得之數十秋寶比雙南貴璣組何必搜尋逐少書師此已足擅匾字披圖展卷一徘徊放筆直書師李杜

題蘇武牧羊圖

陰山漠漠塵沙起白草連天塞垣紫兩鬢如霜人未歸望斷鄉關何處是漢家宗社久成墟誰教寫入丹青裏憶昔武帝喜開邊單于驕橫世莫比衛律不返李陵降英雄難洗中華恥蘇武

持節人乃疆忠肝義膽何倜儻羝羊使乳示不還烏頭馬角燕丹是蕭條沙磧葬無人北海酸風射眸子十九年來一敝裘氈雪咬氊得無死上林秋雁帛書來始返漢廷光國史今日披圖感慨多猶帶風沙飛滿紙

華陽古洞歌

句曲三峰如列戟橫連錮阜壁空碧華陽古洞田雲多神工鑴成鬼谷闢洞中深邃苔蘚斑洞口醉石高百尺飛瀑懸空朝暮與濤聲萬頃松風撼洞天福地道家誇古來幾輩留仙蹟茅家兄弟曾築壇茹芝吸露飲瓊液金符玉券朝真宰白日飛昇登上籍山中宰相誰最稱南朝共說陶貞白猿鶴結伴麋鹿遊徵詔不起辭纓帛層樓歲久修煉成十賚至今留簡冊我來無事恣搜尋琪花瑤草時折屐武陵桃花莫問津天台路迷終相隔

誰知此中道味甘嵩廬本不異今昔彈碁松下亦爛柯碧桃開
謝無人摘安得攜寵結茅菴長向洞邊煮白石

費宮人刺虎歌

有明承統三百載數轉星回天命改天生闖賊入深宮俠女胸
中負魄偪從侍宮闈知幾年妙齡慧質麗且娟假稱公主薦寇
志袖中匕首光沖天賊弟如虎無敵手命主結爲鴛鴦偶花燭
軍裝來洞房笑言力勸飲美酒醉倒床頭酣睡遲持刀擊殪虎
不知虎昔驍勇稱守當千軍萬馬戰鬪奇虎昔矢石走雷電九
關失守力莫支如何眉黛春穠纖凝霜刃鍊含鋩鍔體弱不辭
探虎穴虎猛還教身殄殲我思流寇勢炎赫闕廷無人資畫策
詎信中宮娘子兵愧盡貪生青瑣客豈云色可傾人城諒由忠
義負精誠事成虎死事千古天地振動神鬼驚

江行過小孤山未獲一遊感作

西津放棹涵淸秋窔兀金焦出中流江程行盡一千里小孤一峰拔浪浮天教彼此分鼎足小孤倏作汗漫遊根盤蛟龍起鼉窟高撑碧落瞰沙洲廬陽九派東下疾狂瀾劈開谿雙辟不假岡脊森邐迤址與隔岸峰巒儔毋乃割石潜來鼻上有閬風十二樓更或仙人天上至戲擲拳石終古留仰而視之復奇絕天成圖畫一掔收我於山水耽成癖每當勝境勤探搜欲攜筇杖陟厥頂飄然輕衫復科頭共飲石髓招王烈閒劚靈藥攜伯休其如蒲帆飽風力轉恨不使遇石尤曩時徑行衝浪過不得栖險巇容舟山靈笑我同木石蓬窗影落倍淸幽凌波宛爾對明鏡幾認龍女相浴諏酬酒一尊空嘆息擁毫管底花偏抽小姑之訛盡荒誕彭郎之說多謬悠何似浮槎番赤岸客星杳見傳

望侯泝流直抵銀潢裏尋來支機犯女斗

題黃山九松圖九首錄四

松三千年亦化石石氣蘊積復產松名山到處饒枝葉非必丹崖莊六峰不知山奇松更奇見者莫爲之形容有石森然數丈起石罅何物青翠濃卽而視之松蓋出根幹難尋其所從誰料深藏在石腹刺石直勝寶劍鋒石不受松松裂石分明一線無從縫寄生絕不假尺土足開我輩傀儡胸幾疑卓立丈人石頂上綠髮紛蓬鬆又疑仙人束縛定不許飛去破壁龍問石何言松何異方知仙人未易逢 右破石松圖

佛家之有大願航接引世間離思難仙人之有百花橋接引生人登彼岸如何尋來始信峰忽然石壁自中斷柴梁橫支隘更危渡者側足興慨歎下視何似如龍潭覆險難云遊伴負心驚

目眩不敢前卻幸對面發修幹虬枝堅挺接將來引手以度俗
橋畔天然位置一何奇頓令遊人釋疑懼往返登陟賞翫扶豈
比征途乘㱁段石橋非必到蓬萊星槎誰更窮銀漢惟有松身
懸厓間携持過橋仙凡半霎人以德松有然濟人之危妙無算
自此深藏仙佛心莫教空作奇松看布援引松圖

我聞橋中二叟相對弈謂其樂不減商山又聞信安石室觀棋
樵斧柯已爛不知還詎信平天在畔松宛然斜布在仙寰根高
二尺圍如之枝踰尋丈烟雲間結頂復兩平似掌盤蒲鬚影蒼
翠顏若使參來蘇尚書理相即此悟禪關若使遊來玉積薪落
子喜松性自閒天都峰高神仙居上有石鑪屏几供仙翫怪松
倒植香囊襲奕枰奕子色斒斕手談有時或到此凡庸氣骨安
能攀布棋枰松圖

森挺峭直松所性拔地穿空非強横丈尋難計棟梁材擁腫參
曲乃其病時俗之見何由來我松別無形蒼勁身留壁畫勢上
指倏爾倒身絕鄰并縈纏蔽道枝扶疎神龍變化作游泳同首
萬丈蓮花峰葱翠低迷相掩映黃楊禿參倒縮時那得真相對
明鏡蔦蘿附松或下垂何如虬枝堅且硬況有習習濤風來舞
客翩翩答歌咏山川靈異乃至斯觀者無從窮究竟不敢之衎
歷千秋不遷之操本受命龍挂有時只須臾挂壁者松真奇行

石倒挂松圖

春日偶成

春景益駐妍開窗思渺然鶯啼寒食雨人倚落花天曲巷來觴
擋平橋泛酒船風流還自賞高詠洽遊篇

客舍遇友人話舊

千里逢君日同懷故國天銀濤湖岸水玉乳惠山泉覓句花雙醆吹簫酒一船還家期踐約切勿滯殘年

吉丈晋𫗇留漢陽兩月詩以寄之

彭澤辭歸後羈留又故侯客心三楚月鄉夢一江秋酬酒睢陽廟題詩太白樓東籬霜菊晚知否結同遊

秋江別友

別緒千鍾酒凝眸兩岸峰暫時憐握手何日罷行蹤影度秋江雁聲飛曉寺鐘蓬飄鄉夢遠長劍舞從容

聞吉丈晋𫗇作白下之遊

烟波浩無際何處訪先生一夕緘書至雙魚照眼明紙濯桃葉渡人在秣陵城我欲從之去依依握手情

戊寅中秋吉丈晋𫗇攜眷歸里復留齋中欣然有作

吳楚六千里往來歷半年帆從今月卸月到故鄉圓對揚尋前夢披襟澹俗緣不曾離杖履眞是仰君賢

謁露筋祠

昔披米老記今謁露筋祠性烈難移處名傳不朽時波迴飛棟宇日暖照旌旗自是曹娥侶來瞻幼婦辭

辟塵石鼎

鼎以辟塵稱見邑誌相傳自海上浮來余屢至聖墅菴奇其物詩以紀之

或疑神斧斲間石石無言雪浪同飛海塵埃不到門自饒苔蘚色長此雨風痕淸磬一聲外吾心可共論

雖非神禹鑄却向海山分塵土更無夢溪堂自有雲息心觀至理剔蘚閱鐫文留得蕭修古徘徊倚夕曛

過繆山坂

鳥飛難到處似棧碧空懸屐齒穿雲磴花香漱石泉荒村低樹外古寺落霞邊依舊高僧座誰參一指禪

讀京口耆舊集至於亦川先生詩感作

爲爽嚴君意泥鴻念舊羣先生流寓海陵歸必留家嚴館中帆停湖岸月身帶海天雲對酒移時永連床話夜分鬢眉猶記憶瀟灑出塵氛詩以窮工後雄心未肯降聲名遍淮海舟楫老滄江鸞嘯一聲迥龍文百斛扛長歌尤獨步名下本無雙

遊茅山

天外三峰聳岌峩盤空鳥道任搜羅風烟地脈連鍾阜今古仙源勝爛柯茅氏壇空元鶴迥陶家洞古白雲多金符玉券徒翹首難學流鈴壓百魔

晚泊京口

大江東下一帆風六代南徐重鎮雄捲岸潮平山寺靜銜波月上海門空市廛燈火連城郭旅舸雲烟叫雁鴻秋水龍泉仍匣底漫教輕試倚孤篷

漢中

鼓角關河總客途興元自古擅名區漢山南峙還連蜀沔水東流直到吳漢信壇前秋樹迥子眞谷口暮雲孤却教此月多鄉思擬米蓴羹好膾鱸

登西安城樓

粉堞參差度朔鴻吳儂暫此倚秋風雲生太乙埋秦苑水落昆明隱漢宮人物古今憑弔處關河跋涉別離中幾番凝盼徒回首笳鼓聲還殷碧空

謁焦公祠

山椒節屐訪先賢古道衣冠倘儼然洞闢雲陰花綺繡欄橫海帀水連天高風明主勤三詔訪雪艮朋割半壇買棹鬚來瞻拜𠕇精靈千載動寒烟

謁韓蘄王廟

荒祠客路拜英魂往事於今忍細論戈甲北還雷電失朝廷南渡虎狼存臨戎娘子孤軍出鏖戰匈奴盡艸屯最是保身明哲日淒涼少保痛銜冤

棄婦吟

昔年曾記鳳求凰此日還教棄路旁底事星機裁錦字空將月杵擣元霜匣中玉燕成殘夢鏡裏金蟲愧舊妝自是妾身多命薄急絃頻弄九迴腸

題吳園

碎疆園好淨塵氛蝴蝶展閒舒樂我員春婆花香三徑石書長硯洗一池雲簾間絲管歌姬列壁上詩篇坐客分吾輩風懷原獨擅好攜樽酒醉斜曛

送僧歸焦山

麻履方袍倦客途應憐風景舊山殊鐘聲曉截江雲斷樹影秋銜海月孤三足鼎邊龍步迥一龕銘側鶴形臞片帆他日尋師處紫芋煨殘撥地爐

陳少陽祠

史冊曾傳國士名乞留元宰識忠貞朝廷爭欲思南幸肝膽惟知念北平直以風規遺後世漫將激烈議先生縱教旋踵還寃雪已恨偏安失兩京

九日同友人登城霞閣

傑閣穿空塔影橫萸囊同佩倚雕甍到窗嵐撲諸峰峙隔岸湖澄一鑑平遠樹烟迷張祜宅征帆風遞呂蒙城開來笑口經秋晚籬菊香中塞雁聲

林佩琴字雲和號韻籟一號義桐嘉慶戊辰　恩科舉人著有百花吟百鳥吟冰史詩諸集

金沙寓中

鳥啼催客起來報紙牕晴山挹茅峯翠湖流長蕩清境開延野月樹老戰秋聲聞得荒祠畔青燐傍晚生

秦始皇

收盡中原鐵誰留博浪椎山河歸郡縣法令廢書詩欲雪儒生怨偏教太子離妖興東隕石猶刻會稽碑

楚項王

今古幾重瞳君王霸業雄諸軍觀壁上一炬失關中虎帳誅卿子鴻門釋沛公艤舟不肯渡千載尚英風

淮關夜泊

淮關燈火徹三更風靜初停擊柝聲忽聽榜人相對語淸江十里夜潮生

王馭榮字韻淸號香林廩貢生

採蓮曲

漾淸波娟深淥雨吐絲風翻綠畫橈中人如玉挼花驚起鴛鴦浴雲錦破散幽芳風吹翠縠羅袖涼花拂紅裙繡帶香玉貌朱華相鬭艷臨流掠鬢照新粧嬌堪翫藕絲長蓮心苦菱歌淸唱日過午畫艇初歸荷葉浦

江上閒行

莓苔滋處雨初經三五田家鶯一汀花接溪橋履齒膩柳齊村店酒旗青暮鶯鮮作留春雨芳草愁連送客亭江路烟深歸已晚漁燈遠近雜疎星

陳少陽祠

荒祠寂寞拜遺忠今日猶存直諫風終古有誰畀太學當年無與祿元功英靈如在悲三鎮慨復難忘痛兩宮奏草一編真不愧我來憑弔恨無窮

千里湖

瀰水溶溶千里湖湖中風景未全殊蓴羹鱸豉風流在河必殷勤羨酪奴

紫府觀

秋空馬蹟青如許紫府庭前雲髻垂風雨半山鐘磬杳玉蘭花

下有伊誰

林振柯字雲谷號龍溪邑文生

遊仙曲七首錄二

高峯揷天半雲氣常繚繞樓閣起玲瓏遥望在縹紗中有仙人居逍遥游物表出入隨飛龍往來多青鳥飢餐日月精渴飲蓬萊沼雲梯如可登攀躋上員嶠會當棲身住方知世宙小

秋高海氣驕雄濤走巨石混茫日韜光蛟龍不安宅仙人乘雲氣樓臺耀金碧玉喬揚鶴首梅福振鸞翮西來王母車東自安期屐初彈八琅璈施拊五靈石清歌遏行雲妙舞亂輕迹觥酬共交錯陶然醉瓊液臨崖寄遠懷浩歎仙凡隔

輓李貞烈

江流流不止葉子恨何已父子溺水寂寂深閨中慷慨爲節死同歸

地下泉波瀾誓不起日暮悲風來無言對芳芷

九日登三元閣仝周子燧頴東子虞琴

高閣府平原登臨滌俗煩文章談兩漢禮拜仰三元竹影驚鴛㐌清流繞鷺園相過值重九秋色滿堦蘩

劉文然 字藜青號獻廷邑文生

悲歌

我生三十猶徒步坐擁殘書朝復暮酒渴騎來北海龍詩成伐蠹中山兔揣摩自謂粗有成一朝獻策青雲附豈知抱璞泣淋漓身運多乖屢遭忤迂疏每爲俗子譏姓字亦被時人如我今蹭蹬胡爲哉半身正坐才名誤

欲從西郊耕隴畝桑柘陰陰五畝宅年年力作不違時家有餘粮供衣食歲時斗酒呼烏烏俯仰優游殊自得昊天胡爲廈降

災到處田疇盡蕭索床頭一甕不滿儲自歎生理日逼仄夜來更聞吏扣門伍伯催租秋賦迫賈人重利輕風波襄淮米價今如何辦裝買舟思一往此去金錢十倍多歸來買田復買宅箱滿珠玉身綺羅吾輩束修且待騁驥沒無色終蹉跎意氣落落要不偶寧與賈豎術同科較及錙銖太鄙吝算成勾股殊煩苛我聞海上多神仙結廬常在高峯巔其物禽獸盡黃白金銀宫闕如雲烟臨風振衣發長嘯徑呼黃鶴騎上天秦皇漢武亦慕此長風萬里駕樓船交成五利直妄耳安期盧敖亦徒然蓬萊可望不可即不死之藥何有焉寸心耿耿不變昧端居日與古人對爲農爲賈既不如學仙學劍亦未遂謀才既拙甘自晦作事不苟常知退人生澳泌何厚

顏吾輩不忍爲此態尙賴志節相維持風俗乃不日頽壞富貴浮雲何有哉無求於世庶無悔

奕棋

兀坐閑無事棋枰性所躭白登圍未解赤壁戰方酣花裏日多暇橘中叟共談不須憂束手生意在微參

夏日偶成

曠野而塵隔空庭草木深讀書不甚解抱膝或長吟半畝人稀到三杯酒漫斟此生甘寂寞自問獨何心

夕景紓清晝坐來似少年三杯新沐後一榻午風前鷺影出還没蟬聲斷復連已忘煩鬱苦倚樹聽流泉

秋雨

蕭蕭古木送寒聲連日重陰不放晴病裏秋風經二月窗前夜

雨滴三更身如梧葉方愁落心似秋濤不肯平坐倚胡床渾不寐幾回砧杵動淒清

館中九日

曠野無山詎有臺空傳此日可消災蒼然秋色天邊起愁絕雁聲江上來終歲依人何汗漫侵晨攬鏡獨徘徊空庭閒坐思排遣且插茱萸泛酒罍

中秋

銀河瀲灩淨浮烟三五盈盈月正圓但識樓頭渾不夜那知天上又何年敲詩莫惜短長句調曲爭開歌舞筵如此良宵須盡興昔教容易負嬋娟

重九

九日風高落木聲亂山殘色度江城黃花有意今猶放白髮[illegible]

情早歲生從俗也沽黄釀飲避災獨擗迢遞行迂疎何以酬隹
節秋氣收來得句清

東錫範字金虔號均軒郡邑文生

秋菊

只有黄花晚景幽此莖此葉幾生修栽量詩酒酬三徑料理㒳
霞佇九秋鴉背穩翻風信過鶴頭[illegible]試月波流祗今重得柴桑
遍爲報東籬送酒儔

吳　辰字肇覽號在田邑庠生

寄孫石橋即次原韻

光陰荏苒信如流屈指曾無一日休杯酒未寒蕭寺約霜鬢又
老曲江秋文章落落皆聲氣雲樹迢迢隔倡酬慘别尚深殘臘
感何時可許續前遊

登最高峯

聲傳樹杪出疎鐘石磴縈廻歷萬種雲氣忽看山下擁只緣身在最高峯

荆鳴昌字若貢號　邑文生

次韻答費樸園

雄心半世已輸人病是虛無懶是真不管好花舒永晝任從幽草怨芳春甕頭可有方醫俗囊底知無術療貧幾度憶君思載酒共聯新句祭詩神

荆山鼎字養思號頤齋文生占籍甘泉

漫成示星階弟

河聲山色古今移掌上金杯滿不辭門外文章三尺雪馬前風景十分詩人才寂寞誰堪數天意蒼茫未可知且傚狂歌酬一

醉不妨輕視郢中兒

李惠堂 字肯詹號青提布衣

觀音巖

玉洞三層宇何年破鬼斧慈雲護法門甘露凝重乳性空悟禪機磬聲清太古水天一檻平足躡廣寒府

富春山

矗立青峯夾岸開江湖日夜舊輕雷子陵本是無家客故向名山築釣臺

姜克三 字孚尹號布衣

吊家孝子璧如

不憚焚身眞孝子身燬棺全拚一死懸知事死如事生甘死猶呼兒在此

吳廷俊 字濬源號石渠布衣

弔姜孝子璧如

捐軀全父樞聞見共心酸血化千年碧心兼一寸丹情甘焚頂易志在格天難烈行照然在聲名亦不刊

寄同硯姜覺寰幕中次姜于春聯韻

壎篪迭和句清新沁入心脾妙入神客路最憐將盡夜天涯重憶未歸人敢云詩酒酬知己漫說文章易致身聊寄雲箋休悵望玉堂高處盡生春

賀錫範 字鍔英號鏡湖一號悅巖布衣

秋夜思家

如此清凉景空齋酒一樽思家無限意對月倍銷魂竹影横虛牖鐘聲隔遠村夜來歸夢裏猶憶問晨昏

梅花

鐵幹橫斜態自殊相看能不愛清臞松遮竹映添詩思雪壓雲封入畫圖裁處豈容塵市近開時端合夢魂俱問誰曾向西湖過淺水黄昏憶得無

神女塚 郎樂府華山畿

霏霏花霧暗斜陽遮莫魂香土亦香七尺玉棺巢翡翠一雙金椀葬鴛鴦春風不展青綾被夜月空開黄竹箱怪殺多情紅豆樹年年結子贈吳娘

歸舟晚泊丹徒仝雲閣内弟賦

蒼茫潮水下吳關我亦乘潮鼓棹還兩岸春風亂燈火一船明月話江山遊歸獨憶鶯聲好吟罷空憐帆影閒半夜忽聞柔櫓發數聲摇曳夢魂閒

綠珠

繡成金谷四時春親製新歌教玉人一曲未終眞懊惱梨花如雪落香塵

賀恩洋 字勲常號絅齋別號亦香邑庠生著有亦香居詩集

舟次天門山

浩渺疊晴空天門入望中長江接吳楚峻嶺列西東烟鎖千重壑帆懸一葉風東流瞻對峙遥映夕陽紅

分寧道中遇雨

兩岸望參差扁舟放棹時帆飛雲亂影林密鳥聲遲茅店人呼渡黄昏雨索詩相看懸瀑布烟水自迷離

郭定 字南午號豫齋嘉慶癸酉舉人

投金瀨

昔人重報恩一飯不肯棄不見當年以千金遂投致流水幾世代斯名永垂記英雄多失路轉瞬可得志對此瀨水流慷慨增氣義

焦山古鼎歌

拋天波浪傾地軸中流壁削焦山矗陰陰僧舍樹團團遊客爭歌古鼎函鼎如何黝然綠旁有耳下有足高尺三腹尺六凝然蹲踞意肅穆中有篆文古體不可讀阮亭見乎渡江來考古真搜到山麓尋出般盤周誥文九十三字如洗沐嗚呼分宜老子癡且愚黃金碧玉照乘珠何物不有猶區區不思令名患厠無神物義不辱豈爲權門驅君不見祖龍之時九鼎見淵泗系絕鼎沒甚長吁我今敬謁亦何有憂從中來獨搔首陷鼎三奪鼎九陛爾獨何爲不任鹽梅不充尸甘心寂寞空自守何如置身

廊廟期不朽燋山夜靜江濤吼怕有蛟龍挾君走

秋日山行

十里山村路風光接暮秋幾行紅糝柘相間綠松楸落照低猶射間雲懶自浮何時舒老眼行到最高頭

山齋小景用山谷押險韻法

門開峯影對歷屧麤得浮雲護短栭茅亇蛛絲斜篆甩祇窓蜂孔亂書六風來竹徑揺青箭雨過花棚長綠箷放眼自堪供笑傲不須攤飯卧觜蠵

謁陳少陽公墓

六奸請斬奏彤宸太學孤忠邁等倫只有歐陽爲義侶獨知忠定是名臣親征未報三千旅賜祭空頒五百緡差喜汪黃同鑄鐵墓門屈膝跪邊逆

書高帝紀後

江山馬上收縞素實奇謀不意論功賞新城客未酬

厲青照字徵蘭號秋崖邑文生著有雲遊集別懷集燕雨堂集秋崖散體及詩皆體源六朝艷情哀思縈繞筆端

陸赤南有焦山之遊送別

猗歟陸君天下士征衫着破情不止終南何有走直臺湘水無情弔屈子邇來卜築浣花溪着苔白石何離離眉山老去風流盡先生暫駐事事宜花開坐集升庵卷幕下長階謝傳碁紛紛摻鼓征雲淺劍門投筆遊戈戟萬里羈危展此身葛衣長揖胡宗憲嗟余志業儒落魄愧非夫聞君歸故里排闥相追呼君家機杼饒文藻如君詩學今人少靈崕削壁不可攀千里狂瀾回既倒唐人可作相酬和君與高岑風格老鄉先許渾且莫當不須寒瘦嗤郊島游子固懷鄉無聊逸興強雙峰饒古意明日又

送長君不見焦山一片烟籠樹羨君又得江山助寶刀欲寄恨無由聊賦一篇送行句

荅虞玉樹

少年多不賤同學盡知名心事滄洲遠生涯白髮輕久拚人共棄詎以道難行爲感來詩意拈毫訴不平

謁郭公墓

片石金鼇側斜陽獨艤舟此公遺塚在終古大江流潮潤海門暮林空爪渚秋探奇兼弔古碑碣信長留

讀史

元龍豪氣未全消直上層樓嘗酒澆家相功高看破斧昭侯盧淺視叔聊安常鳥道能容豈多故鴛行起逝潮莫以吾宗遂不害古今龍戰是同祧

登棲霞亭遺址望練湖

吐納長山七二流水光天色共悠悠芰荷香裡禪房寂葭菼叢中島渚幽幾度滄桑雲夢水一從歌咏峴碑留尚餘廢院堪殷鑒查靄烟波欲溯游

春夜坐雨

小院陰陰客思繁春風猶未到江干青燈低映三更雨綠綺高懸二月寒覼縷家書愁紙短辛酸鄰笛惜尊闌遙知刀尺燈閨裡共聽淒其玉漏殘

登曠觀亭

虎踞龍蟠結曠觀千峰環列白雲端秦淮波接湖光渺蕭寺烟迷樹影寒彷彿誰憐空一餓賦詩何恃八偏安凴欄共說興亡事嘹唳鴻聲助愾歎

衞青

東道迂廻失路途却教飛將旅魂孤沙場縱使生蘇建有徵分毫國士無

劉省樞字應舒號研山布衣　研山叔雅善詩詞意清筆逈惜年二十而卒識者哀之

登石帆樓

我來石帆樓悠然等輕舟如鰲赴川飲欲縮旋低頭山光極天淨江風何颼颼古樹亦何瘦孤帆不可留既爲天下雄胡爲不中流我亦重義氣不在孫曹劉脚底生烟雲伸手摘斗牛潮聲亦知止金焦掌上收天地亦何窄不盡江山愁寂寂迴塵外年來輕王侯人生雄偉有如此定知義氣橫千秋嗚呼人生雄偉有如此定知義氣橫千秋

別友人

羨君磊落之奇才，凌雲健筆何雄魏。爾我交情亦云好，倏然分手山之隈。丈夫千里如覿面，區區離别何須哀。他日相逢願不違，擬將痛飲琉璃杯。

京江道中

欲往京江去，揚帆百里程。岸皆山矗立，舟任水縱横。古樹前村色，檣艘夾路聲。遥看高塔迫，屈指到嚴城。

寄懷於三鶴蒼集古次紫垣大哥韻

與君結納勝投膠（厲鶚）舉眼平生覺易拋（李夢陽）雨過斷亭雲斷續（梅堯臣）詩成幽檻句推敲（高啓）丈夫意氣應如驥（李攀龍）春雨池鱗欲化蛟（韻府）别後誰能慰牢落（王十朋）連牀夜話日論交（韻府）詞賦誰能慰寂寥（趙賓）有人幽處厭喧囂（方岳）傷心橋下春波綠（陸游）飛夢花前鶯語嬌（王士正）别岸無端縈細柳（梅堯臣）隔垣擬聽賣餳

蕭韻府少年勉力親燈火玉明十姓字扶桑銅柱標楊基

東南金字品三號玉堂太學生

冬夜

寂寞書窗下冬來夜氣清梅間微雪灑竹外朔風鳴爲待故人
至時聞寒雁聲出門何處望遠火照江城

劉汝恒字文壽號遜菴布衣著有醉綠軒詩鈔

秋興

蕭蕭江上荻花秋忍看寒潮萬里流作客有詩頻續草思鄉無
日不登樓半生淹滯都因傲千古牢騷合共愁我自放懷時載
酒醉來歌上采菱舟

江村秋夜

枕江樓外一山莊有客蕭然刱草堂掃逕忽驚松子落開門放

入稻花香堦留皓月明詩眼座接清風醒酒腸終歲不如秋夜好且吹桓笛學徜徉

登北固樓望江

踏破松陰到上頭此樓無恙我重遊秋山極目楓榆老江水無情日夜流夾岸烟迷京口樹滿帆風送海門舟登高舒嘯襟懷爽底事無端發旅愁

吳畫錦 字凌雲號硯堂邑增生

擬昌黎山石

山高石巉巖微微晚來洞口丹楓飛風急天清氣蕭爽長松千年松子肥馬牛倒影勢突兀籐蘿交錯行人稀韓公昔來入山寺老僧炊米聊充饑夜靜鐘聲語寂寂明月初上先入扉天明山鳥若相喚披衣啟戶烟霏霏微烟幕歷曙氣冷但見纍纍石

四圍高底拾級登絶頂長嘯一聲風飄衣俯瞰雲深思羽化何須籠絡爲人羈昔人於此願不返襟懷浩浩將忘歸

燕子磯石壁觀吳道子觀音畫像

危磯矗立大江中形如燕子疑天工疑人逸士尋舊蹟古碑拂拭披蒿蓬我今爲訪道子畫歷千百年猶未壞乘舟倏爾至磯前石壁嶙磷誠險隘舍舟拾級登怪石爰循籐路罕人跡路盡山空石更長始見佛像鏤古壁遥想當年始畫時何嘗跼蹐勞心思聽其筆墨所自至畫工妙絶誰如斯江心浴月光皎皎神傳像外雲烟渺白衣宛轉空中求鸚語如聞香細裊至今石壁留遺蹤彷彿金仙下九重爲憶古今登眺日風徽人往難相逢

秋江曉發

雞唱江村夜色闌孤舟頭發使君灘櫓分碧水星初落帆破輕

烟霧未乾月影將殘盧帷起蜀華正下海濤寒澄波似鏡天無
際直欲乘槎湖壯觀

東南圖 字曙清號嵴園太學生

觀瘞鶴銘用東坡韻

焦巖峯巒形聳峙名山幽勝推江南鶯花三月江水發輕舟歘
浪八兩三銘傳瘞鶴半磨滅字體屈曲如卧蠶筆勢踈慢神無
停書家對此宜懷斷深林日落神鬼護蛟龍夜半吟寒潭崩厓
斷石入迹絶苔封蘚没春雨酣壬辰甲子年歲勘未護識者誰
與談雲鑱日炙千百歲古色斑剝濯佛龕山僧爲客煮新茗巖
下汲取清泉甘撫兹眞迹不可辨千搜萬索意自貪右軍已遠
去景殁論者不一其孰堪踞石獨坐興靡竭踈鐘清磬來茅庵
螢

蕭瑟秋風晚如星熠燿飛既堪臨古籍何事點人衣影落蓬門
淡光含玉露微末曾欺暗室到處自流輝

送春

春遍江南綠間紅亭臺香把百花風六朝無限繁華事盡付鶯
啼燕語中

錢　珏字九霞號壽軒太學生

遊北郭惠山觀玉乳泉

山横北郭秀寺枕湖流清湖水山光長不改寺邊古路行人行
鷗浮水上閒且靜孤雁高飛雲外鳴仙人幾許飲玉乳一洗人
間世俗情

周開端字竣穎號梭園邑增生

五君詠擬顔延年

阮公廊廟器胡爲尉步兵號此醉中趣因溥公與卿放浪託高
躅謳吟寄遐情想當蘇門嘯浪浪天風生阮步兵
中散知音者靜中撫清絃修篁響幽徑皎月麗中天高山誠峩
峩流水何潺潺自非鮑公識誰知形解仙嵇中散
劉伶甘隱淪埋照日沉醉但知酩酊美自滅聞見累不須酒其深
心一任流俗議堪笑風塵人無如醉者智劉參軍
仲容誠名士磊落才不羈山公識亦洞屢薦嘆數奇彈冠幷所
慶振衣聊目怡太守雖入官清操寧傾移阮始平
向秀亦豪傑卓犖觀群書交遊青雲客嘯傲風雨廬明志在淡
泊探道窮元虛澄懷觀萬變膏粱曷取諸向常侍

遊華陽洞

奇峯插天外一見驚拔萃古洞草花幽華陽迷紫翠冥深晝欲

暝靈區藏與秘洞口出芝英登眺且緩轡三折瞰金陵山勢若巳字雨來烟霧生雨霽雲壑媚樓臺畫半空高下聞松吹仙人三真君茅家昆季秀獨上大茅巔捫心消萬事

練湖泛舟

曲阿城外風景美蘭橈泛泛烟波裏潤浪浮天撼寂寥山涵落照沉秋水閒鷗來去逐船飛香蓝芳蘭隔中沚水天一葉蕩波輕明月橋畔簫聲起

延慶寺

古寺横東郭蕭疎曲徑通客來修竹裏鷗泛碧池中鈴語響高塔野風嘶玉驄曾聞明代事此是祝釐宫

挽李貞烈

貞靜家風向有名於今並見矢貞誠同舟父子歸泉壤葉氏父子同舟

水邈目靈魂到玉京閭訃聞服鴆死差擬鴛鴦腸欲斷縱教鴆毒面如
生難忘惟有雙親膝猶聽深閨囑附聲

北固山懷古

嵯峨北固枕南州京口名區一覽收山閣曉雲浮海色寺鐘宵
雨入江流六朝勝蹟烟中樹三國雄圖水上鷗騷客莫論題壁
句滿天寒影到西樓

楊錫祉字元瑞號淡川太學生

硯山圖

我欲訪元章元章不可見我欲訪硯山硯山已流轉祇此寶晉
齋披圖動人羨峰攢三十六玲瓏光采眩左右引陂陀中平鑿
爲硯龍池窈而曲時生白雲片昔爲南唐珍後爲米老還易去
築成圖圖成石不面惟有海岳菴不逐烟雲變

周　鳴字寶章，號桐岡，邑文生

題劉時菴把卷獨立圖

斯人偉矣哉，體大駭瞻矚。不櫛亦不冠，夷然超塵俗。丹青有妙心，貌此形款篤。手攜鄴侯書，盡日看不足。宛委探秘藏，銀編奇字綠。文瀾濬其源，心久冰壺浴。下筆千言成，有如蘇玉局。吾鄉文獻多遺亡，勤補續詩詞綜其全。籌火常手錄，立志在千秋。外此夫何欲，郎今畫中身。一編見心曲，嗜古自有眞。舍君復誰屬。

春日偶成

塵市不必遠，世故不必深。但能免俗懷，何地非山林。馳驅名利場，轉使憂慮侵。文章不逢時，亦可娛幽襟。流俗作知已，恐非志士心。對此春色好，禽鳥鳴佳音。清談消永晝，奚事瑟與琴。寄語忘機者，蕭然愜余忱。

擬李義山燕臺四首

花瓣夾泥銜紫陌陌上春駒留不得酒胡三十尚當鑪斜睨郎鄲舊相識亞字闌干錦樹西青烟一翦柳梢齊蛺蝶入叢尋伴侶煖日烘香夢亦迷良夜玩天天莫曙朦朧宛聽黃鸝語起整衣裳見酒痕青皇寂寂歸何所我欲從之花徑窄桃花落盡梨花白憐他燕子尚遲疑疑是紅樓遊女魄海棠枝上遊絲在簾鈎響觸金珠琲長繩無自繫春暉施得春愁入酒海惜流光也

舊院沉沉簾不捲侍兒倆說銀河見玉沼潛鱗怯月鈎瓊枝宿鳥愁星彈仙子乘風離恨天雲冠霞帔斗車旋世間阻隔九萬里野店山谿飛柳棉芙蕖獨秀無人取浣紗女伴遙相語搴裳欲涉水無波戀此孤芳不能去銀河便是黃河源天上水清人間渾臨流自浣芙蓉裙遠赴洞庭喚湘君悲時遇也

屈戌銀鐺清露濕瑣窗不隔蟲聲入小姑未解病相思西樓一夜琵琶急亞字墻低天近遠匏瓜獨處嘗無怨銀灣脉脉鵲歸遲仙人畢竟情根淺楚蘭秋蕋尚如春澤畔搴芳躡緑茵閶風久不遣青鳥紉佩空思寄遠人無琴欲作江南弄新聲入夜么絃重風林料峭語簷鈴徹夜高唐不成夢桂宮香冷霓裳長照見佳人樓上處姮娥有藥可長生願駐丹顔永如故感離羣也

鴛鴦殘冷清霜下嫦娥贖贖愁新寡生憎青女太無情朔方流草枯平野陽烏漸漸扶桑起桂花搖落蟾蜍死煖藁翡翠試新雛簾外啄殘紅豆子物性人情真一槪梅花影裏無人在神仙眷屬也難爲簇簇歸來見雙妹珊瑚枝折海水寒玉柯落葉形孤單蜀魂啼血何處去鐵馬丁丁怨天曙傷死别也

贈賀鏡湖

嶺海歸來氣益奇放開眼界掃愁眉疏狂骨格儒兼俠風月襟懷慧更癡散盡黃金還好客拚將華髮只論詩蕭齋倘足千秋業牛耳登壇恕屬誰

午日懷古

菖蒲新綠映前津落日寒潮弔楚臣載酒江頭齊競渡醉人翻欲渡醒人

塞上曲

束髮懸弓出漢關手提一劍度天山將軍血戰三千里奪得龍沙舊壘還

姜景華 字藝洲號湘𣶂邑文生著有春草軒藕花溪館歸程紀遊晒巷小草諸集年二十卒

金城嶺看瀑布

逶迤越層巒山氣靄然結雲花時有無嵐翠屢明滅衆壑杳以

深羣山四環列迢遥見西山飛瀑懸峰缺一條向長空灑落向巖穴白晝吼春雷蒼崖震欲裂一瞬眼眩花恍惚驚龍掣壯哉此大觀令我心怡悦

雜詩

隴山有珍禽自名爲鸚鵡巧慧工語言熠煌美毛羽托體深山阿飲啄安故土寄迹竄不密終爲羅人取一自辭故巢遠困樊籠苦嗟哉此珍禽文彩亦何補

丈夫志不遂四海空馳驅達者貴安命休自悲窮途世情久難測反覆生須臾然諾古所重季布今則無流俗既如此浮榮安可圖不如守愚拙聊以全吾軀

洞庭湖秋月

岳陽樓下湖水平洞庭湖面秋月明我愛洞庭兼愛月月中放

[illegible]扁舟輕何人鐵笛臨風起吹徹秋光八百里回首君山小似螺數峰倒插湖波底

渡洞庭

春江三月平如掌颯颯南風吹五兩湘水迢迢日午時扁舟一葉帆初上須臾風緊濤起堆風力混勢爭喧豗坐看兩岸目昏眩但覺耳際聲如雷舟人鵠立不暇語轉瞬已入洞庭瀟湘雲夢指顧間萬頃烟波撼三楚君山一點如浮萍螺鬟約略波面青湘靈一往不可作雅瑟千古難重聽我今憑弔傷懷抱今古興亡何浩渺歸雁一聲雲四陰片帆飛過巴陵道

聞蟲

寒蟲有何恨亦自發哀吟別淚此時盡客心今夕深荒庭風正冷空院月初沉況復殘燈裏聲聲渡遠砧

留别金野雲

秋色淨遥空荒城落照紅臨岐一揮手離恨滿西風自此悲帆
去相思兩地同迢迢隔吳楚腸斷北來鴻

舟行

風急雨初晴孤帆趁晚行潮吞荒岸斷雲截亂山平斜日春江
路歸鴻遠客情風波今更急夜夜夢魂驚

大風江行

山勢逐帆奔舟行晝亦昏波濤驚水鷁風雨拜江豚雲靄千峰
失潮飛兩岸吞安危何足計飄蕩任乾坤

梅

疎籬一抹晚烟痕縞袂逢來欲斷魂有客獨眠憐翠羽何人小
立伴黃昏書傳隴首春千里夢入江南月一村記得石橋殘雪

裏暗香引我到柴門

大觀亭晚望

危亭獨上客心孤暮靄蒼茫景色殊山色萬重橫北皖江流一氣走東吳荒村烟樹遙難辨落日帆檣遠欲無憑弔忠魂尋石碣可憐苔蘚已模糊

横江詞

送郎臨横江風狂不可渡江水知妾心爲妾留郎住

閨怨

鳥啼春暮鬢徘徊粧臺側祇有鏡中人猶憐妾顔色

蚪阿詩綜卷之三十終

曲阿詩綜卷之三十一

丹陽後學劉會恩時菴輯

國朝

閨秀

賀潔字靚君黄公次女溧陽邑文生史事配著有愁人集

芝山館即事

春山籠曉日烟柳綠依依細雨燈前句斜陽花下扉捲簾邀月入移石放雲飛偶憶鱸羮美垂蓬門近釣磯

曉霽

曉霽輕烟散山明樹色蒼疎蘭風裏碧叢菊雨中黄掠蕊蜂鬚膩穿花蝶翅香閒遊芳徑曲鶯語出幽篁

同川和外二首

闢境居然異離離黍稷豐清流抱茅屋老樹跨村童雁宿蘆花月鴉鳴檞葉風捕魚時晒細濁酒可從容

倒景流清影芙蓉艷野秋籬根穿瓦屋牆角出蝸牛稚子吹蘆管老翁垂釣鈎扁舟爭晚渡小犬吠溪頭

晴窗雜咏

晴嵐環列翠屏高一望平湖捲素濤鸂鶒浴闌眠社若流鶯歌罷啄櫻桃依依月影裁團扇隱隱星文拭古刀笑指龍孫新解籜呼童拾取覆春醪

寄外蜀中

牛馬風塵幾悞身揮毫已痛語酸辛三年寶劍天涯客一夜寒燈夢裏人書爲愁多封欲寄指因血染字難真巫山本是天高遠何意天高反覺親

春日

春庭寂寂晝簾垂旋汲新泉自灌茶滿地落花風未掃一牀幽夢月寬窺吟成桂句鸚偷韻獲得鮮鱗雀嫉饑鳴咽忽聞何處響鄰姬閒按玉簫吹

秋曉

西風古木噪昏鴉門掩清秋冷絳紗遶徑寒蟲吟落葉當天征雁襯殘霞厭厭欲盡霜中草楚楚無聊雨後花寂寞愁人情思苦不堪遠戍咽悲笳

古怨辭

湘竹斑痕淚妾顏淚漬斑厭聽樓下水徹夜去潺潺

蕉心舒不捲妾心捲不舒夢回情緒急明月在窗虛

古意

良璞苦不售歲月嗟蹉跎欲向君門獻躊躇憶卞和

孤雁

無眠聽雨漏偏長風入疏櫺覺枕涼孤雁一聲何處去夜深拖影度瀟湘

多病

病多鎮日拋針線欲試霜毫強賦詩吟到愁深腸欲斷一簾寒雨雁歸時

憶外

春曉凭欄數落花遊人萬里未還家呢喃燕子憐幽寂故故低飛傍碧紗

賀祿字宜君自號鶴行內史黄今三女金沙王浦配著有奩餘詩草詞草

古意

妾心非比磨屈曲能舒折妾心堅似金勞他百煉成輕將金錯刀剪斷絲叢結拋碎玉連環纏綿今斷絕

泇河署中感懷二首時方應別駕葉公友節之召

蕭蕭葉亂金風烈夜夜驚人敲敗鐵不容殘夢到江南那管愁人腸欲絕幾番握管鎖雙眉拾得鸞箋暗自悲裁成錦字憑誰寄遙望雲山指落暉排空雁字衝寒陣霜月蘆花相對冷竟無隻影下南樓乘風吹嘆離鄉井凝眸無語淚潸潸點點殘痕似血斑立久無聊歸繡戶開箱檢點舊羅衫

長空瀟漠同雲密一望征途人影絕千山萬嶺似銀妝饑鳥封巢爭食雪去年此際在閨中暖閣紅爐笑語濃今日身為天外客故園何處目離窮無聊暗把菱花照愈覺容顏今更老蕭蕭兩鬢霜成絲舊恨新愁都不少殘燈如霧浸簾帷補得寒衣淚

未暇收拾金針忙就枕夢中恐有錦書來

春日

庭花落盡鳥含饑滿地青青嫩綠肥洗硯墨飄魚唼食曬衾香散蝶驚飛揮毫未展題春句鬬草新輸金縷衣笑共鄰娃相對語枝頭梅子又依依

遠眺

晴絲點水碧於烟幾日村郊綠滿田山鳥呼名來院落夕陽折影上秋千楊花絮散風前雪芳草青含雨後天老去忽思年少事一輪明月映前川

新妝

新妝開鏡展紅綿壓損雙蛾懶去添小婢不知心裏事又簪金鳳傍花鈿

讀愁人集書後 仲姊詩名愁人集

愁懷繚繞似縈絲，不識何年是盡時。他日補遺容我入，愁人集外又愁卿。

惲氏 武進人，邑文生吳維伯配。甫八月，維伯死，生遺腹子名思顧，授以詩書，爲名諸生。著有集唐采蘭集。

集唐自題荷梅小照

苦吟林下拂詩塵，雪點寒梅小院春。欲識九廻腸斷處，問人除卻我無人。

綺羅長擁亂書堆，一首長歌萬恨來。從此時時春夢裏，只因頭看北枝梅。

還到春時別恨生，多情卻是總無情。何人畫得天生態，一片傷心畫不成。

集唐閨怨三十二首錄七

淡蕩春風滿眼來夭桃愁艷蝶飛迴妝成祗自重春坐懷抱何
時得好開
一別音容兩渺茫至今沙上少鴛鴦相思嶺上相思淚拭卻千
行更萬行
萬般離恨總隨風錦疊空牀委墜紅月不長圓花易落豈知天
道曲如弓
茨菰葉爛別西灣日夜燒香應自還心折此時無一寸不堪重
過望夫山
一顧難酬覺命輕今朝追賞幾傷情自慚不及鴛鴦侶雙宿雙
飛過一生
羽管慵調怨別離日頭吟望苦低垂多情只有春庭月處處相
將步步隨

香飄金屋篆烟清瘦去誰憐舞掌輕昨夜秋風今夜雨著人垂
淚到天明

岳麓圖 字雲封號印山蘭陵岳觀察處繼女賀汝第配著有金尺庵稿 生蕃溯宋芸香夫人嘗詩云慈人來取多男兆親向東窗挂石榴春蘭爲爾簪魚髮鬢賭卻人間百和香樂府一編都手錄內中删去白頭吟其工於吐屬如此悄情安雅可知 又有哭先舅詩云南北崎嶇信國身十年飲恨未能伸早知時事成烏有悔不捐軀殉甲申追憶傷心淚滿巾江湖羅老一孤臣吹簫乞食非男子若個能爲覆楚人情辭僾慨而艷情逸韻無一點脂粉氣息殆古班姬道韞之流亞歟

新秋

鳴蟬驚午夢信步到池塘弱柳眠秋水高松挂夕陽荷深藏釣艇荇密礙鴛鴦不用薰蘭麝浣衣泉自香

簡唐夫人 居金尺庵鄰夫人半園

幽居少人事慰寂有鄰家閑敞棋聲應籬疎燭影斜時攜一樽

酒來就半園花古照同秋色深談到月斜

夏日

山静如年日況當長夏時荷香入室遠竹影度簾遲刺繡金針澁調琴玉軫移法書欣借得逃暑且臨池

移居草堂和韻

皓首梁夫子辛勤更草堂成都桑未種栗里菊猶荒世事翻新譜生涯理舊方稻粱謀不遂聊與共糟糠

樂志

平疇漠漠對柴扉學稼懸知不苦饑春到雨餘溪水漲秋深風急稻花飛山厨婢報亨葵熟衡宇童迎種豆歸可羡田家多樂事青蓑先識丈人衣

荷

鬟髻紗封第一紅不隨凡世嫁春風華清浴罷嬌無力洛浦凌波態轉工怯日先張翡翠蓋遲喧常借水晶宮佳人絕世真難得家在江南若冒東

秋夜

秋庭半夜月如銀寂寂紗窗映綠筠人暖琴書常到手新涼燈火漸親人愁腸萬縷能牽夢好句千聯不療貧獨坐詩成正蕭瑟一聲橫笛過東鄰

寄衣

盛世猶聞高士隱滄桑何況一時非丈夫立志看懸矢兒女常情在擣衣寬窄自依臨去樣寒溫難定幾時歸西山不必多懷古千里蓴羹可代薇

日高

日高猶未整雙鬟，坐對寒梅心自閒。有酒不妨吟白雪，無錢何處買青山。利名役志誰能掃，婚嫁勞神我卻刪。欲辨此中眞意趣，枝頭黃鳥自緡蠻。

蠟梅

繞室梅花得似無，矜持未肯嫁林逋。黃昏浮動香逾馥，清淺橫斜影更孤。洗盡鉛華惟見爾，最耽寂寞適如吾。小窗若與同朝夕，不羨羅浮展畫圖。

疎懶

家徒壁立亦何辭，疎懶從來性所宜。桁上春衫羞冶艷，案頭黃卷任參差。欲催詩思斟須滿，惜剩爐烟睡毋遲。更有深閨消日處，秋仙遺譜獨敲棋。

漫書　抒齋報母三年者再

年華已過百年三一事無成卻自慙漫道持齋能報母虛傳佩草便宜男啼饑歲歲卻緣懶開卷時時任笑憨更變睡鄉風景好新涼天氣慾幽探

贈女生治蘭

氤氳吹氣勝於蘭艷冶能兼雅淡難綽約似從瑣闥見風流真作肇人看應知牆上虛稱宋始信車中定有潘自笑一椿修飾處淺淡無那履雲寬

偕隱 時讀東坡集

偕隱何妨縱嘯歌山林長往尚蹉跎門依遂巷車音少居傍園亭鳥語多晉室風流貧北阮宋朝文藻富東坡翻書到得欣然處一任雙丸似擲梭

秋日過靡石軒舊宅有感

予烟霞痼疾山水膏肓綺羅素性匆存脂粉生來不好
司馬之家徒壁立幸有賜書中蔚之徑滿蓬蒿常多暇
日椎髻爲梁鴻之婦蓬頭無王霸之兒一邱一壑雅宜
置此間人一觴一吟自負惟應我輩癸巳之冬移居錢
大司農故宅軒名兼石薜蘿恍似山林池比杯湖荇藻
居然濠濮半畝荷錢惜花早起一簾槐影愛月遲眠庶
幾靈逭忘憂風搖燭忽而家遭不造世值多屯滄海之
變機市朝何托青冥之鴻羽羅網高張短宛悲歌一言
不返小樓坐臥之死靡他欒布趨湯之日飛鷹痛絕郊
原朱家緩頰之時廣柳感傷行路桐雲入夢青山遂屬
朱門松菊無存碧澗翻成塵驛御況燕子仍棲濯錦堂
前戲水鳧雛尚聚浣花溪畔每憶舊遊繼之感嘆行將

採青芝之於絕巘服石髓於巖壑别有野人之家自謂愚
公之谷桃花樹裏何處問津黄鸎叢中不知何世則柴
蕭碧嶺豈如潄石西山畫棟朝飛何似枕流南浦偶題
短什以廣予懷
蕭石烟霞秀可餐曾於樹下寄蒲團誰知北海風波起欲作東
山高臥難兩岸芙蓉方寂寞一庭修竹尚平安依然景物渾如
昨今日凭欄不忍看
暑雨聯句
涼風吹天末岳夜靜好聯詩生茉莉芬初吐岳梧桐影漸移生
試裙臨畫檻岳揮扇對方池生砌上蟲吟苦岳枝頭蟬噪悲生
隔簾蘭麝透岳别院管弦遲生伯雅頻飛後岳清音緩奏時生
白雲停遠岫岳明月度疏籬生排悶歌桃葉岳澆愁詠竹枝生

人生貴適志岳偕隱百年期生

讀後漢列女傳

剪燭西窗夜寒衣製罷時閒翻列女傳羞見蔡姬詩

看菊有感

秋菊邀人醉不知霜滿衣衡門在何許斜雁引人歸

詠李夫人

後宮佳麗滿三千一顧傾城亦偶然不許君王厭消歇姍姍風致自年年

重九小妹邀賞菊未赴

風雨登樓興已闌況兼多病怯新寒應知菊意同予澹兩地相憐不忍看

初春

半窗晴日印青莎謖謖松風小篆斜柱宇一聲春夢斷只愁飛去啄梅花

納妾芸香二十五首錄六

盈盈十五是名姝試問郎君得意無應把珠璣持去換夜光自有蚌中珠

憶得周南課小樓雛年諷詠每含羞慈人來取多男兆覩向東窗挂石榴

椎髻年來學孟光奩無珠翠好添妝春蘭爲爾營雙髻賤卻人間百和香

長卿定不改初心口實胡爲直到今樂府一編都手錄内中刪去白頭吟

但教得襲舊衣裘漢派江源自合流爲我寄聲姑姊妹並非邀

譽暮曹邸
花樣描來意仍深枕函試看繡花心於今結得鴛鴦社何必耆
征怨抱衾

賀雲間 無黨職方長女毘陵莊京生明府室

贈生菴弟和原韻

半生感慨竟何如欲向空門一掃除急難每賡棠棣句涕零時
廢蓼莪詩齊眉偕隱留清夢 弟婦先亡 隻履孤遊返故廬爲度有情
來五濁化身應即在蟲魚
忽聞午夜一聲蛙松目青青月自華念我尚慚金色女看君長
現白蓮花三山遊映千江水七寶收回半粒砂屈指數年婚嫁
畢逍遥同到佛作家

賀眉山 無黨職方次女錢塘茅兆儒室

贈生巷仲兄次原韻

三十年來兄妹如最憐道韞筆先陞昔年負郭空成夢今日辭家不著書振錫雲山開寶刹奔僧竹院過吾廬西臺屈指登蓮社可許皈依擊木魚

梭擲光陰每自嗟從教秋實勝春華拔緇頓失忘年友脫俗誰看解語花久愧咏歌慚柳絮欣看詞賦點丹砂幾番話到傷心處猶羨金繩一到家

徐紹芬字浥清號印山姜彥初側室浥清通書史能以風雅徐紹芬偕酬唱彥初嘗語人以閨閣中得一良友年二十八寡生二子長稍次和

對鏡

試問鏡中人清減何如此相對無笑容多應憔悴死

自題畫竹

顰眉慵賦惜花詞翠竹蕭疎動我思腸斷湘娥留淚迹從今不敢淚偷垂

邱氏 楊志堅配年二十二寡撫孤申錫能口授孝經論語暇爲韻語亦工雅

書恨

兩載相依一夕分那堪比翼悼離羣臨風灑淚飄紅雨對鏡飛蓬慘綠雲燕子樓寒君憶我鴛鴦塚冷我憐君鼓琴並坐當年事悔把新絃理斷紋

示兒子申錫

身輕一葉有如無對鏡常看兩淚枯不諳三遷敦母訓徒將五尺痛兒孤凌霜翠竹稱君子耐歲青松號大夫手澤一編還付汝欲看駑馬識前途

亡夫忌日

泣對菱花畧整妝拔釵換酒奠靈牀可憐釋子深深拜只恐君知也斷腸

苦雨酸風和淚飄强將書卷慰無聊偶然翻得君遺稿不覺雙垂淚滿湖

湯萊字萊生名士寅之妹丹徒邑文生李大來室著有憶蕙軒稿夫人詩秀骨天成而書法精好並爲一時所重

平山堂懷古

隋苑荒臺峙高樓蕪城宮草遺螺黛碧花染合歡紅淸夜何人曲黃昏幾處鐘更憐歌舞地古墓冷江楓

過維揚舊居

卜宅曾留此重門今又開綠鋪荒徑草紅冷小窗梅鼠跡盈塵案蛛絲遍石臺相迎惟老婢笑問幾時來

牡丹

年來兵甲未全收避地湖干得勝遊幸有名花堪作伴暫攜濁酒自澆愁錦堂霞映千層麗香閣脂凝一捻柔遙憶洛陽春色好誰憐姚魏姓名留

閏端午

喜看佳節今逢閏賸得菖蒲泛酒卮綵線多情今又續榴花有意故開遲中流畫槳飛雙翼別院笙歌競一時爲惜孤忠魂未散重將楚些弔湘湄

江村晚眺

明霞斷續隔長天哀柳殘陽鎖暮烟目送鄉心高下路帆懸落日往來船牧人驅犢歸茅舍釣客收竿換酒錢寂寞荒郊情黯淡寒鴉幾點暮雲邊

有感

盡道江南好江南是妾家故鄉歸未得空自記年華

共成今昔恨盡日舊簾垂極目長空雁愁心欲訴誰

賀靜媛邑文生荊潤配幼穎異喜讀書年二十四寡哭夫目盲忽夢爛謂曰能事吾母則吾死不恨以藥丸吞之而目愈事姑盡孝嘗自爲文禱於神祈速死與夫黃泉相見聞者哀之

春日感懷

雙鬢青青似故吾常看眠倒倚風扶一生好夢歸岑寂百結柔腸轉轆轤金盡妝頭謀變產衣空篋內尚留遺閒愁時向花前訴試問庭花解語無

張靜懿字瑤雪中書顧女孫邑文生秦之女貞女幼讀孝子節婦傳輒曰人生當如是字同邑汪廷颺汪歿矢志守貞舅鄙甚不能容里黨欲訴之官女告曰以兒故訐翁姑他日何以見其子於地下卒勿許年三十一自縊一時名士輓贈詩文甚夥

斷腸吟

父母育我身詎意我命劣未賦夭桃詩遽灑分鸞血景仰載女山時慕共姜烈人生當如是何分今與昔痛欲自隕滅親恩念罔極長齋繡佛前苦行甘茹蘖翁念我年少我念姑半百既失繞膝兒願爲不字媳留得伶仃軀聊代供子職莫謂樂莫楚只因惜名節說與斷腸處斷腸說不得吁嗟數行句猿聞亦涕泣

史氏 字倩隱溧陽史鼎明府女賀菊存室

春朝採梅細香亭

生爲閨中客夢不到名山夫子挺高操負戴歸湖灣川原拱若抱花柳攢如環抛針始受詩學道常閉關獻歲屏人事柴門何寬閑春盤既足餞春酒頗不慳隨君採春行歡言開容顏愧無梅花姿而與梅花班

移居草堂和韻

暑到吾廬失高林秋欲生澹依卯壑住閒向畫圖行叢竹生微
響蕭疏送遠情虛窗蕉影裏不覺玉釵橫

九日

高樓憑遠眺佳會喜初晴雲破天逾碧波平溪更清雁聲猶不
到菊影正分明寂寞添愁思砧聲急 帝城

細香亭移種梅花十株和韻

每愛名花綴草根南枝常從種南村臨窗拂榻雲生幔坐石橫
琴月映門婢解說詩多忤主子來問字半携孫一春檢點桑麻
課赤腳長鬚隴上屯

次賓鴻叔母畫簾原韻

玉人筆底有奇葩畫得梅花似畫沙紙帳已陪君復去暗香還

透碧窗紗

窺戶惟應有素葩疏花題徧錦文沙君家門下多桃李獨把寒

枝隔絳紗

程　淑字儀吉號娟娟工詩善畫

題蘆仙女史畫

青山青如畫秀色自可掇烟靄出其中林意與之活

陳　銀字合儀號一塘又號練湖女史著有離騷發蒙五卷

思長姊

別後懨懨梳洗遲最無情緒燕差池自從分袂初春後一日腸

迴十二時

病中寄母

抱病纏綿不自支庭花懶覩臥紗幃嫩蕉初綠櫻桃綻卻是慈

親憶女時

王月恒 字氷文，邑文生豐樂室

古四時宮怨

繡戶雕窗鎖玉人，空敎一念謫凡塵。流鶯已解窺幽寂，啣出宮花漏禁春。

榴火噴蒸午漏餘，暫抛錦繡下庭除。欲將心事題蕉葉，幾度含毫不敢書。

永巷深沉月色幽，羅衣添盡不勝秋。怪他鸚鵡能傳語，誰敢推窗看女牛。

紫禁孤眠夢亦寒，晨妝不整倚欄杆。欲知無限傷心處，强把梅花帶笑看。

吳珏 鄒義室，年十九寡，立兄子爲後，剌繡課女童，養姑苦節五十餘年。

寄姚節母

掃眉才子錢唐住早歲鸞釵亦愴情荼苦我曾經百折剪裁君自到三更力持門戶青槐蔭庭訓兒孫綵翮成可耐江鄉路迢遞衍波聊爲寄飛瓊

書扇

閒將紈扇寫新詞寫得雙行筆又遲不畏簪花風格媚鴛鴦兩字奈何書

唐氏 字冰操武進人荆川六世女孫太學生匡九女賀寅協配貞女年十七守貞二十八而卒生平喜作悉燬不以示人僅存遺筆示弟媳董氏詩四章亦可見貞女之志節矣學使鄧鍾岳旌其門

遺筆四章

予生且休矣薄命爲星辰落落誰憐我悠悠難告人簾垂長明影院冷不知春白日情懷過愁腸夢裏眞

鶴鳴歸棹後何日是佳辰骨瘦眞如竹形衰畧似人親䰟經半載女疾已三春生死原無望何須辨假眞

記得殘冬日歸寧正誕辰傷哉不孝女已矣未亡人父母逡巡老翁姑自在春最憐膝下子孺慕本天眞

依依縈兩地空自負良辰辛苦曾同弟存亡莫問人蕭蕭風雨夜黯黯別離春小阮偏多事拈毫爲寫眞家侄程逵爲圖小照

盧　氏金壇人恒齋之女張鼎室著有凌雲樓詩草

病中訓子

事親孰爲孝積善久自昌砥礪立純品汲古工詞章棠棣咏兄弟相勗更就將治家肅乃易處世謙益光通塞各安命愼勿蹈躁妄我心雖未死我病已膏肓勉旃從予訓名譽自芬芳

登黃鶴樓

梯雲上危樓倏忽身千尺飛閣流麗彩江水連天碧黃鶴何時還仙容宛在昔曠然一懷古仰見星月白

蜀中

蜀路何崎嶇山迴窮無路繞樹更攀籐別有烟霞護回顧少行人身在雲中度高嶺摩天門四圍懸瀑布側身立千仞紅日雲吞吐好風吹我襟乍訝松濤怒青衣女提筐娉婷偶然遇解渴向索飲飲我丹桂露得毋山中仙引領開妙悟

隨任紀遊

生長深閨守舊土焚膏織作資攻苦一旦乘舟隨宦遊山川到眼紛無數長江滾滾水連天龍宫劃破江心橹曉衝輕霧出重山暮帶明星宿遠浦金焦雙峙任吐吞燕子磯前雙燕舞九華山外看朝霞披雲又入廬山塢兒媳俱承膝下歡某山某水各

談古有時心曠與長歌瑤琴一曲兼新賦未幾七澤並三湘停篙暫採芳洲杜龜蛇萬仞挂斜陽仙樓處處開朱戸回憶江南烟樹家小堂閒煞芭蕉雨龜蛇二山名

詠海棠

一夜江南夢春光到海棠睡來疑帶醉浴罷尚凝妝有色嬌難並無香韻自長少陵深護惜不爲詠餘芳

夢後

分明有路到天涯放眼青山一片遮畫閣輕烟香細動珠簾疎影月初斜玉簫音斷悲離客杜宇聲殘怨落花百折愁腸難自決門前疑設五雲車

爲族姊畫紅桃戲題

古渡紅霞蒸晚天劇憐帶雨態嫣然桃花人面原相似休令崔

郎憶去年

次女嫁後憶作

琴書顛倒任誰看人去樓空簾影寒獨坐凝思無一語任他月色照欄杆

柳灣濃淡落斜暉短笛吹愁入繡帷幾度憑欄翹首處尺書頻到尚嫌稀

荆六娘順天府府尹虞鳴球室早卒詩見史公度西清散記

永訣詩六首録三

夜深風驟響庭槐花澀殘燈半未開寂寂蘭房人去後空餘月色爲君來

淚染羅衾欲盡時憐君還復惜君癡紅梅零落春原在開到桃花又一枝

風簾猶自響金鈎環珮無聲月滿樓鈿盒傷心休更啟對君敲碎玉搔頭

賀雙卿字秋碧將墅村人其母舅爲訓詁師秋碧依膝前神解夙慧一覽輒終身不忘家貧歸金沙綃山農家周氏子周氏子母舅家乳媪之子也著有雪壓軒詩集西清散記云寧溪爲七言古雙卿步其韻寧溪狠不逮也步前韻敵之復擲去以題試雙卿寧溪口若諳㕍曰天竹子濟園曰西山雪霽夜使人與雙卿方曉而詩至則步七言古原韻也起云零雲欲正吹還側夕照殘暉山孤暗下和雙淚落荆山百花暗帶銷魂色中云濕薪易滅寒莎老敗葉初乾向籬掃籠下絲絲縷縷存盡是綢繆手中草未云香魂是片今非片剌繡佳人又添線茉莒難尋竹實稀雪晴幸見西山面　又秋吟九律悲梧桐之疾有饑蟬冷抱枯桑葉病蝶低爭老韭花生死朦朧忘壽夭悲歡清楚記干支之句

自題浣衣圖步寧溪韻

月魂滴艷綃山側細切霞膏嘶冰咽紅粉蒸爲窈窕雲青天盡變芙蓉色家住華陽第八天舍西流水舍南田手撚香絲嫩如

雨欲繫鴛鴦問可憐妾容憔悴郎顏老小庭土白塵難掃牡丹貧賤不成花卻將官貴輸芳草曾記桑陰學種瓜與郎消渴飼郎茶夜凉帶病開窗坐放月吹燈暗績麻書生漫負憐才癖妾在田家靜安貼雨後黃鸝乍一聲春愁喚上青青葉雪意陰晴向晚猜牀前無地可徘徊縱教化作孤飛鳳不到秦家弄玉臺斜羅灰布零星片自綻寒衣費針線白烟遮夢抱梅花繁霜夜洗佳人面

偶成

更曬秋衣就晚晴好山能照病容清離魂附草爲螢火幽恨如花化水晶燕後新鴻連復斷雨餘殘月死還生小窗夜色從來淡便爲燈花坐到明

題白羅帕詩九首

末許焚修閉小菴氷心無皺似澄潭泥蓮枉怪饑時蒸薾薄誰
憐病後蠶
今年膏雨斷秋雲爲補新租又典裙留復護郎輕絮煖妾心如
蠶敢嫌君
細紉麻鞵線幾重采樵明日上西峯乍寒一夜風吹急莫向郎
吹盡向儂
冷厨烟濕障低房爨盡梧桐謝鳳凰野菜自挑還自洗菊花雖
痛奈何霜
命如蠶𧉮愧輕綃舊與隣娥一樣嬌阿母見兒還認否苦黃生
面喜紅消
浸透春酸一點心病中疎夢易銷魂鏡斂已負酬方藥自削楊
枝照水簪

四屏山影遠如臺郎負寒薪下幾回歸後勸郎晨晏起日高私禁外人催

家雞雙宿笑棲鸞比翼齊肩比紫冠燈暗結花光變綠竈稜堪倚勝闌干

妾住衡門旁綵樓夜香吹下隔簾愁袖開落盡秋紅句衰草殘陽夢遠遊

良常道中和夢覘韻

風吹細雨濕柴扉十畝溪田事業微歲旱木棉花自發杼寒梭冷倚空機

秋荷和鄭凝菴原韻十首

錦鮮無信泣秋蛩心似芭蕉卷未鬆幽性耐霜霜不忍梅花猶沒菊花濃

菊意梅魂雨自知夕陽人去鷺同時仙郎肯祭花神否願跪人
間怨女祠
女郎清怨晩凉吹露滴魚兒冷眼窺蓮子有心秋正苦不憐明
月更憐誰
月明如水蝶全無微艷初消凛凛孤夜雨又來紅欲碎鮫人相
見淚應枯
淚盡鮫珠不願開前生香孽此生猜一枝遠寄千絲斷七月江
南雁早來
露還新雁月邊人菱芡爭欺菡萏貧黄鳥可知憐白鳥野塘花
賤不如春
淡影羞春影裏看水心摇曳夜難安葉遮猛雨花遮露香護鴛
鴦夢可寒

癡鴛無夢擾芳年愁在銀蟾桂子先補遍西湖花五色傷心可是女媧天

五色天邊寂寞消淚研秋粉月中消細收花片輕輕碾搓就香丸帳裏燒

香丸燒盡碧烟多苹水姻緣簿定訛從此並頭分不得裂紅裁翠補漁簑

題蕙花朶瓣詩

柳絮多情已化萍素魂紅怨沒無聲似聞燕子三更語月過花梢又不明

聞蛙

淸濁休爭是與非蓼辛荼苦且相依何方可化銀蟾去但願身輕不願肥

題金鳳花

役得深紅叩玉皇碧霄吹下斷腸霜嫩愁細印黄金粟一夜花神又費忙

趙氏 顏耀琪室

早起

早起芸窗露正濃溪邊桃李葉朦朧星河漸漸没秋影樓閣依依在碧空幾縷明霞深淺裏數聲孤雁寂寥中東方擁出一輪日遍照千門萬戶同

偶成

塢裏碧桃初放葉水邊綠柳未垂絲黄鸝兩兩爭春意錯認桃枝是柳枝

自題

衰朽年來八十餘見孫齊齊列庭除願持屢世安貧意傳語孫
曾要讀書

鮑　氏自稱聞一道人遭難流離嫁竟陵陸裴雲年二十四而卒隨園詩話云鮑氏丹陽人溪鐘詩頗近禪理昔朱子在南安聞鐘聲瞿然曰便覺此心把握不住即此意也

溪鐘

溪外鐘聲疾心中意斷連是聲來枕畔抑耳到聲邊

張夢英黃理均室

病中聽雨

窗前徹夜雨蕭蕭滴碎愁心魂欲銷多感天心憐妾悴平分一
半到芭蕉

吳素修字守清號月波周起鵾室

春閨

暫臥紗厨尋午夢醒來仍是夢中身參差花影當窗寄婉轉鶯聲隔院新欲拂短箋消永晝慵移斑管向朱脣相邀姊姊垂楊下把盞殷勤坐繡茵

春日即事

武局文琴今盡拋偷拈斑管學推敲玉樓少婦添新恨燕子飛來歸話舊巢

有感

洗盡鉛華卸寶鈿夕陽深處聽啼鵑空閨底事愁城鎖何日滄霞弄碧泉

李月兒 雍正時名妓

玩梅有感

賞遍春燈事事慵幽香着雨怨東風羅浮一夢無消息可記天

寒野店中

端午有寄附詩一首

慵聲艾虎懶蒲觴獨對榴花擬海棠莫道絲絲能續命寄君聊絆好心腸

女尼

舒霞 姓賀名元瑛字赤浦黃公之女孫出家爲尼更今名

哭先和尚伏獅影堂二首

嘹嚦鴻鳴夜未闌動人吟緒繞燈殘疎櫺不斷金風剪淸怨離消玉露寒手捧遺編心欲折身同丈室影偏單獅音何日重教聽細把巾瓶次第看

天高落木滿空山片片秋聲冷竹關終是傳心慚立雪未能斷臂愧啣環籬邊疎影寧堪對庭際寒香不忍删杖履得知何所

托遙遙葱嶺獨西還

深秋返里六叔父園亭對菊

此身自笑類寒蟬哀痛歸來亦偶然一路詩篇殘歲月到門樹色潑秋烟漫將離別從頭數且喜名花入座妍茗椀爐香等閒事追隨恰值淺涼天

留別士雲小范二弟

我已生涯一笑空家駒還仗振遺風幾年別夢三秋破千里烟波一棹通　盛世金門多早歲浙西老衲本江東歸來便欲乘潮去搔首輕雲逐斷鴻

曲阿詩綜卷之三十一終

曲阿詩綜卷之三十二

丹陽後學劉會恩時菴輯

國朝

釋

生菴菴字合虛本姓賀名孩第王盛之子邑文生性至孝母錢夫人與太僕不合因與配岳氏南丹君外家後父又遇難即薙髮爲僧著有緑窗遺稿暨武進丹南滇家錄詩皆爲僧以後作故入僧　蔣紫眞云余成童川邑猶詩二首强生菴和辭以出世二十年詩言文字毫不离目詩非老僧事也薄晚忽令取筆硯臨時成百首眞曠代逸才也卒死於僧悲夫

出家時答伯兄見盧

親知以吾出家賦詩投贈㒸不知吾無家矣何家可言試思溝壑之慘有似吾家者乎天倫之變有似吾家者乎嗟乎兩間重擔難上少女之肩獨握空拳欲望中男

之赦園中遺語後死無慚架上遺書名山何處一腔魂
偏出貴法王家半世薑鹽留得書生面此區區棄世之
衷聊與君言不足爲外人道也
遼東曰鶴歸來曰不記人間幾歲華庭內已分連理樹堂前須
種解憂花相思頻寄雲中雁得句空鏤江上沙欲覓當前乾淨
土可知安養是吾家

答茅子鴻

法門儀式亦如如綺語難同身業除若得三餘參內典更於何
處覓奇書我逢山寺頻移榻爾傍名藍便結廬他日相傳游戲
事袈裟坐釣富春魚

答吳侯三

晨鐘午磬學難如浪說三千白髮除我趁今生參佛果君於此

世讀儒書雖知元亮堪投社甚欲梁鴻早結廬雪嶺驢鳴留作別多年畫餅恐生魚

答岳南濵 後以其稿寄藏其家

便穿不借踏天涯趁此風光迸月華臨濟都知參竹篦濂溪亦愛說蓮花古書若遇多拈筆語錄雖刊欲點砂我到臨岐留一語緣窗遺稿寄君家

答劉沅鶴

中郎幸有虎賁如廿載師門憶掃除綺語已燒疑雨集求索王次回詩法幢欲乞換鵞書雪殘鷲嶺扶藤杖雲起龍池臥草廬手錄暇耕須寄覽杳芸好遊箇中魚

示超兒

平生掩淚陳情表屈指高堂喜歲華雙樹有人收舍利肩輿隨

爾看名花常設且記腰間帶絕境忘揩腳板砂二頃薄田承交去追呼便問主人家

遺書零落實堪嗟卻喜龍宮法藏華舊業已迷蝴蝶夢偏彩獨對杜鵑花往來筠杖雲生袖聚散浮萍水拍砂眷屬他年相曾處不知居士阿誰家

答莊陶庵

故人天際夢魂賒採得詩章寄寶華月窟有時飄桂子醉鄉亦可種梅花不須匹馬來荒塞且共羣鷗戲淺砂坐老芳菴方外久橫山何日到君家

答舒上姪

萬石君家未得如竹林放達且捐除不才空廢蓼莪句大義當明袞鉞書南嶽雲開飛錫杖長安雪滿臥茅廬名山蹤跡真難

定慚愧江干躍鯉魚

篁川泛荷酬紫眞韻

借花御史辟邪香鳳下先驅鵬渡湘蓮社釋儒皆可入竹林叔姪也爲行小棲畢世不沾土止水何心復出塘山靜日長何所事亂書抽到便鉛黄

爐安銀葉爕生烟一局秋初夏未天種豆落萁原自晒畫蘭無土有誰憐門稱謝豚方佳耳林有飛鳴更灑然寶掌不消周震旦昉人喚作地行仙

藕絲裂作幾條烟恐有犁靡竄上天鳳字未知門上意驢鳴誰爲幕中憐田園句只吟元亮香火詩全脫皎然蘇晉趁他堂外去逃禪還作飲中仙

花外神祠敢竊香肝腸如雪濯於湘人過孤庾幾分瘦身入璺

鷗不亂行粉墜淒風哀白下色滴寒雨憶錢塘木犀香裏通消息居士前身應姓黃

赤光字耀搵號補菴本姓羅名惶潦川人隱於僧與蔡癡若友善遂延居延慶寺爲方丈

爲僧

薪傳火續此孤燈六合瘡痍拯未能心絕千般因去髮日空一世遂爲僧聞流活水披襟濯見聳名山躡屐登獨往獨來雲鶴伴俯看苦海浪層層

方丈雜感

蹣跚杖履度荒江積習無明盡受降二六課餘時薄暮閒梯高閣拓秋窗

遂性初胎種已超謾嫌寂寞意無聊禪關靜掩焚香坐一任空庭滿艾蒿

愛根斬斷妙無情灑落孤雲野鶴行愁緒不牽魂夢穩泉香一
炷起三更

掃地焚香不捲簾禪牀趺坐閲楞嚴會心瞑目語言外懶向癡
人解縛粘

達　所字守一經山方丈

經山八景詩

銀杏樹

虬枝夭矯入雲幽萬斛珠璣爛熳收欲識西來看實樹清霜猶
帶晉時秋

金牛洞

講罷無生感物心金牛去跡杳難尋化從文梓知非幻千載雲
封古洞陰

雨花臺

三乘潮音覺路開繽紛花雨散層臺誌公講法留衣履松響仍疑仙梵回

菩提井

名泉湛處野花攢種得菩提護曲欄鏡底空明波脉脉禪餘試飲腋生寒

衲衣石

裁自天然錦自生縐痕多半雜苔痕空山客雨斜風候難被吟肩慰夢魂

象眼泉

晶瑩一線水潺潺象眼空明照檻泉落葉深山行跡少碧漪滿絶洗塵緣

方竹林

貞篔清影護層岡，密密疏疏繞曲廊。不但虛心高節貴，此君風度最端方。

仙人石

林間片石臥仙靈，雨洗雲磨問醉醒。鶴駕曾從歸碧落，名山無恙草長青。

達瑛字慧超，號練塘，丹陽人。著有旃檀閣詩鈔。淮海英靈續集：三上人主席棲霞，後習靜黄鶴精舍，罕與外人接見。洪稚存太史呼爲瓶僧，與焦山巨超、萬壽寺際霈相唱和，又嘗推錫松寥蝸廬閑千豫，並選其詩刻之，名三上人集。仰止軒雜錄云：上人自主攝山後，古光長老留住黄鶴精舍，屏絶俗氛，惟以撫摹法帖爲清課。林有病鶴，若吟之聲與鶴唳相酬答，世以懶僧呼之，輒喜。洪北江太史嘗偕王先生柳村訪之，太史有懶僧病鶴之句。

秋日雜興

窗靜不須燈，明月照林麓。琴古不須絃，清風動修竹。人生本如

寄所貴無拘束夢醒一籬秋黃花滿茅屋我已謝塵氛天邊一黃鵠

海雲樓眺望

雨過千山迥樓高四望通歸雲移岫碧落月浴波紅海鳥翔晴嶂江豚拜晚風平生登覽興不盡暮烟中

喜看雲上人見訪

渺渺秋江闊勞君破浪衝雙峯今夜月一片故人心雲淡天河迥窗虛海氣深只緣明日別剪燭動長吟

同王夢樓太史高旻寺看菊

何必東籬采山房菊已開無端詩思蹙有約故人來冷艷依黃葉幽香上綠苔白頭憐晚節勤護曉霜摧

黃灣放生河亭和濤涼韻

結廬江上村漠漠水烟昏帆影斜穿屋溪流直到門狂吟肩個
聳軟飽腹常捫縱老滄洲臥難忘國士恩

爲踐看魚約池亭一再過竹惟當檻寄山是隔江多鷺白波光
陰烟青樹色和欲尋歸去路新月上藤蘿

焦山聞蛩同張寄槎史樸莊顧癸菴王柳村暨借菴作

荒砌蛩初響空江月更幽聲沉三徑夜夢醒一燈秋小院桐陰
減深林露氣浮遙知孤館客此際不勝愁

同洪稚存太史暨王柳村卞華文兩秀才借菴主人登月
波臺觀潮

爲逐丹厓客層臺試一登山隨詩思轉風挾海潮騰樹抱花間
路門開竹裏燈笑余多懶散未熟愧南能

次洪稚存先生見贈韻

因訪支公鶴輕舟波浪來登山追笠屐琢句坐莓苔榻倦蛟龍宅人逢屈宋才夜深猶約我同上月波臺

次安心主人見寄韻

託足雙峯依鶴觀水晶宫殿淨無塵日將好景歸詩卷天許名山作散人巖草碧消三徑雪寺梅香破半江春西風記得黄灣別夜夜相思入夢頻

登海雲樓懷黄灣清凉主人分得雲字

退院僧同嶺上雲送江小閣一爐薰窺人鷗鷺當窗立出寺鐘魚隔水聞仍有青山常伴我縱無明月也思君臨風欲跨揚州鶴海氣微茫望不分

次古巖見過河亭韻並寄借菴

小院臨池無路通道心常與竹心空幽屏半掩林間雨清磬遥

傳渡口風折葦客來青嶂外隔江人在白雲中莫言出世甘岑
寂慷慨論兵燭影紅

借菴招陪洪稚存太史王柳村秀才納涼作

招客追涼興頗豪雲房水閣枕山高絶無溽暑來禪窟儘有天
風送海濤春甕新開紅琥珀冰盤鮮進緑蒲萄主人擬索詩留
壁笑向江淹乞彩毫

和趙甌北觀察見寄韻

論思朝夕玉堂仙宦海抽身二十年山是六朝猶我占名非千
古得公傳清樽每向花間倒好句還期月下聯訊否茱萸灣上
别兩三僧送夕陽前

將之黄灣留别借菴

借得烟霞半畝閒吟懷無意敵江關此行應被梅花笑正到開

時文出山

補遺

繼　舜字兩周號半堂丹陽人主鶖峯寺方丈青樊工畫蘭竹康熙時人補錄在後

咏圍棋

紙上縱横路路通等閒黑白鬭英雄衝開奪角爭先路打結塡宮最後功硬接只須開兩眼失機徒自布多戎漫言虎口長開好國手拈來一子攻

道

劉思眞字守眞號彝軒康熙時東岳廟鍊士

入雲臺山

曉進雲臺路蒼茫日未升露濃雙屐滑風爽一襟澄野鳥啼巖頂幽花貼石稜紆迴隨路轉猶未陟崚嶒

越王臺懷古

倚山突兀起孤臺千古雄風亦壯哉文帝詔書無遣諱越王歸命敢遲迴虎門浩瀚潮初到鳥道空濛雨欲來從倚玉龍泉水上祇今誰復墮金杯王曼墮杯於泉索之不得後於石樵山井中出焉

謝春江字應元號蘭浦浙之鄞縣人康熙時居歸真觀爲觀主

遊北蘭寺

寒泉名寺名蘭一帶蒼松翠柏間虛閣風生雲散去孤亭人靜鳥飛還三春白湧連天水萬古青留隔岸山門外紛紛誰解此停舟一訪暫偷閒

題青雲山房南昌尉梅福曾垂釣修煉於此

半塘新水竹枝斜環繞青雲道士家靜掃堦除晴曬藥閒鋤園圃雨移花門前片石曾垂釣竈底餘烟足煉砂遊遍洞天三十六誰能宦海拔仙槎

張學景字企和號芝齋居茅山宮監齋院

登積金峯

石磴半空上松濤萬壑吟偶因尋藥至不覺入雲深樹密藏丹室泉飛挂碧岑始知仙境靜終古滌凡心

晴崖晚眺

戸外雲歸後披襟望更幽月當巢鶴樹燈上隔溪樓危石影斜落天空碧倒流自疑王子晉時抱玉笙遊

鬱岡道中

岍草汀花露未晞輕陰薄靄弄朝暉衝開曉霧青山聳點破澄波白鳥飛騎馬客從堤上去販魚人自渡頭歸幽居定有高眠者紅日三竿尚掩扉

華陽洞四首錄一

練湖濱屢酒錢賖歸到深山養白鴉澗水無心流日夜桃花有
路發朝霞洞天何處漁人酒福地當年宰相家那記前朝金節
亭三峯青擁石横斜

車馬春山客徑譁何如洞口五雲斜深鎖雞犬開青埜幻許雲
龍護白沙樹不知名分雨露石無層次逼烟霞幾時黃鶴天邊
下移種蓬瀛日及花

觀雷合碑記袁道人事

斷碑復合自前朝雨剥風吹字半消惆悵道人無處問滿山松
柏冷蕭蕭

道光乙酉冬鐫

曲阿詞綜

劉九思堂藏板

序

余既輯詩綜成篋中尚藏有詩餘一帙悉前輩已刻未刻諸詞稿詞爲古今詩之餘事使詩綜既輯而不輯詞綜將先輩塡詞移宮換羽一片苦心不且任其掩沒耶况詞之流傳爲之與知之者俱少詞綜之輯不得不爲亟亟矣且陽邑地雖彈丸而宋有葛氏父子不亞李氏父子晏氏父子誠能以雅淡勝者明之黄公誠能以艷麗勝者　本朝則谷賓以清逸勝天山孤村以清空之筆運健拔之神勝元章以工細勝先王父以超逸勝皆卓然成家可以信今而傳世者外此之吉光片羽其間麗句間情亦絡繹腕下指不勝屈遂復爲按譜甄錄附詩綜之後以廣其傳云道光元年歲次辛巳夏日曲阿後學劉會恩自識

曲阿詞綜卷之一目次

丹陽後學劉會恩時菴輯

曲阿詞綜卷之一

丹陽後學劉會恩時菴輯

唐

皇甫冉 小傳已見詩綜者不另立小傳

浪淘沙 一作皇甫松

蠻歌荳蔻北人愁松雨蕭風野艇秋浪起鵁鶄眠不得寒沙細
雨入江流

灘頭細草接疎林惡浪罾船半欲沉宿鷺眠洲非舊浦去年沙
觜是江心

宋 五代

張 泌

浣溪紗

鈿轂香車過柳堤樺烟分處馬頻嘶爲他沉醉不成泥　花滿驛亭香路細杜鵑聲斷玉蟾低含情無語倚樓西　早是馬上疑情憶舊遊照花淹竹小溪流細箏羅幕玉搔頭　出門長帶日可堪分袂又經秋晚風斜日不勝愁

臨江仙

烟收湘渚秋江靜蕉花露泣愁紅五雲雙鶴去無蹤幾回魂斷凝望向長空　翠竹暗流珠淚怨閑調瑟韻波中花鬟月鬢綠雲重古祠深殿香冷雨和風

女冠子

露花烟草寂寞五雲三島正春深貌減潛消玉香殘尚惹襟竹疎虛檻靜松密醮壇陰何事劉郎去信沉沉

南歌子

柳色遮樓暗桐花落砌香畫堂開處遠風凉高捲水晶簾額襯斜陽

岸柳拖烟綠庭花照日紅數聲蜀魄入簾櫳驚斷碧窗殘夢畫屏空

錦薦紅鸂鶒羅衣繡鳳凰綺疏飄雪北風狂簾幕盡垂無事鬱金香

生查子

相見稀喜相見相見還相遠擅畫荔支紅金蔓蜻蜓輭 魚雁疎芳信斷花落庭陰晚可惜玉肌膚消瘦成慵嬾

柳枝

膩粉瓊妝透碧紗雪休誇金鳳搔頭墜鬢斜髮交加 倚著雲屏新睡覺思夢笑紅腮隱出枕函花有些些

胡蝶兒

胡蝶兒晚春時阿嬌初着淡黃衣倚窗學畫伊　還似花間見雙雙對對飛無端和淚拭燕脂惹教雙翅垂

酒泉子

春雨打窗驚夢覺來天氣曉畫堂深紅燄小背蘭釭　酒香噴鼻嬾開缸惆悵更無人共醉舊巢中新燕子語雙雙

紫陌青門三十六宮春色御溝輦路暗相通杏園風　咸陽沽酒寶釵空笑指未央歸去插花走馬落殘紅月明中

石延年

燕歸梁　閨怨

芳草年年惹恨幽想前事悠悠傷春傷別幾時休算從古爲風流　春山總把深匀翠黛千疊在眉頭不知供得幾多愁更斜

日凭危樓

葛勝仲著有丹陽詞一卷　毛晉云魯卿常之雖不逮李氏晏氏父子每塡一詞輒流傳絲竹然紹興紹聖間具負海內重望其詞亦能入雅

江城子　初至休寧冬夜作

昏昏雪意慘雲容猶霜風歲將窮流落天涯顦顇一衰翁清夜小窗圍獸火傾酒綠借顏紅　宫梅疎艷小壺中暗香濃玉玲瓏對景忽驚身在大江東上國故人誰念我晴嶂遠暮雲重

又　和劉無言雪詞

飛身疑到廣寒宫玉花中興何窮酒貴旗亭誰是惜青銅飄瞥三吳眞妙絶銀萬里失西東　草堂紅蠟煖歌鍾鼓狂風賞空濛豐頰修眉鶴氅擁仙翁欲作氍毹花底容清漏永禁城重

臨江仙　慰姜補之訖疾卧家作

郊外黃埃端可厭歸來移疾香閨象牀珍簟共委蛇耆婆尋草盡天女散花遲　小雨作寒秋意晚簷聲與夢相宜冷侵羅幌酒烟微試評書五朵何似畫雙眉

又　與葉少蘊夢得上巳遊法華寺九曲池流杯

小樣淇河分九曲飛泉環遶粼粼青蓮往事已成塵羽觴浮玉發寶劍擇金人　綠綺且依流水調蓬蓬擂鼓催巡玉堂詞客是佳賓茂林修竹地大勝永和春

又　章圃賞瑞香二首

二月風光濃似酒小樓新溼青紅碧琉璃色映羣峯更攜金鑿落來賞錦熏籠　調客舊留眞月旦此花清軟纖穠未饒蘭蕙競光風赤欄呈雅韻翠幙護芳叢

雲壁歌詞題尙溼春風又見輕紅一枝斜插映頭峯不辭連夜

賞銀燭透紗籠　白髮欺人今老矣尊前羞見繁穠清香尤愛
虎溪風海棠須避席佳種謾飜叢
又二月廿二日錦薰閣賞花
檻外奇葩江外種嬌春未滅薛紅畫樓晴日歛雲峯佛香來海
岸蜀錦薦燈籠　今夜那憂殺風景酒花來鬬妖穠江梅冷淡
避春風明朝來縱賞應醉綺羅叢
又
又上巳日遊海昌王氏園吳宰做及中散兄
倦客身同舟不繫輕帆來訪儒仙春風元已艷陽天夭桃方散
錦裊柳欲飛綿　千古海昌佳絕地雙鳧暫此流連通宵娛客
破芳尊蘭亭修禊事梓澤醉名園
又燕諸部使者二首
自古吳輿稱冷僻花城水浸粼粼同星難望使車塵如何三日

飲併有五行人　文似枚皐加敏速記書易若張巡幙中無王
郤嘉賓他年浮棗會莫忘兩溪春
千古烏程新釀美玉觴風過粼粼歌聲未辦起梁塵九天持斧
客來作繡衣人　夙有辭華驚乙覽傳聞獻頌東巡未應握節
久爲賓一封馳召旨郤醉上林春

漁家傲 初創眞意亭於南溪游陟晚歸作二首

巖壑縈回雲水窟林深路斷迷烟客茅屋數椽携杖舄人寂寂
侵簷萬箇琅玕碧　倦客羈懷清似滌更無一點飛埃迹溪漲
漫流過几席寒瀐摵鳧鷖點破琉璃色

疊疊雲山供四顧簿書忙裏偷閑去心遠地偏陶令趣登覽處
清幽疑是斜川路　野菽溪毛供飲具此身甘被烟霞痼興盡
碧雲催日暮招晚渡遙遙一葉隨鷗鷺

點絳脣 斷齋愁坐

秋晚寒齋，藜牀香篆橫輕霧。閒愁幾許，夢逐芭蕉雨。　雲外哀鴻，似替幽人語。歸不去，亂山無數，斜日荒城鼓。

行香子 愁況無聊作

風物颼颼，木落滄洲。漸老人、不奈悲秋。羈懷都在，鬢上眉頭。似休文瘦，文通恨，子山愁。　庭梧影薄，籬菊香浮。强招尋、聊命朋儔。窮通皆夢，今古如流。且淵明徑，子猷舫，仲宣樓。

水調歌頭 偕艮器、嘉量別賦一闋紀泛舟之會，往返次韻三首

夜泛南溪月，光影冷涵空。棹飛穿碎金電，翻動水晶宮。橫管何妨三弄，重酌仍須一斗，知費幾青銅。坐久桂花落，襟袖覺香濃。　庾公閣，子猷舫，興應同。從來好景良夜，我輩敢情鍾。但恐仙娥川后，嫌我塵容俗狀，清境不相容。擊汰同清賞，賴有紫溪翁。

下瀨驚舩駛揮麈恐尊空誰吹尺八寥亮嚼徵更含宫坐霎金
波瀲灩影落蒲萄漲綠夜漏催移銅回棹携紅袖一水帶香濃
坐中客驚儔辨語無同青藜黃帽此樂誰肯換千鍾巖壑從
來無主風月故應長在賞不待先容羽化尋烟容家有左仙翁
勝友欣傾蓋驪宦嬾書空愛君筆力清壯名已在蟾宮蕭散英
姿直上自有練帚葛帔豈待半通銅長短作新語墨縱似鴉濃
山吐月溪泛艇挐君同吾儕轟飲文字樂不在歌鍾今夜長
風萬壑且倩泓澄浩蕩一爲洗塵容世上閑榮辱都付塞邊翁

滿庭霜 任昉嘗爲新安太守風流名迹圖經史牒具載感今懷古作

百不爲多一不爲少阿誰昔仕吾邦其推任筆洪鼎力能扛不
爲桃花粥米讎書倦一葦橫江招尋處徒行曳杖曾不擁麾幢
山川真大好魚磯無恙斎嶺難雙聽訟訴多就樵塢僧窗歲

月音容遠矣風流在遐想心降雲烟路搜奇弔古將爲醉空缸

西江月正月十七日自邑境遍遊欽縣祁門山水在縣邑司靈觀夜燕作二首錄一

山鎮紅桃阡陌烟迷綠水人家塵容誤到只驚嗟骨冷玉堂今夜　莫對佳人錦瑟休辭洞府流霞峯回路轉亂雲遮歸去空傳圖畫

又次韻林茂南博士𣏌泛溪

山外半規殘日雲邊一縷餘霞滿城飛雪散茗花萬頃溪連罨畫　柳憚風流舊國鶴齡瀟灑人家肯嗟流落在天涯雲水從今起價

又代監酒和

晚路交遊綠酒平生志趣烟霞霜風時節近黃花泛宅舟將鷁畫　不分兩溪明月夜溪只屬漁家今朝清賞寄情涯肯向窮

途索價

又　連水東樓燕集

甃曲醉歌金縷朱門高聳銅鐶中天樓觀共六蹲攀飛絮落花春
晚　低映綠陰朱戶斜拖素練滄灣銀鈎華榜五雲間奕奕蛟
龍字結

又　泛舟

蘇蝴斜紅帶柳琉璃漲綠平橋入間風月正新妖不敷江南蘇
小　恨寄飛花蔌蔌情隨流水迢迢鯉魚風送木蘭橈同棹荒
雞報曉

南鄉子　三月望日與文中諸賢泛舟南溪作

柳岸正飛綿選勝齊輕漾碧漣笑語忘懷機事盡鷗邊萬頃溪
光上下天　燕幕入延綠不覺遙岑靄暮烟對酒莫嫌紅粉陋

嬋娟自有孤高月裏仙

浣溪紗 木芍藥詞三首錄一

鬭鴨欄邊曉露沾華堂醉賞捲珠簾插花人好手纖纖 遮護輕寒施翠幄標題仙品露牙籤詞人遺恨獨江淹

又 少蘊內翰同年寵遺且出後堂并製歌詞侑觴卽席和韻二首

今夜風光戀渚蘋欲教四角出車輪金釵離立座間春 神女恍驚巫峽夢飛瓊原是閬風人詔封後院寵儒臣

溪岸沉凝屬泛蘋傾城容貌此推輪可憐虛度二年春 暮暮來時騷客賦朝朝新處後庭人天留花月伴羈臣

又 少蘊內翰同年寵遺妓隱簾吹笙因成一闋

東道殷勤玉笋飛華燈傾國擁珠璣玉奴嫌瘦玉環肥 縹緲幸聞綏嶺曲參差猶隔夜侯衣放開雲月出清輝

又賞芍藥

樓子包金照眼新香根猶帶廣陵塵翻堦不羨掖垣春　不分
與花爲近侍難甘潦洧贈閑人如羞如怨獨含顰

又賞梅

東閣郎官巧寫眞西湖處士妙傳神嫣然一笑臘前春　鬬好
難無氷骨女相宜幸有雪膚人且傾疎影入澘尊

瑞鷓鴣　和通判送別

兩年人住豈無情別槳辭華四水清何事千鍾勸飲餞故知一
別未能輕　解𩕄雖幸樊籠出桂席還愁海汐平江草江花都
是淚驪駒休作斷腸聲

蝶戀花　章道祖僚生日

安石榴花濃綠映解慍風輕乍改朱明令衮繡元臣門戶盛童

孫此日懸弧慶　夜宴華堂添酒興御府除書遠帶天香贈欲浥茗波供續命不須能護江心鏡

又

次韻張千里駒照花

二月春遊須爛熳秉燭看花只爲晨曦短高舉蠟薪通夕看紅光萬丈騰天半　奇語平時遊冶伴不負分陰勝事輸今良燈火休催歸小院殷勤更照桃花面

又

再次韻千里駒照花二首錄一

已過春分春欲去千炬花開作意留春住一曲清歌無誤顧遣深餘韻歸何處　盡日勸春春不語紅氣薰霞且看桃千樹才子霏談更五鼓剩看走筆揮風雨

減字木蘭花　薛肇明二侍姬至葛山觀梅薛公會作

葛山仙隱尚有餘膏留舊鼎十里梅花夾道爭看哀繡華

問妙麗並侍黃扉開國貴辭孃孤芳羞澀尊前不敢香

又 公弼姪初授官

辛勤場屋未遇知音甘祿祿詔錄遺忠一札天書下九重 鵷城初命此去青雲應漸近解褐恩新今歲吾家第四人

虞美人 自蘭陵歸冬夜飲嚴州酒作

嚴陵灘畔香醪好遮莫東方曉春風盎盎入寒肌人道霜濃臘月我還疑 紅爐火熟香圍坐梅蕊迎春破一聲清唱解人頤人道牢愁千斛我誰知

鷓鴣天 有感

玉琯還飛換歲灰定山新釀酒船回年時梁燕雙雙在肯為人愁便不來 衰意緒病情懷玉山今夜為誰頹年時梅蕊垂垂破肯為人愁便不開

又九月十三日攜家遊夏氏林亭燕集作并送湯詞二首

小榭幽蘭翠柏垂雲輕日薄淡秋聊菊英露浥淵明徑藕葉風吹叔寶池　酬素景泥芳巵老人癡鈍强餔眉懽譁莫遣笙歌散歸路從教燈影稀

婆律香濃氣味佳玻瓈仙盌進流霞凝膏清滌高陽醉雲液甘和正焙芽　香染指浪浮花加籩禮畫客還家貫珠聲斷紅囊散踏影人歸素月斜

訴衷情

清明寒景暄妍花映碧蘿天參差捍撥齊奏豐頰擁芳筵　逢誕日揖真仙託鑪烟朱顏長似頭上花枝歲歲年年

木蘭花　與諸友汎溪作

木蘭杆外池光濶午夜喬林迷岸樾掠船涼吹起青蘋縈水敢

聲歎白雪　檀郎響趁紅牙節胡語嘈嘈人切切人生何樂似同襟莫待驪駒聲慘咽

定風波　與葉少蘊陳經仲彥文讌駱駝橋少蘊作次韻二首

千疊雲山萬里流坐中碧落與鰲頭眞意見嬉君已領烟景不隨棹歸入汀洲　老去一官眞是漫溪岸獨餘此興未能收留與吳兒傳勝事長記素欄橋上攬清秋

共喜新涼大火流一聲水調醉歌頭兒有修娥兼綰領佳景謝公無不凝滄洲　平昔短檠眞大漫氣岸老來都向酒杯收雲水光中修禊事猶記轉頭不覺巳三秋

驀溪山　天穿節和朱刑椽二首

望雲門外油壁如流水空巷逐朱旛步春風香河七里冶容袨服摸名道宜男穿翠靄度飛橋影在清漪裏　秦頭楚尾千古

風流地試問漢江邊有解佩行雲舊事主人是客一笑强須春
燒燈後賞花前遥憶年年醉
春風野外卵色天如水魚戲舞綃紋似出聽新聲北里追風駿
足千騎卷高門一箭溜鸞人呼雁落寒空裏 天穿過了此日
穿花地横石倚清波競追隨新年樂事誰讃老子使得縱遨遊
爭捧手任憑看夾道遊人醉

又承恩感誌

出門西笑千里長安道不用引離聲便登榮十洲三島壺船珠
箔蘋末水風涼隋柳岸楚臺人景與人俱好 應嗟見晚玉陛
生清曉正是妙年時步承明謀身事早軺車虜使新逕凱歌回
恩綍重綵衣輕嘉慶知多少

鵲橋仙 七夕

鵲橋仙偶天津輕渡卻笑嫦娥孤皎平時五夜似經年問何事
今宵傾曉　雲車方駕神仙留戀更吐心期多少支機休問與
閑人莫倚賴芳心素巧
涼飈破暑清歌縈坐缺月稀星庭戶瓜華草草具杯盤喜共浥
初筵零露　天孫東處牽牛西望勸汝一杯清醑精靈何必待
秋過爲一洗朦朧今古

浪淘沙　十月十九日夜賞菊

我愛菊花枝浥露偏宜旋移佳種一年期照眼黃金三徑爛可
似東籬　秋老摘花吹散恨開遲只愁一夜便姿衰待插滿頭
年大也且泛芳巵

又　九月十八與千里賞菊三首

又見菊花濃色淺香勻老人衰病臥漳濱雖是無聊仍止酒頼

有嘉賓 不用怨蕭辰不似芳春請看金盞照金尊今夜花前須醉倒直到黎明

歌闋闋清新檀板初匀畫堂新築太湖濱好是黄花開應候聊宴親賓 上客即逢辰况是青春上林開宴錫堯尊今夜素娥真解事偏向明人

娱老小亭新丹堊初匀萬枝金菊遶溪濱折向華堂邀醉眼聊用娱賓 紅燭夜香辰廣坐生春月波新釀大芳尊好向花前拚爛醉不負承明

醉花陰 次印師觀梅韻

東皇已有來歸耗十里青山道凍折萬里梅一夜妝成似趁雛照早 年時清賞曹同到先仗遊蜂報料擻舊心情一笑酬春不羡和羹詔

沈　括

翠華引 一名三臺存中改翠華引

鳷鵲樓頭日暖蓬蓬殿裏花香草綠烟迷步輦天高日近龍牀樓上正臨宮外人間不見仙家寒食輕烟薄霧滿城明月梨花按舞驪山影裏回鸞渭水光中玉笛一天明月翠華滿陌東風殿後春旗簇仗樓前御隊穿花一片紅雲鬧處外家遥認官家

翠華引四首從鎮集云存中極愛此詞之妙

蘇　庠

選黄公詞筌云養直戲鏤半掩詞云漸遲遲更備鏤鞍何處貪歡猶繫驕馬撚剪燈花兩點翠眉誰畫香滅篆回空帳裏月高猶在垂簾下恨疎狂待歸來醉撚花打滿膝羊綿褙少其前半

鷓鴣天

楓落河梁野水秋淡烟衰草接郊邱醉眠小塢黃茅店夢倚高城紅葉樓　天杳杳路悠悠鈿箏歌扇等閑休灞橋楊柳年年恨鴛

浦芙蕖葉葉愁

菩薩蠻　自宜興還西岡作

園林寂寂春歸去濛濛柳下飛香絮野水接雲橫綠烟啼曉鶯
江南鶗鴂夢山色朝來重小艇小灣頭蘋花蘋葉洲

木蘭花令

江雲叠叠遮雲浦江水無情流薄暮歸帆初趁葦邊風客夢不
禁篷背雨　落花不解留人住只作淡愁無盡處白沙相對有
無中雁落滄洲何處所

臨江仙　荷花

颯颯風蒲初暑過瀟然庭戶秋清野航渡口帶烟橫晚山千萬
叠別鶴兩三聲　秋水芙蕖聊蕩槳一樽同破愁城蓼花灘上
白鷗明暮雲連極浦急雨暗長汀

阮郎歸 春恨

西園風煖落花時綠陰鶯亂啼倚欄無語惜芳菲絮飛蝴蝶飛緣底事減腰圍遣愁愁着眉波連春渚暮天垂燕歸人未歸

葛鄉 字謙問著有信齋詞一卷

念奴嬌 次韻答友人

馮夷微怒被鮫人水府織成綃縠何處飛來雙白鷺點破一溪寒玉岸柳烟迷海棠雨困贏得春眠足凭欄搔首爲誰消遣愁目遙想居士牀頭竹渠新水溜瓮中春醪不惜千金爲客壽倒臥南山新綠晚月催歸春風留住費盡紗籠燭恍疑仙洞夢遊天台林屋

洞仙歌 壬辰六月十二納凉

瓊樓十二無限神仙侶紫袂丹麾鸞馭步虛聲杳靄碧落天高

微雲淡點破瑤堦白露　脂香來水閣冰簟紗幮一枕風清自無暑更上水晶簾斗挂闌干銀河淺天孫將渡縱不如歸去在苕川看千頃菰蒲亂鳴秋雨

張　綱

念奴嬌　次韻蔣仲遠是日醉甚逃席

論思厭久動尊罏清興輕辭丹極佩玉腰金歸故里光照湖山秋色八座儀型九重尊寵才大今詞伯漢廷豪俊一時誰是勁敵　三徑舊日家聲華堂深穩處頻開瑞席春在壺中眞自有一境珠宮仙披譚麈揮風罰籌如蝟數困尊堂客故應天放舉杯狂醉輕擲

青門飲　京師送王敏求歸鄉

疎柳飄零暮鴉寒集都門送客斜陽影裏野色沉沉翠微隱隱

遙指故鄉雲外聚久交情厚對西風爭忍分袂飲散賓朋畫船去也平蕪千里　因記小軒無寐覷夜月凭欄共論深契絳帳淸閑杏壇優暇當念宴遊同醉南北烟波遠願無忘音書頻寄未知名宦拘人異日相逢何地

淸平樂上元

紅蓮照屐花底明人眼無限遊人誰惜倦只有衰翁心懶　笙歌緩引更籌頁闌客散添愁香霧半窗幽夢烟波千里歸舟

臨江仙次韻陳少陽重九

綠蟻浮觴香泛泛黃花共薦芳辰淸霜天宇淨無塵登高宜有賦拈筆戲成文　可奈園林搖落盡悲秋意與誰論眼中相識幾番新龍山高會處落帽定何人

江城子和呂丞送進士赴省

寶津樓下柳陰重畫橋東戲魚龍鬪喜當時開宴盛儀容遥想新年尋故事扶醉帽夕陽中 可憐衰鬢颯霜叢借酡紅遣愁濃夢入長安驚起送飛鴻直上青冥休避路九萬里看搏風

綠頭鴨 次韻王伯壽

歛晴烟桂華如水輕寒宴中秋朋簪來會滿筵綠鬢朱顔醬樽醉興吞海盞妙歌吹聲徹雲端獨念衰殘強陪歡笑恍然感舊覺悲酸功名志黃粱曉夢老去奈何天休追悔天應教人贏取身閒 想姮娥情都如舊也須知我負歡奈滿鬢霜蓬漸滿況沈腰革帶頻寬月有重圓人誰長健一回相見一回難王夫子看君風度何不早彈冠莫學我年年對月扶病江干

感皇恩 休官

解組盛明時角巾東路家在溪村更深處揷開三徑坐看一川

烟雨故山休笑我來何暮　苦貪富貴多憂多慮百歲光陰能幾許醉鄉日月莫問人間寒暑興來隨短棹過南浦

好事近 梅柳

梅柳約東風迎臘暗傳消息粉面翠眉偷笑似欣逢佳客　晚來歌管破餘寒沉烟裊輕碧老去不禁巵酒奈樽前春色

菩薩蠻 上元二首

重簾捲盡樓頭日華燈萬點歡聲入老病莫憑欄一城星斗寒

艷妝翻舞雪目眩紅生纈不是故無情羞君雙鬢青

南山只與溪橋隔年來厭看壽山展臥對曲屏風淡烟疎雨中

功成投老去判作林塘主萬事不關心酒杯紅浪深

葛立方 著有歸愚詞集中如雨中花眼兒媚諸調俱不合譜未敢妄爲更定故俱未錄

滿庭芳 催梅三首

霜葉停飛氷魚初躍梅花猶鬬芳叢剪彩裝玉應爲費天工爭
奈江南驛使征鞍待一朶香濃憑誰報氷肌仙子間早鶴飛龍
　溶溶春意動寒姿未展終愧羣紅費斬新幹上開伴長松要
看黃昏庭院横斜映霜月朦朧蘭堂畔巡簷索笑誰羨杜陵翁
未許蜂知難交雀啅芳魂猶是寒叢東方解凍全仗做春工何
事仙葩未放寒苞秘氷麝香濃應須是驚聞羯鼓誰敢噴髯龍
　梅花君白看丁香已白桃臉將紅結歲寒三友久遲筠松要
看含章簷下間妝靚春腮朦朧知音是凍雲影底鐵面葛仙翁
狂吹鳴籟祥霙剪水分明欺壓寒梅氷威初歛職影上池臺應
有一番和氣南枝上恐有春來須勸探呼吾筇杖屐齒上蒼苔
　春風渾未到裴回香徑巡遶千回見瓊英一點小占條枚且
覷先鋒鬬艷看看便繁蕾齊開香浮動微薰詩夢須更著詩催

又 賞梅

臘雪方凝，春纔俄漏，盡堂小秩芳筵。玉壺仙蕋，簾外羃瑤烟。莫話壽山萬樹，聊須對、一段孤妍。盃行處，香參鼻觀，百罹未爲賢。

吾廬何處好，繡香竹畔，叢桂溪邊。且爲渠珍重，滿泛金船。已拚春酲一枕，如今且、醉倒花前。花飛後，歡呼一笑，又是說明年。

又 泛梅

庾信何愁，休文何瘦，范叔一見何寒。梅花酷似，索笑畫檐看。便肯嫣然一笑，疎籬上、玉臉冰顏。須勸賞，莫教靑子，半着樹頭酸。

朱闌聊掩映，崑崙頂上，琪樹團欒。命兒曹班坐，草草盃盤。旋折溪邊瑤朶，瑤觥泛、蕊葉盃覓。從敎此，尊前有客，拍手笑頹山。

又 賞梅二首

弄月黃昏，封霜淸曉，數枝影墮溪濱。化工仙手，幻出一番新。片

片雕酥碾玉寒苞似已澹香塵聊相對畸人投分尊酒認前陳
吾年今老矣佳人薄相笑插林巾恍蒼顏白髮同授烏雲玉
鏡臺邊試看相宜是淺笑輕顰君知否壽陽額上不似鬢邊春
一陣清香不知來處元來梅已舒英出籬含笑芳意為人傾細
看高標孤韻誰家有別得花人應須是魏徵嫵媚堯甫大鮮明
北枝方半吐水邊疏影綽約娉婷問橫空皎月匝地寒蘂何
似此花清絕憑君為仔細推評幽奇處素娥青女著意為橫陳

又 山居

屏映琉璃窗搖雲母水堂新發雲灣際天波白玉鏡寶奩寬欄
外青山幾疊瑤烟斂影落千鬟寒汀晚蘆花飛雪風定白鷗閒
壓寰何處有方壺圓嶠弱水波翻問何如藜杖此地躋攀穩
竹今逾萬箇風枝靜日報平安他年事蒼雲屯處千畝看栖鸞

又 五姪將赴當塗自金壇來別

栗里田園，烏衣門巷，別來幾換星霜。華陽仙窟，翠桁綠花香。夢隱當塗風月，披絳帳、欲指鱣堂。浮鷗外，來尋老子，特泛雲溪航。相逢春正好，梅舒香白，柳曳宮黃。且相將一笑，樂未渠央。須念離多會少，難輕負、百榼霞漿。滾滾覩舞同飛雪，樂奏小宮商。

又 胡汝明罷師歸坐間次韻作

江國麾幢，邊城鼓角，溢川幾報嚴更。笑談油幕，英傑爲時生。腹貯六韜三界，新詩就、矛槊頻橫。功名事，他年未晚，一笏落欃槍。歸來何早計，白蘋洲畔，鉇簑淡耕。又何如竹帛，彝鼎垂名壓。節徵還伊邇，春風外、文鷁催行。巖廊上，談兵齒頰，讜論坐休明。

水龍吟 遊釣臺作

九州雄傑溪山，遂安自古稱佳處。雲迷半嶺，風號淺瀨，輕舟斜

渡朱闌橫飛漁磯無恙烏啼林塢朶高人陳迹空瞻遺像勿笑
烈垂千古　憶昔龍飛光武悵當年故人何許羊裘自貴龍章
難換不如歸去七里溪邊鸕鷀源畔一簑烟雨歎如今宕子翻
將釣手遮日向西秦路

風流子　元旦作二首

夜半春陽啓東風峭猶帶去年寒嘆榆塞戰塵玉關烟燧壯心
耿耿青鬢斑斑又還是一年頭上到日月信跳丸門帖繪雞歷
頒金鳳酒浮柏葉人頌椒盤　幽閨春信近簾櫳靜小宴取次
追歡聊把水沉烟裊清唱聲閒況良辰漸有梅舒瓊蕊柳搖金
縷巧綴新旛莫惜醉吟親側衣曳荆蘭

細草芳南苑東風裏贏得一身閒見花朶鋪田柳絲絡岸沼冰
方泮山雪初殘又還是隴頭春信動梅蕊入征鞍月裏暗香水

邊踈影沒妝宜瘦玉骨禁寒　泛金溪上好開幽戶聊西翠欒雲灣知道醉吟堪老名利難關算書帷意懶宦塗遊倦舊時習氣惟有躋攀擬待杖藜花底直到春闌後由丹陽移居吳興之金溪村

多麗　賞梅

冷雲收小園一段瑤芳乍春來未回窮臘幾枝開犯嚴霜傍黃昏暗香浮動照清淺踈影低昂却月幽姿含章媚態姮娥姑射下仙鄉倚闌看殷勤持酒索笑也何妨堪憐處東君不管心獨凄凉　算何人爲伊銷斷古今才子篇章有西湖賦詩處士並東閣年少臺郎驛使來時吳王醉處幾番牽動廣平腸賸宴賞微酸如豆又是隔年長高樓外莫教羌管吹墮寒香

又　七月遊蘆蕩作

破波光如鏡三翼輕舟對雨餘重巖疊嶂何妨影墮清流望美

蘋渺然如海張雲錦掩映汀洲出水奇姿凌波豔態眼看一葉弄新秋恍疑是金沙池內玉井認峯頭花深處田田葉[illegible]龜遊　正微涼西風初度一灣斜月如鈎想天津鵲橋[illegible]實奩蛛網初抽曬腹何堪穿針無緒不如溪上少漁留賴笑語追尋惟有沉醉可忘憂憑清唱一聲檀板驚起沙鷗

春光好　寒食將過淮作

禁烟郤釀春愁正繫馬清淮渡頭後日清明催疊鼓應在揚州歸時原已臨流要綺陌芳郊恣遊三月韶懷當一流莫放觥籌

西江月　開爐

風送丹楓卷地霜乾枯葦鳴溪獸爐重展向深閨紅入麒麟方熾　翠箔低垂銀蒜羅幃小釘金泥筆歌送我玉東西雕管瑤

花舞榭

蝶戀花 冬至席上作

緹室蘗陰濤曉散灰動葭莩漸覺微陽扇日永繡工才一線挈壺已報添銀箭　六幕無塵開碧漢非霧非烟彷彿登臺見梅萼飄香樂小宴霞漿莫放琉璃淺

減字木蘭花 四姪過省候廷試席上作

搖毫鑄藻縱有微之應壓倒萬里鵬程南省今青登墨名　臚傳丹陛月裏桂花先著袂雁塔高題玉季魏科尙覺低

又 章甥築地相望作

張南周北謾說濤漳搖紺碧何似幽棲甥舅相望共一溪　瑯嬛沙版不用買鄰縻百萬餘戶增輝庭列芝蘭戶戟枝

水調歌頭 別友

睡鴨凝香縷白酒瀉無聲郊墟不辦羊酪照筋紫絲蓴此去青山深處邀得白雲爲伴絶意請長纓一舸青君去幾幅布帆輕帝恩重容祿隱吏祠庭滕閒文度安親得計是揚名珍重金蘭交契共惜悤悤別去送我幾烟林異日懷君處凝盼亂層岑

玉漏遲

倚戶明環堵山容黛染水光綃舞荷蓋擎烟花映步波神女嫩臉鉛華掩素無語向熏風凝竚晴又雨征鞭隱隱雲洲沙渚須臾風捲還晴看又潑丹囊乍飄沉灶魚風荷衣珠顆亂傾無數休話金沙玉井爭似我神龜遊處觴爲舉何人解歌金縷

錦堂春慢 正旦作

氣應三陽氛澄六幕翔鳥初上雲端問朝來何事喜動門閭田父占來好歲星說道宜官擬更憑高望遠春在烟波春在晴巒

歌管雕堂宴喜任重簾不捲交護春寒况金斂整整玉樹團團柏葉輕浮重醑梅枝巧綴新幡共祝年年如願壽過松椿壽過彭聃

沙塞子 詠梅

天生玉骨冰肌瘦損也知他爲誰寒底傲霜凌雪不教春知高樓橫笛試輕吹要一片花飛酒巵拚沉醉帽簷斜插折取南枝

行香子

風過紗窗葉落銀牀夾纈林吹下嚴霜新篘浮蟻斑坐飛觴有巖中秀籬中艷洛中香　金鈿放蕊玉粒爭芳噴年年來趁清商不懕素節還有花王看正封詩龜年謌太眞狂

玉樓春 雪中擁爐聞琵琶作

青女飛花濃翦水寒氣霏微度窗紙人間那得骨爲簫爐有麒麟樽有蟻　笙簧凍澁閒纖指香霧瞑濛羅帳底都教試作忽雷聲往往驚開桃與李

鷓鴣天　小孫周晬席上作

榴花庭院戲嫛婗水翦雙眸畫不如莫恨未能通琴瑟個只今先已辨之無　虎睛淺綴新花帽龍腦濃熏小繡襦乃祖未須貽厥力及時須讀五車書

浪淘沙　子直新第落成席上作

休看輞川圖未足幽居何如雲水遶儲胥新涇青紅開棟宇霧拱風蹤　小圃秀郊墟花破平蕪五峯列影水平鋪只欠五城樓十二便是蓬壺

卜算子　賞荷以蓮葉勸酒作二首

明鏡蓋紅蘋軒戸臨烟渚窣窣珠簾淡淡風香裏開樽俎　莫把碧筒灣恐帶荷心苦喚我溪邊太乙舟瀲灧盛芳醑

鳧鷖水芝紅脉脉蒹葭浦淅淅西風淡淡烟幾點踈踈雨　草展盃觴對此盈盈女葉葉紅衣當酒船細細流霞舉

好事近　歸有期作

幾點溪旋迴喜動滿川花木遙睇清淮古岸散離愁千斛　烟籠沙嘴定連艘鵲御蘸波綠歸話隔年心事秉夜闌銀燭

又　和子直惜春

歸日指清明肯把話言輕食已是飛花時候賴東風無力　青帘沽酒送春歸莫惜萬金擲屈指明年春事有紅梅消息

陳東

蔡刷子　咏夾竹桃

誰研碧琅玕影撼半庭風月尚有歲寒心在留得數根華髮
龍孫愛戲碧波濤喜動清風發到得痕花床處一甌香雪

驀山溪 元夕

半生羈旅幾度經元夜長是競虛名淚把良宵等閒棄捨去年
元夜道得身閒依舊是客長安寂寞孤眠者 今年元夜也是
離鄉社却有異鄉人約携手燈前月下那知風雨此事又參差
成怨恨獨悽惶清淚潸然灑

西江月 閨情

風動一軒花竹琅玕青錦薰籠憐才自是朱牆東更識琴心挑
弄 暮雨乍收寒淺朝霞又起春濃氷肌玉骨信俱融不比巫
山閒夢

又七夕

我笑牛郎織女一年一度相逢歡情盡逐曉雲空愁損歌鸞舞鳳 牛女而今笑我七年獨卧西風西風還解過江東爲報佳期入夢

蔡士裕

金縷曲 羅帛剪梅纏綴枯枝與真無異作

怪得梅開早被何人香羅剪就天工奇巧茅舍竹籬容不得移向華堂深悄别一樣風流格調玉質冰姿依然在算暗中只欠香甦到着些子更奇妙 有時來伴金樽倒幾徘徊認成真後又還悞了費盡東君同護力空把芳心縈繞竟不解索他一笑有月紗窗黄昏後爲愛花翻被花情惱箇恩愛負多少

瀟湘曲 爲金壇教諭干壽道考滿賦詞

功名早步武青雲繚繞斯文已有成效縫紗拍拍春風滿香動

一池芹藻 瓜期到便勇撤臯比此去應光耀立登樞要向紅藥堦前紫薇閣管不負年少

張翥 著有蛻巖詞一卷

賀新郎 送劉澄齋制揮歸京口

疋馬鍾山路慨年來只解郵亭送人歸去季子貂裘塵漸滿猶是區區羈旅謾空有劍鋒如故醴肉未消儀舌在向樽前莫灑英雄淚鞭未動酒頻舉 西風亂葉長安樹嘆離離荒宮廢苑幾番禾黍雲棧縈紆今平步休說襄淮樂土但滾滾江濤東注世上豈無高臥者奈草廬煙鎖無人顧殷此恨付金縷

摸魚兒 送邵風坡赴含山尉且堅後約

正挑燈共聽簷雨問誰催動行色風前千點離亭恨惟有落梅知得王謝宅記前度斜陽燕子曾相識花香昜舄無計強追隨

陽關聲斷回音暮雲隔　文章慣合上薇垣　梧掖徵歲底事江北青山莫對韓彭吾還是玉麟佳客須記憶有袮佩翛翛正離懷重席荼蘼未折次第牡丹開一樽留待相與醉寒食

浪淘沙　再和上元王伎吾欲合山邵梅仙有渙餞别

雨過春天兩高下青巒小樓燕子話春寒多少夕陽芳草地霧捲烟漫　別恨正相關心上眉間離擻一齒間悲歡後夜月明何處夢鍾阜容山

青玉案　被檄出郊題陳氏山居

西風亂葉溪橋樹秋在黃花羞澀處滿袖塵埃推不去馬蹄濃露雞聲淡月殺歷荒村路　身名却被儒冠悞十載重來慢如許且盡清樽公莫舞六朝舊事一江流水萬感天涯暮

水龍吟

晝長簾幙低垂時時風度楊花過梁間燕子芹隨香觜頻掐泥
污若被流鶯蹴翻花影一欄紅露看殘梅飛盡枝頭後認青青
了些兒大　誰道洞門無鎖翠苔蘚何曾蹈破好天良夜清風
明月正須著我閒展蠻牋寄懷詞調唱成誰和問曉山亭子山
茶經雨即早見伊開麼

僧

祖可 吳虎臣云正平工詩其長短句尤佳世徒稱其詩也 伯固之子養直之弟著有東溪集瀑泉集

小沖山

誚向江頭遺恨濃碧波流不斷楚山重柳烟和雨隔踈鐘黃昏
後羅幕更朦朧　桃李小園空阿誰猶笑語拾殘紅珠簾捲盡
夜來風人不見春在綠蕪中

菩薩蠻 二首

西風簌簌低紅葉梧桐影裏銀河匝夢破畫簾垂月明烏鵲飛
新愁知幾許欲似絲千縷雁已不堪聞砧聲何處村
誰能畫取沙邊雨和烟淡掃蒹葭落別岸却斜暉采蓮人未歸
鴛鴦知解語對浴紅衣去去了更回頭教儂特地愁

閨秀
延安夫人 侯鯖錄云是蘇丞相子容之妹

更漏子 寄季玉妹

小闌干深院宇依舊當時別處朱戶鎖玉樓空一簾霜日紅弄
珠江何處是望斷碧雲無際凝淚眼出重城隔溪羌笛聲

元

諸葛舜臣

蝶戀花 採蓮

越女採蓮秋水畔窄袖輕羅暗露雙金釧照影摘花花似面芳

心只共絲爭亂　鸂鶒灘頭風浪晚霧重烟濃不見來時伴隱隱歌聲歸棹遠離愁引着江南岸

孫景文

蝶戀花　閨情二首

樓外垂楊千萬縷欲繫青春少住春還去猶自風前飄柳絮隨春且看歸何處　滿目山川聞杜宇便做無情莫也愁人意把酒送春春不語黃昏卻下瀟瀟雨

淨洗胭脂輕掃黛鬬草亭邊自掬梨花戴一段心情空自愛風流那得時常在　屈指春光歸已快不捲珠簾又恐東風怪花影低將新月礙小闌干外深深拜

王　腨　至正中進士授秀水令

如夢令　午晴見月

簷際猶餘殘溜，簾外淡雲月逗，風雨漫經旬，依舊姮娥眉皺。晴否晴否，早是落花時候。

殷炤 大德中丁酉解元

望江南 秋懷二首

秋光好，爽氣動幽情。紅蓼白蘋江岸潤，淡烟疎柳月華清。西風落葉輕。

秋光好，選勝足遨遊。桂子風高香密密，梧桐月小影悠悠。玉露滿松楸。

貢文豹 貢生，官本邑教諭

相見懽 離懷

無言獨上西樓，月如鉤。寂寞梧桐深院鎖清秋。　剪不斷，理還亂，是離愁。別有一般滋味在心頭。

長相思 佳人

雲一緺玉一梭澹澹衫兒薄薄羅輕顰雙黛螺　秋風多雨聲過簾外芭蕉三兩窠夜長人奈何

洪　翼 與祖元孫官至光祿寺少卿

浣紗溪 花朝

鸞股先尋鬬草釵鳳頭新繡踏青鞋衣裳宮樣不須裁　雕玉鏤成鸚鵡架泥金鐫就牡丹牌明朝相約看花來

又 上巳

輭翠冠兒簇海棠砑羅衫子繡丁香閒來芳徑踏青陽　風煖有人能作伴日長無事可思量水流花落任匆忙

訴衷情 畫眉

清晨簾幙捲輕霜呵手試梅妝都緣自有離恨故畫作遠山長

思往事惜流光易成傷擬歌先歛欲笑還顰最斷人腸

虞鶴發由鄉貢生遷居武進復還無錫著有雲陽集見常州府志廉潔傳類

如此江山　泛曲阿後湖

依依楊柳青絲纜掩映綠波南浦燕掠横斜鱗遊蕩漾恰是前春時序清泠如許恍鏡影空磨篳痕客聚欲問伊人且自溯洄前渚　並倚木蘭無語到來還遠樹遙山凝眸同覩雁齒參差汊流邐迤多少鷗羣鷺侶最饒閒趣且酒蘸蠑螈玉杯時舉歎乃一聲移入柳陰深處

菩薩蠻　離思

有情潮落西陵浦無情人向西陵去去也不教知怕人留戀伊憶了千千萬恨了千千萬畢竟憶時多恨時無奈何

又立秋

西風半夜驚羅扇蛩聲入夢傳幽怨碧幮試初凉露痕滯粉香
清冰凝簟竹不許雙鴛宿又是五更鐘鴉啼金井桐

眼兒媚有感

蕭蕭江上荻花秋做弄許多愁半竿落日兩行新雁一葉扁舟
別離長怕君先去直待醉時休今宵眼底明朝心上後日眉
頭

明

賀世壽

虞美人 邗睢松年葛蒼公兩孝廉

曲阿古渡陳東里代有名賢起請看題句在宮牆猶賴寒瓊一
片荷綱常　具匯怒濤如山立義憤應難滅雅川兵解玉京遊
爭羡孝廉雙節峙千秋

劉元祥 後學東溪填譜

搗練子 秋閨

深院靜小庭空斷續寒砧斷續風無奈夜長人不寐數聲和月到簾櫳

憶少年 寒食

池塘綠遍王孫芳草依依斜日遊絲捲晴晝繫東風無力 蝶趁鬧香蜂釀蜜鞦韆外臥紅堆碧心情費消遣更梨花寒食

賀王盛

如夢令 諸生東敏成當干戈迭興不憚千里接父遇宇歸家一夕忽無疾而卒作此以弔

阻絶兵戈千里遙憶親關雲水豺虎蔽前途履險驚魂九死天幸天幸鶴髮衰翁返矣 正快團圞兒女爨日堂前菽水天道竟難知一夕銜膽蘭萎心悴心悴降罰胡於孝子

賀裳 著有紅牙集九十九首錄五十首

山花子 春游

白玉搔頭刻鳳皇初笄嫌重貯紅箱今歲綠雲朝滿鏡恰相當
欲上秋千防髻滑將行花底恐稍長迤逗雙鬟呼不應付檀
郎

又 瑣窗

側側輕寒閉瑣窗旋添獸焰熨羅裳乍習吳歈猶未熟暗尋腔
朝雨綠楊垂檻重曉晴紅杏隔簾香手折一枝初綻蕊寄蕭
郎

綠頭鴨 題葉用傅觀察錢塘懷古體

遶芳堤試細覓前宵題葉恐還飄泊沙洲怕饑鱗唼傷花格愁
玉鷺打滅銀鈎萍葉遮藏荇葉牽恁幾轉都撓亂心頭閒尋徧

雙鴛沾溼影迹難求　倩誰收畫橋西去銀濤遙織千艘莫相隨漁郎短棹休誤逐估客扁舟忽望見亂紅數點風約各迴流錦石頻拋釣絲輕惹倏時傍岸郄輕浮親拾看誰家蕩子彩筆相酬

浣溪紗　有遇

行過山樓到水亭隔簾香氣暗撩人遙聞相喚出銀屏　欲拜深深籠素笋問年淺淺破朱櫻不圖親遇洛川神

菩薩蠻　花下

幾番花下逢傾國黛眉丹臉弓鞋窄佯避入花陰隔花偷覷人絳桃零落盡數日無音信芍藥又將開明朝應再來

又　金閨

羅衣夜半熏沉水今朝入直承明裏秉燭送郎行重來人倚衾

日高纔睡起猶自慵梳洗莫訝弄妝遲待郎來畫眉

又 問歌

笙歌只在前頭起移舟入泊紅橋裏翠幙影沉沉徒聞笑語音孤蓬今夜住莫更行他處月色下雕簷高樓應捲簾

多麗 本意

步花陰滿園春色飄零過橫塘曲欄斜摺崎嶇轉入紅亭坐無聊起看畫障行還倦閒撥爐薰啗覺聲喧微窺影亂映門一線露羅幃雙扉啓縞衣翠袖相簇度銀屏霎時間虛窗雪艷素壁霞明 細看他蓮隨步起果然蘭並肌芬臉盈盈疑開蛤帳賸細細堪試香塵膩髮盤雲修眉偃月珊瑚一顆墜朱櫻擘漿手春纖如削渾是玉雕成臨別去流波回靦障扇笑狂生

賀聖朝 重來

馬融帳後曾經識香風細細絳樹呈歌紅綃捧酪綠珠吹笛

重來花下無踪跡但草青苔碧黃姑垂霧紫玉成烟素娥奔月

沁園春 春暮

芍藥蒸霞荼蘼鋪雪麗日初長正燕補巢泥防汚繡帖蜂窺髻

蘂厭攫釵穷滿徑蘼蕪幾欄紅紫針線慵拈刺繡囊嬉游處簪

花鬢韡鬬草帶芳 羸他翠羽瑤璫怕掠來鬓亂私熔銀塘見

柳線低垂獨眠鸂鶒蒲芽輕颺雙喙鴛鴦潜摘朱櫻悄攀青杏

纔拋擲撼動波光驚飛起有清漣屬玉濺濕紅裳

又 雨後

竹院陰陰蕉窗颯颯鬓潤肌凉正杏梁愁坐燕淹宿雨雪叢潛

隱蝶粉朝陽怕濕鞋幫嫌汙霧褶悶對屏山不出房無聊賴慵

教鸚鵡懶繡鴛鴦 滿庭夜合芬芳看散亂離披錦石西旁把

筠條深攜朱絲暗繫竹欄環護油幕高張雲鬟重溫雪甌輕潑
倩命雙鬟與玉郎低聲語來同嘗苦茗共試甜香

眉峯碧　惜别

樓角捲珠簾目送香車遠倚欄佇定不回頭無奈天街又轉
華月中宵滿花影窗前亂恐伊今夜夢中來朱扉盡敞休教掩

烏夜啼　相待

素壁横梢漸滿紅扉脱葉頻敲玉梳理罷薰香坐銀燭換三條
掩戶難忘月彩捲簾更怯風飄添來半臂猶嫌冷清露泫寒
蕉

錦堂春　本事

幾日愁酲眈臥連宵聽雨憂花新晴又報櫻桃熟門外駐細車
鬭鴨欄邊賭酒聽鶯院裏評茶慵來閒步蘼蕪徑紅雨亂碧

欽

過秦樓 秋夜

涼月橫窗，殘燈背坐，枕畔簪拋寒玉。餘醒漸解，短夢初回，雁叫蛩吟斷續。忽聽簷前淅瀝，驟剪庭蕉，頻敲砌竹。正博山烟冷，青綾被薄，影單人獨。　料得棋譜慵看，瑤欽忘卸，謾把燈花虛卜。碧扉深掩，翠幔重鉤，衾簟也無溫煖。暗記前盟，空自淚頻添，紅顰眉鎖綠。怪錦書寄到，不敢迴文細讀。

採桑子 朝來

朝來不覺雲鬟失，細檢瑤箱，羞問鄰嬙，暗想閒猜是玉郎。　人蹤已密難行去，愁整鬢妝，悶解羅裳，半托春酲懶下牀。

更漏 曉懷

雁未來，燕未去，欲覓音書何處。煙[illegible]　[illegible]青驄樓住打更

纔閉眼相留戀怎耐覺來不見鵲語鬧馬聲嘶知他是也非

風流子 本事

記濃歡勝賞佳麗地恰遇艷陽時正盤馬毬場柳絲拂帽吹笙花底紅雨沾襦歌笑處簾幕狂潑墨繡帶謾題詩殘醉嬾消綠鬟餉茗輕寒欲釀翠袖分衣 舊游零散後怕重聞趙瑟再聽吳歈任對陰沉院落霽爽庭除但房櫳寂歷爐烟孤裊簾帷靜悄樹影頻移情緒渾如病酒擬倩春醫

內家嬌 本事

微雨濕輕塵捲簾看兀未散朝陰正乍試鬭膏鴉翎新膩纔離綃幔鴛被猶溫妝梳罷指香沾粉暈袖翠染眉痕滌爪剛完重看明鏡兜鞋已了更換羅帬 烟斂過園林見蜂鬚拖紫燕嘴拖青漸覺沙堤綠軟薇徑紅深向絮館花欄鬭鴨玉瓶注酒銀

甲彈箏倚醉伴邀薄倖扶入羅衾

眼兒媚 冬景

午睡猶自怯寒威呵筆畫修眉杯浮嫩綠香籠薄霧爐試輕雷閒來庭下探新梅見客忽驚回隔簾低嗽倚屏斜立暎柱微窺

桃源憶故人 閨別

早知今夕和伊別怎忍乍宵虛擲一夜聽吹玉笛歸來渾未得袖中鈿盒休輕折留貯同心雙結他日柳陰停畫楫好把湘羅揭

又 試香

妝成無事娛清晝翠鴨深埋紅獸銀葉剪來微厚半晌燒纏遊泚雲一點穿窗透簾外有人私覷入戶笑摸羅袖小盒拈香

詞

綺羅香　咏歸燕

巢燕將歸軟語低飛似向窗前分訴月冷雲陰難禁幾朝風露思斜日曲徑拖花憶微風橫塘撲絮賴情多高捲珠簾深院裏往來無阻　空堦蛩語促去整夜叨叨不住料伊庭宇落照昏黃惟見烏棲鶯樹勸拂拭藻井雕梁好收藏玉筐紅縷聽囑咐紅杏開時再入伊門戶

望海潮　睡起

朝來醒早身慵欲寐匆匆忘卸頭眠何處鈴音來喧戶外鸚哥頻換雕籠驚起自開奩恐釵梁珠脫鬢畔花蔫對鏡凝眸枕紋一縷紅添　看釵髀髻全偏怕狂生偷覷坐遠湘簾纖手滑招佯推阿姊整衣先過庭前重復畫眉尖更髮施新澤肌撲輕棉

笑度雲屏半遮粉臉露雙鴛

少年遊 閨情

繡罷芙蓉私抛線帖池畔看鴛鴦花下逢人忙趨曲徑不顧濕鞋幫　歸來惟恐相撩問默自掩紅窗坐定房櫳鏤金小碟兀自顫釵梁

又 鄰舟

柳岸曾逢桃谿忽散畫鷁恰齊停輕揭湘簾笑呼鄰女隔艦互寒溫　低低訴儂家薄倖別自戀娉婷黛蹙雙蛾紅潮兩頰細聽難明

畫錦堂 紅牋

手執紅牋閒教鸚鵡是郎前日留詩別後未曾離口每日頻題燈下常防金穗落篋中惟恐蠹魚窺慮漫滅密貯錦囊時時懷

袖親擕　雕鞍知何處春山畔莫非新寫烏絲擬欲寄將清淚那覓雙魚連朝問卜搴幃早幾番思夢下牀遲疑愁處恰遇鄰姬相訪難隱殘啼

浪淘沙 白門感舊

曾記酒微醺細馬馱行倚樓紅袖亂呼名笑舉玉鞭佯不理簾內微嗔　今日又重經草綠苔青銀牆添得灞痕新自掃荒庭焚辟惡閒望雙星

又 宵分熱甚子久魯縫拉遊北里歸不成寐口占

狂客撼雙鐶舊夢驚殘天街微步漏將闌敲遍玉樓人不應帶月空還　膏盡燭花寒紅焰輕彈婆娑桂影壓欄杆簌簌天香看欲吐初襲霜紈

水龍吟 暑夜

晚來煩暑猶蒸攜纖手起看月明瑤簪輕拔蕉衫徐繫冰肌瑩雪團扇微揮曲欄斜凭碧甌細啜怪鵲影頻移螢光欲隱薇底露華沾濕　潛喚雙鬟試往把紅瓷紫蘭都摘交威正困水沉烟煖今宵罷爇高挂銀籃勻鋪鈿盒紗厨分列任檀郎沉醉微醒一夜夢魂香烈

萬年歡　夜景

月下雕簷正鬟偏髻亂蘭湯新浴貪看清光吹滅畫屏銀燭茉莉枝枝芬馥悄摘下髻盤香玉微風過吹墜流螢光瑩雪綃冰縠　哀絲怨竹凛然是氷車鐵馬崩崖飛瀑換羽移宮倏忽鶯啼春谷漸覺梧陰升屋倚欄聽銅壺聲促向紗厨添爇龍涎屬檀郎姑泛醽醁

鷓鴣天　漪席先還

狂客相攜踏月行絲鬟秉燭笑相迎體疴不禁琴心懶量淺難堪酒政明　辭別去已殘更庭花橫影進疎櫺淥知無夢經巫峽欹枕遙聽隔院笙

又擬小宋過宮人口占

疑與瑶姬宿世逢姓名吹入耳輪中幽情不用征袍遞密意何妨墜葉通　聽翠鳥啞雕籠明珠誰敢探驪龍直須遠覓茅山藥鼎取香魂出九重

又雛姬

樹影爐烟裊畫簾銀屏閒倚小嬋娟初籠蟬鬢宜花壓未寫蛾眉待筆添　吹玉笛弄鵾絃旋移針線繡牀前胡來春夢情騰處正在花陰共鞦韆

高陽臺恨別

回憶從前墜鞭解佩無伊體性端柔靜院相依閒時險韻分鬮月斜膏盡攻書倦點龍團深夜相酬曉妝成剩取雙蛾密喚登樓　客來潛語須留道金貂漫解已爲郎謀牋啓天公只圖得效齊卬無端杜宇將春去付輕紈淚漬香浮是何年花外車停玉盒輕投

南鄉子　冬景

簪鞸避寒犀雪壓紅樓睡起遲窗外蠟梅香暗遞開扉自摘侵簷北綻枝　檀版侑金卮醉索蕭郎另譜詞須向朱脣呵象管相貽不覺霜毫染口脂

玉蝴蝶　箇人

試記箇人標格蕙蘭情性楊柳丰儀怨粉嫌脂常怕染汚瓊肌熅羅衾微焚荳蔻浣香汗頻盥薔薇妮人時流波橫睇半晌忘

移　輕攜湖山石畔分花互戴換笛交吹蠟淚堆盤笑言今夜
月何遲記新歌手無紅豆看秀句心有靈犀最相思臉霞初暈
眉岫俄低

木蘭花令　曉景

簷牙微雨瀟瀟滴驚起朦朧窗半黑潛歸私喜沒人知只愁去
路香泥濕　行來屐齒傷苔碧斂袂回觀心暗惕那知宿鳥恰
翻枝亂紅飛下遮鴛跡

雨中花慢　吳趨行

買艇蘭舟還調玉勒冶遊爭趁芳晨正陌上踏青鬭草壇瑶邊
簪花下幾逗鶯跡月中到處歌聲恰停依畫舫行傍香輪語笑
微聞　歸來爭道岐路驚分回頭倏又相迎轉前坊筠簾輕揭
紅蠟高擎翠袖徐籠蟬鬟玉鈎低蹙湘帬臉霞雙暈綠鬟扶入

深閉重門

踏莎行 閨情

楚楚宮眉盈盈笑靨鞦韆懶蹴心情怯行來窗下弄霜毫無端搨得雙蝴蝶 儂見猶憐郎知定竊密藏別貯防偷奪待將入靜體佳時調鉛細細添花葉

鵲踏枝 憶夢

垂楊斷處蘆花白夢裏行來不覺江波濶倏忽揚鞭穿巷陌紫騮嘶過章臺側 嘹喨誰家吹玉笛翠袖凭欄遥看曾相識剩啄數聲人欲出獨見獒吠天街月

又 薄暮

薄暮銀塘風色靜閒倚雕欄自賞娉婷影一簇芙蕖相掩映睡花深處魚遊戲 女伴潛呼渾未省橫睇迴波綽詩絡言紅妝並飛

盡殘霞天又暝柳梢笑指新懸鏡

夏初臨 風情

燕出雕簷蝶粉晝檻輕風乍散朝陰斗帳深垂碧瀋迷夢難醒簾前鶯語頻頻猛驚回半晌擡身一簾飛絮滿架荼紅擁鬢沉吟 釵奩微啟鏡匣徐開輕勻獺髓鬆綰鴉鬟九鬟笄重嵌珠新纓黃金衣卸吳綾換輕羅寶鼎濃薰倚雲屏爐烟裊袖花影橫襟

釵頭鳳 效放翁體

人初暝風吹醒喚郎不覺推郎枕膏沉炷天應曙黃耳將慳綵鸚私覷去去去 驚相應疑還聽羅衣着罷仍歸寢來難遇歸無邊銀燭雖殘銅壺猶注住住住

破陣子 春閨

腰細常嫌佩重體香不待衣薰黛出南都描桂葉脂傳北地點朱櫻妝成去踏青　鬭草擔鬆臂釧攀花悄褪鞋根忽訝金釵何處去纔向荼蘼徑裏行忙呼小婢尋

滿庭芳　記事

銀葉輕安甲煎匀沃獸烟細裊紗窗薰儂詩卷約略議鉛黃纖手調朱漂黛汲新泉硯浴鴛鴦端詳處微吟低哢恍惚奏鶯簧數回翻閱過私題衣帶暗記羅囊道旁邀蘭麝韻比琳瑯莫惜懷中珠玉賦新題試寫銀牆幾日裏相攜女伴笑語坐回廊

漁家傲　念遠

望斷長空無雁跡木犀枝上寒烟滴波底夕陽紅漸滅星歷歷征帆過盡江樓寂　吹罷角聲砧又接歸求早早燈花結簌簌庭烏翻落葉風作咽添舊壺把過支織

又 曉別

啼罷荒雞哀雁接熒熒寒焰窗猶黑欲別重將酥手執行又立門前瘦馬嘶殘月　遞得金鞭紅袖濕回頭已被踈林隔獨上高樓看去轍鈴音絕纖腰凭久雕欄熱

青玉案 和曾繹韻

芳郊雨霽香輪透花深處爭先到一簇羅衫紅嫋嫋畫扇低藏金壘頻舉半晌聞歡笑　斜日催歸喧宿鳥躍踰捲但存芳草人蹤漫憐蹤跡杳幾徑蒼苔數層紅雨印得凌波小

一叢花 秋思

亂荷獵獵響銀塘風颭露鴛鴦離愁千縷撩心緒更池館恰遇秋光斜日劉鴉寒雲唳雁冷露泣啼螿　但教終得傍伴行須遲見何妨繡簾開處濃香發紗籠引列兩三行盈泛盃卮任伊

披扇撫掌笑温郎

郭應詔

滿庭芳 寄周山人生日

桐鋪黃金桃勻紅粉韶華正屬艷陽周郎初度高宴勤林塘里社賢豪駢集傾大斗釃酥生香奏南飛鳳箏齊撥字字按輕商似爾眼中少丰神瀟灑落意氣慨慷但狂歌擊筑到處相羊况值朱顏未老看階前玉樹趨蹌願更攜一壺竹葉同醉百花旁

周彦文

東風齊着力 山居自述

跣足科頭桑麻課話消遣年華竹風梅月習靜住山家幽經青蒼松護闢荒圃名卉奇葩任繁華紛紛過眼獨占烟霞 自得本無爲玩易中極理窮周法華同心客至烹一盞清茶室有圖

疏野羹留飯脫粟勝胡麻休嫌此貧居寂寞真味可誇

播得山居數椽小結傍澗通泉門栽五柳願自契陶潛閒與漁樵同伴奚必亶夢筆如椽又何羨錦衣玉食萬貫腰纏　嘆近日時賢笑窓下枉自絕斷韋編豈如我效羲皇一枕眠笑他坐井觀天平居無事理精研胸懷覺天空海濶躍魚飛鳶

曲阿詞綜卷之二

丹陽後學劉會恩畤菴輯

明

楊志達

滿江紅 感懷

偌大乾坤載不滿一腔怨氣猛提起推翻翰墨頭巾擲地武弁爭强鬭穴獸文門市寵迎門妓到於今誰笑此朝廷都無淚中秋月依然記重九菊頻頻醉却報仇雪耻人人不會白面羣將花粉抹赤心漫把烏紗蔽料他年事後說奸雄都成戲

葛 樞

謁金門 閨情

眞堪惜錦帳夜長虛擲挑盡銀燈情脉脉繡花無氣力 女伴

聲停刀尺蟋蟀爭吟四壁自起捲簾窺夜色天青星欲滴

清平樂 詠柳

欺烟困雨拂拂愁千縷曾把腰肢羞舞女龐得輕盈如許 猶寒未暖時光將昏漸曉池塘記取春來楊柳風流全在輕黃

眭明永

阮郎歸 春恨

落花流水樹依池前年相見期見來無事去還思而今花又飛 淺螺黛淡胭脂閒粧取次宜隔簾風雨閉門時此恨風月知

又 秋恨

宮腰裊裊翠鬟鬆夜堂深處逢無端銀燭殞秋風靈犀得暗通 更有恨恨無窮星河沉曉空隴頭流水各西東佳期如夢中

錦堂春 離情

離恨遠牽楊柳夢魂長遶梨花青衫記得章臺月歸路玉鞭金
翠鏡啼痕印袖紅牆醉墨籠紗相逢未訴衷懷事春思入琵
琶

賀撫辰

江城子　燕語

鳦兒可是惜芬芳掠垂楊弄新腔鎮日喃喃不住為誰忙惆悵
落花春去也風與月費商量　銷魂飛絮遶池塘話愁長度紗
牕盡看叨叨饒舌到昏黃惱煞鶯聲和蝶拍花柳外奏笙簧

摸魚兒　初夏登樓

聽一聲黃鸝輕巧人倚半樓殘照斷雲忽變形如墨驟雨又看
來了臨樹杪只說道青天高處無愁到却遍引離情和煙和霧
銜懷抱　金釵墜踏盡萋萋芳草銷魂空寄登眺須攜數斗蘭

陵酒獨向春山傾倒紅塵鬧是何日醉騎黃鵠舞蓬島憑誰先報勾是謫人間名韁利鎖未得歸來早

眭　六

滿江紅　鄧尉觀梅

鄧尉山前悠然見寒梅萬樹厭說玉妃出世森然庭戶密密疎疎清韻繞枝枝蓯蓯幽香度趁東風飛去撲行人人爭妬　且謾作宋卿賦且謾唱何郎句試登臺歷歷芳心半吐新燕難教啣片云遊蜂未解拖鬚住想翠禽棲穩月橫枝今如故

諸葛朱方　著有得閒子學愁吟

臨江仙　夏夜

細細風生人靜悄夜凉梛外簫聲聞堦獨坐亂星明茗甌香泛雪蕉鼓動初更　遲月若知吟處好東山遠過中庭穢花相向

數枝横暗芳清影內明滅點流螢

長相思 旅懷

榴花殘藕花殘高柳蟬嘶秋漸凉碁敲清晝閒　南人北北人

南春殘人來寒未還思長夜夢闌

漁家傲 旅况

山外含山山欲暮風吹細雨藏雲樹空堦滴碎一篝凉簾暗度

秋聲盡在梧桐處　夢破窺燈深夜鼠無端細細離人耳枕簟

欲眠無意緒人歸去桂花應待中秋十

祝英臺近 秋雨

小窗閒清晝永雲暗低迷柳篆裁香存羅幌凝烟縷海棠濕潤

堦前有誰人管倩林外啼鵑聲住　前題句漫將桂卜佳期又

把黃花數手倦拋書獨對無人語非關秋解人秋來半去愁看

日日風兼雨

蝶戀花　踏青

細數落紅春半去枝上柳眠漸褪輕羅袂攜柑遠墅聽黃鸝俗來坐倚陰濃處　飲斜柔柘倩扶歸竹喧庭院苔封砌夜分雀舌鬭龍團風月一簾花影碎

春雲怨　上巳

烟雨嘶風把修禊歡遊竟辜今寂晴鳩摇濕江皋悔逐婦聲聲呼僉舞燕歸簾歌鶯去院蒼山萬點雲烟沒錦幄吹殘香塵隔斷頻惜芳菲歎　韶光剩有三之一　怨綠暗紅稀怨蜂愁蝶好將芍藥護雕欄日暖風柔待魏紫姚黃同把銀蟾乍放金卮頻斟膽取酬歌綺席

國朝

孫允恭

千秋歲 祝馬龍友壽

佳人寄鶚小閣疏篁後長日緩輕風透香生珍簟冷幔捲冰紈皺山鳥集桐陰涼處鳴清晝　手種門前柳黛色還依舊書存首久詩刪就水光縈曲岸雲氣當虛牖仙掌上高擎沆瀣爲君壽

滿江紅 賀天山四十即和原韻二首

白鶴溪邊寄往客鑑湖如此問當年飲中仙侶只今誰是夢見容顏疑月照吟成詩句因風寄共君家小阮竹林間非孤矣調膳後山蔬旨舉案後雲箋紫更指前玉樹女俞男唯匡鼎解頤人健羨君苗焚筆吾應恥但相期瑤艸拾歸時從遊耳是處名山看才子買來無價早難道天家徵召奉箋辭謝有君尚存堪自喜此心不動尤瀟灑又何須緱嶺學吹笙勞勞者

藤蘿掩虛檐鋳花竹映疎窗下任錢飄榆杪針穿葵徑天外雲霞王令易水邊烟霧莊生馬待種松都作老龍鱗千秋也

又 次天山韻爲年伯賀唯一首報志喜二首

拾芥何難他年事也須如此看筆下珠璣錯落一揮都是藝苑雄才推獨步鼇拔首唱聲先寄輿鬐弧躍躍欲登時無前矣仙掌上霞舉吉鱗浦上芝函紫任勞人三讓予應連唯班馬文章推並駕王盧前後獨爲恥待成名晝錦作歸來直生耳墨汁纔乾競傳寫洛陽增價漫說是翩翩年少舊家王謝文湧流泉隨地出筆生花雨因風灑只加人一等亦尋常無奇者雛脫去囊留鍔韡踢去城須下豈壇前赤幟僅爭鄉社已信超宗殊似鳳豈論伯樂空羣馬問飛鵬擊水欲何之天池也

賀寬 著有山響齋詞稿

減字木蘭花 和湯萊生自壽韻萊生適昭陽李相國孫吾邑湯參予中丞之幼女

清和令月梅子黃時松子結爲祝斯年有酒如淮瀉碧漣　春光凭速綠野盈盈千頃綠小院輕風芍藥深深一捻紅

又 題張馭文檢書燒燭看劍引杯小照

蠟融三寸瞬息興亡千古恨試問何書笑殺乾坤一腐儒　寒光一線拂拭芙蓉三尺劍底事沉吟斟酌平生一片心

催雪 送赤浦女弟還明因庵爲其師祝壽

南國西陵鶴溪鴛水一樣平橋清瀨總兩地間關盈盈衣帶閒唱一曲還鄉便絲楊紅杏摧殘懷瑣窻何處崩厓斷壁曉風清籟　無奈淒涼在幸阿大中郎諸姑伯姊有小令長篇積花關綵集得烏絲黃絹到磬罷經殘重自改且記去更上層樓隱隱數峯如黛

高山流水自題桃花漁父圖小照

東坡昔唱大江東，借鱸魚興起秋風。此意有誰知，今年又過吳儂。輸他處、憑弔英雄。無人伴，也乏家藏斗酒，一歡千鍾。只暖舟半榻，清嘯葉孤桐。　長虹。依稀止盈尺，又算是瀑布驚鴻。桃樹老，繽紛爛熳春夏秋冬。仙山原不聽天公。度年華何異醉鄉日月。妝鏡停空。憑逍遥，祇應長住畫圖中。

模漁見和天山叔自壽韻二首

十年來壽筵重酌，劉郎還記前度。鬚眉未必渾如舊，也不到相呼誤。其漁撮君恨不驚人，緣作驚人語。聽卿揄去，問白日興歌，屡屡載酒，卿相幾朝暮。　文章事，久已筆歌墨舞。琴樽略約粗具。齊州九點平川路，五岳任遊何處。奚囊負，有小阮追隨，便是忘鷗侶。聯牀聽雨，且擊筑歌騷，揚風扢雅，竹下好消暑。

論年華多君重五千八百朔餘幾阿嬃元髮見霜鬢不媿於君猶子從新計大丈夫磊落肯向愁邊寄且撫膺起願君執鐙弧我隨鞭鐙多少未完事　銘鐘鼎富貴自爲佳耳吾輩豈眞厭此鵬飛鷃決原無定誰恨枋榆萬里人世裏只方寸優游不少堪耕地非關文字願取義成仁樂天知命此外聽之矣

賀新郎　和渭城叔自壽韻二首

酒到稱觴起論君才珠璣錯落豈憂難仕四壁相如今有幾賊就子虛如此謾說道題橋無計恨不同時應有日便難逢得意何傷是當下酒聊自喜　髫年雙挽青螺髻啟南樓湘簾棐几文心騷首綠楊紅杏知何處遊戲風天棗地黃公叔祖小令中有綠楊紅杏是儂家之句合推殘已盡一椽不保矣渭城善卜故有佩天棗地之語　更莫嘆比來憔悴叔度汪洋淤不改只元龍意氣休教退文壘峻更增壘

柳暗輕蟬隱漸凉生蕭齋閒寂流螢一瞬斜月穿楞還戀戀鑿壁偷光相近休辜負青驢元鬢少長於君今已老便燈昏目眵書無分努力去學思問　牛衣獨鼻休評論看消停薇廳日轉八磚一寸尺五瞻天如許樹露下金莖猶潤喜通德門閭重振棨子箕裘千古事黃公亦號棨子有箕裘未忝便爲農之句更金昆玉季連雲陣歌兩闋笑顏暈

沁園春與吳門錢均歷話舊

天懶雲癡積雨經旬孤舟未回想楊梅紅綻火齊顆顆枇杷黃綴金彈累累著屐難行西園何在情思昏昏眼倦開淒凉甚偶問評往事節節堪哀　當年興致佳哉儘狂客風流好放怀憶湘靈年少錢山韶諧辭雋語虎頭癡絕倩來吏部酒急詩催花裏韋娘樓頭子晉吳四娘王昭玉柴稼之嬀一曲新歌暖玉杯經過處只墻苹蘿薜

徑掩莓苔

多麗　天山叔招看海棠數公用聶冠卿韻因次其六韻

竟無端過了三春誰惜況連朝忽風忽雨看來晴意難得喜東墻嬌姿無恙半殘敗還映窗碧柳自低迷桃能綽約綠衣綵袖讓他國色座中有傷心前事迢憶錦川答南樓好紅兒絳雪奇艷分席　有姑射凌波風味華清新浴丰格更長爾天宛地翠織流黃似簾隔宿雨初晴雛鶯新囀腰肢搖漾任風力別來久樓臺直換此地幸相覓傳孟處訛記朱顏舊恨都擲

又　贈天山叔

到春闌是草非花都惜況年來烏衣半改誰家瓊樹竟得只高齋斜陽半畝赤城霞起蘸雲碧傳粉何工研丹誰點嫣然一笑笑春無色捲簾爲看花惆悵應念雨詞客　渭城叔　伊人弟　壽春去知他

何處醉咏瑤席　怨粉蝶翩然至止遂離應戀芳格奈晴絲游
揚難定欲倩東風替花隔小玉含情修文有恨比來憔悴倦無
力謾收袷青衫依舊紅淚好尋覓還惹春去不斷餘香忍便輕擲

鶯啼序　和家天山焦山懷古

日夜寒流去直接海門煙霧一峯特立障狂瀾休信斷崖孤嶼
鐘嶺龍盤從左折石頭虎踞還西顧有蹲獅調象鎖定金陵門
戶　周鼎摩挲梁碑捫讀應是山靈護算只有高士焦生不問
三分氣數紫髯翁江表如斯赤帝子京華何處想當年據石孫
劉隔江甘露　武功勝額又見揚子殘碑意氣凌千古臺殿巍
峩羅列松篁深嚴梵宇曲徑廻廊蕭條閒寂此時不信江心住
更平濤漠漠明飛鷺遲余問渡試看茶熟香清只道桃蹊梅塢
攬衣歷級攀蒼緣崖遙指松寥樹俯見洪濤吞吐兀特無朋

激漩盤渦分波齊注火烈旌旗風檣叠叠樓船銜尾連瓜步豆廻帆遇灞陵呵怒果然海外三山隨風上下茫茫難遇

於在淵

三珠媚 蠟梅

已值嚴冬節正同雲昏慘勁風寒冽忽有仙姿領羅浮春信隔年先發磬口檀心全學做道家粧飾不比凡花香裏紛紛惹蜂招蝶 試問陽和景物憑多少繁華難同冰雪却羨孤芳任天荒地老獨留正色標格新奇未肯點壽陽宮額只與青蒼松竹堪稱三益

東廣 著有池上生詞草

生查子 閨思

相思懶下牀春夢迷蝴蝶入柳又穿花去去輕如葉 可堪岐

路長不道關山隔無賴是黃鸝喚起空愁絕

平調減字木蘭花 春望

襄王夢裏草綠煙深何處是宋玉臺頭暮雨朝雲幾許愁 飛花漫漫不管羈人腸欲斷春水茫茫欲渡南陵更斷腸

謁金門 初春

花事淺纔費花工勻染牆角紅梅開未遍小桃剛數點 人在春寒庭院閒續茶經香傳酒思如冰詩思懶雨聲簾不捲

又 落花

風漸陡排比餞花春酒憔悴一枝紅欲皺問花花戀否 寂寞作長春晝無計與他遛逗猶勝消魂人去後折來還在手

桃源憶故人 春恨

雨斜風橫香成陣春去空留春恨歡少愁多因甚燕子渾難問

碧尖壓損眉慵暈淚濕胭脂紅沁可惜海棠吹盡又是黃昏近

眼兒媚 秋閨

煙草萋萋小樓西雲壓雁聲低兩行疎柳一絲殘照數點鴉棲春山碧樹秋重綠人在武陵溪無情明月有情歸夢同到幽閨

清平樂 暮春有感

愁腸萬縷解悶原非酒今春底事多消瘦試問箇儂知否 游絲裊裊飛來無情花落亭臺觸目皆成幽恨芳心何處安排

憶秦娥 留送譚友夏

閒思遍留君不住從君便從君便石尤風急去心或倦 未見煙空帆一片已挂離魂隨夢斷隨夢斷翻怨天涯這回重見

意難忘 閨情

風遞荷香漫窗開簾做貪試新涼良宵偏抱恨美景轉成僝僽葉捲竹枝颼種種亂柔腸天然玉貌誰憐惜空自端詳 能消幾箇更長聽銅壺漏永覔襪羅裳銷愁無陸傳遺恨之詞章難抛却枉思量芳心誰與將併得舊情新緒鎖上眉灣

張發祖

唐多令 芭蕉

昨夜雨霏霏芭蕉綠影肥傍牕櫺隔住炎威睡起任斜風蕩漾綺窗畔弄餘暉 嫩葉藕絲衣芳心緊自圍拂香塵羅袂依稀欲寫淒涼腸斷句何處寄淚空揮

江城子 枯棹

絲絲細雨溼新塲灑衣裳野風涼人家繞郭幾處綠分秧恠煞

乘龍呼不起偏不肯放伊忙　桔槔聲急小村莊傍園牆有垂楊掩映低低牆下學繡娘娘自學繡郎厈水門戶事兩相當

師師令　曉起感舊

朦朧睡眼往事愁無限都將麼縮夢魂中做蝴蝶蛛絲亂綰游水瀰漫山巉嵯又憑虛雲棧　輕裾小扇朱唇笑記那時微赧雕梁塵滿燕辭巢空撇下鳳釵鸞簡獨自黃昏尋酒醆別離情難剗

望遠行　立秋

朝來一陣涼颸度井上梧桐非故瓊簫遺恨紈扇懷愁猶記舊時芳樹雲漸成鱗水共長天凝碧日暮佳人何許最堪驚明月清砧院宇　無據試把涼亭燠館繁華往蹟從頭數芳樂名妃臨春狎客都被蟬聲催去贏得悲來宋玉登高望遠慘淡此情

今古怕天涯衰草別離風雨

丁曉

意難忘　輓張貞女

不盡傷心看浮沉世界幾許完人鬚眉空賦性巾幗尚多情兒女事細追尋千古有陶嬰宛頸孤樓黄鵠老風烈誰倫　於今有知音剛兒夫一面婦道全伸撫棺凝碧血孝養藉和羹甘决絶著幽貞便死死生生儘把綱常名教立箇章程

賀之奎

水龍吟　輓張貞女二首

不經錯節盤根怎教形管流芳躅千錘百鍊方纔顯出渾金璞玉貫日精誠身甚化石淚堪染竹想媧皇而後儘多缺陷誰隻手扶坤軸　驀覩張星垣曲寶婺光亘天如燭雀屏乍展鸞鏡

未篤早歇黃鸝春色飄零斷腸字草女貞名木嘆從今縹緲山頭空斷蘼蕪綠九原只合相從待看連理千尋木奈關心處兒家怙恃君家嗣續未了般般一肩擔荷敢辭勞獨任茹荼席蓼毀形截鼻分內事休云酷　百歲光陰迅速看他年飛登仙籙蓬山爭覷妙齡蕭史白頭弄玉夢裏追隨料君斷認而今面目向瓊樓攜手雙雙一笑生前局

沈　寅

荷葉杯第二體　昨夜

昨夜侍兒曾見花顫香發碧桃秋只有鸚哥睡上頭留麼留留麼留

又　纖指

細碾玉花搓就香粿蘭葉擘纖纖半寸鞋帮不用添尖麽尖尖麽尖

秋蕊香 憶遠

嗔煞乘鸞羅扇猶帶去時金釧海棠零落梨花院又是一春雙燕　檀郎不識愁時面天涯面琵琶絃上分明見搯着心情一片

南鄉子 泡魚

樹影落清漣占得方叢葉葉鮮風起白蘋微雨過潺湲却漱紅香花裏泉　柳色蘸朝煙濯錦江邊五色蓮記得濠梁春夜月悠然戲盡雲霞水底天

過秦樓 閏重五

畫舫輕搖寶釵欲溜遲却西湖六月麥黃水滿鶴白風生仍是

朱符時節猶記得小池頭亂折菖蒲香羅重疊算而今幾日離驪香草又教愁絕　休只道紅過榴花朱鳥窗前梔子花開如雪今時碧玉當暑宮衣題咏雨番應别水榭依稀箇人嬌怯喚侍兒低聲說有五絲幾縷好與檀郎更結

萬年歡 夏景

柳色拖陰罩梧桐小院隱囊棊局麈尾婆娑窗外溪聲浮竹最喜可人醉目有帳底紅紗映玉鳳釵嚲雨鬢挑心困人懶待粧束　榴紅猶簇是何時貯將春恨雙燕金屋月濺蓮房空負許多心曲羅袖漫憐風觸清吟待夜涼還續憑誰寄夜合花開辜人私語紅燭

又 咏圍棊

花院聞聲共松風落子遶溪香簇頻剪紅煤猶怪沉思未足設

笑任他驅逐重生也偏師初伏儘誇取强弱何妨總教輸與覷局　須臾翻覆喜得子驚同虎穴深入其腹都護行邊刼取封疆須復惆悵湘東一目更休恨中原都歷指顧處風起東南疎簾清簟茶熟

惜餘春慢　懷舊

修竹攏風梨花浴月紫帳深沉睡早帖釵小鳳嫩翅花紗例是出游春曉驀地池邊見也手折紅香和卿對照剛一番得箇眼見團聚此情多少　伊家在門掩青山算當谷裏偏愛海棠嬌小昨來理繡今夜挑燈總算消閒甚少愁夢經今欲休誰與寄書紅箋帶草道新來百事如常有的些兒懊惱

又　潤城泛舟

潮湧吳檣雲含楚岸是處珠簾鶯燕緜手分明眉峯約略搖蕩

荷花來去記得橫塘見時綾文扇小玉顔微露算樓陰又在胭脂橋畔阿儂情緒　因甚都閒說英雄頹狂老子更道江山北顧柳辛陰過燕蹴香飛風起白蘋愁渡脆管哀絲近也爭似秋娘腸斷笠句盡今宵百罰深杯拚宿鴛鴦深處

選佛閣　送畢修年歸曲陽山

陶家舊業三層松閣還在山鋏行也應泱釣竿檢點灘頭夜來雪雲溪臥徹清名怕攝醉侯寧帖可誰相接先生孰視移吾牀遠客　取次揮絃畢春色隨人閒步屧自我山中芳鶯初未歇看仰渡平橋一水如玦世情分別喚猿鶴前來莫漫周折恨來時但和伊說

滿江紅　上蔡中丞白鹿洞講道

掤流農山定何處清風相近正書堂高列嵋帷徐引青幕更教

嘗絳帳輕裘未許歌紅粉憶考亭何事最爲先經爲本　關閩學今已泯鵞湖論誰爲準羨折衷此日諸生顏閔艷雪歿堦人侍立秋晉滿院吾無隱問何如麟閣領羣公先生哂

又

和陳其年寄賀天山述懷二首卽次天山自壽韻

去也東風只醉裏年年似此更莫說袁強曹弱穀非臧是豈子難爲眼底物鶯花消得詩中寄俯雙溪門徑欲堆雲君休矣誇玉肖親傳白羨玉闕應須紫任先生非有主人嗟嗟也道金門堪濟世無才却退因知恥看人家驕馬索閒遊平生耳

笑把花翁只斟酌馬勝花價記舊日山林招許詩篇挈謝祇是才輸庭皈晓錯致淚望崖川灑對三驫狂叫若無人何爲者猿啼處山前舞雲過處花梢下鎮幾時紅粉幾時白社老子家常調野鶴那君官貴施行馬好門前拼當一魚竿君來也其年先生

有約練湖鴉舅卜分紅余來也之句故云

調笑令 離懷二首

記得郎船去妾恨不爲船上婦等閒敎上臨邛路 難遣三春

情緒夜來獨飲分明覷放着雙杯一處

向我疎疎雨後約簾帷風作午金鈴壓響庭前廡 聽喚郎來

聲苦批將繡線開門覰却是鸚哥妄語

最高樓 題張氏甓居

金門路聊自謝萃榮投老趁秋成新巢細認前年燕好花頻囀

去時鶯羨逢迎僧惠遠友於陵 時則向柳邊高詠雪時則向

籬邊閒論菊農與圃總忘情草平煙渚還宜釣雲橫山路不妨

行足平生看酒甕與茶鐺

漢宮春 咏驚鵑

小閣春回又爐煙籠罷繡草閒排徑底闌珊了髻龍鏡塵埋金鈴何處驀因風響入樓臺聽只在藥欄前畔和他燕語香堦好是青娥驚報要閨中一時特地顏開生憎檀郎昨夜悞墜金釵幾時玉戛悄琅璫竹院休猜長博得佳人笑口賣花聲裏呼來

祝英臺近 篋中盱崔氏春秋

玉臺詩蘭畹曲更自無心引腸斷崔娘君得春來悶縱然多少心情偏生牽繫將過去風流閒忖　眉間暈鏤金箱子依稀還藏舊時粉把似如今收拾相思本只無辟蠹香燒放來不定怕待嚙相思字損

桂枝香 賀友人生子

把君酒殘算卅五十依稀佳兒纔産繡褓抱來對客雙眸閃電自

來俊物生成罕更兩年三年茶飯十行一自倚馬千言轉眼兒盼　知光大門閭無限高才盡道攀安提萬便教蘭臺射策綴花輕綰堂開白玉梅英粲儘驊騮不敢羈絆君仍未老從前屈指見生非晚

又　寄陳其年時其年於洛中買妾生子

梅花索遍算入洛遊梁才人傾見況是玉笙吹裊當時燕燕于金堰上梨花店閒花驄亂嘶紅片春風鬢影郎君鼻酒憑誰勸　多只是吹臺清宴寂寞高李何人名彥暗想飛揚跋扈登車團扇玉餅雙送香徵扇簇紅粧新詞如面問君可憶琴山笠澤釣竿垂綫

又　賀賀子長生子

養娘繡褓試聽取啼聲封胡一輩風月景山猶記依稀駒齒于

戈金印非見戲好郎君誰家佳婿王郎玉手安豐畔子巳憐無
二更摩頂人誇千里會稽太傅見孫如是此日當筵一笑葸
蘭香裏幾年頭角成佳器鳳凰詩大能書字猶堪屈指老夫猶
見曲江歸騎

醉春風 寄丁理中

愛傍花時杖愛醉花時釀烏衣白袷自風流悵悵悵如許才名
欄邊鬬鴨蕉風漁浪 雙屐隨安放楓落聞高唱茅山道士寄
書來望望望瀟灑窗前香生酒熟山翁樓上

柳初新 咏美人高底鞋

琮琤一捻雙鸞襯喜隔郗臺邊潤尋常斟酌身材長短增減一
分不定響屧廊前香醒一聲聲玉人教近 點點芳塵不信儘
由人亂紅偷印梅花糝雪今吳人爲梅花高底空其中實以香粉行步時便印出梅花 春羅

立月嬴得檀郎傒倖却三寸尖兒褪又折疊鞋幫半寸

武陵春 咏美人吃煙

玉露侵堦環珮冷自撥玉爐忙解送相思滋味長俗名相思煙放着又思量 簇着朱唇微有暈紅袖醉郎當却倚雕闌喚玉郎呵口氣兒香

蘇幙遮 友人生日

屋中書樽前菊膝下郎君便是荀家或瀟灑庭堦人似玉紫蓼高風得似山翁足 酒顛狂吟斷續百歲從今健飯眠還熟弄柳拈花閒卽福太平更唱開元曲

意難忘 寄萊生妹 妹名萊字萊生工詩文有集

曾見門牆有前溪燕子頻客雕梁兩行歛玉袖屢舞動金觴歌蛺蝶彩鳳凰更寄坐添香比似今燕來燕去燕也思量 才情

論汝無雙便生男生女似汝何妨平泉空感舊雲曲與誰荒扶醉處總悲涼且縱飲千場好只似口中石闕說便悽惶

六州歌頭 答客

端居謝客有客與余云吾問子何爲爾似君能學能文濶步仍高視更寥落隨人賤曾不得金門詔又長貧　鄉里兒曹富貴何須解五字詩新有樓臺邸舍歌舞醉紅裙獨汝平生在風塵汝乎休矣弓五石曾不挽進無門斟酌汝非管晏不儀秦客來前汝勿爲余計念福者禍之鄉　聞老氏更莫大有吾身不見班揚戲答況釣侶久約江津喚小童送客往占北山春世事休論

燕臺春 丙辰除夕獨飲書懷

依約年時曾拈春碧年年同是今宵屈指而今飽家精舍蕭條

梅花發向人嬌悔從前詞賦吟風弔月郊寒島瘦鶴膝蜂腰
兒童癡得爆竹聲驚明年明日何處金貂穿人爭道涼州換卻
葡萄瀟灑劉伶掉頭不許人招自逍遙惟有樽中物留伴詩豪

永樂遇 元旦迎春時大雪新霽

銀燭留紅金樽拓碧錦帷寒少綵勝齊簪玉笙徽暖處處辛盤
早試尋山館重來竹陰滿徑梅花初少儘春城珠簾十里盡說
豐年佳兆　東鄰隊子吳國妖艷百戲魚龍爭巧過處樓臺插
頭花柳笳鼓移三島從今細數紅肥綠暗隨着東風都到又贏
得兒童笑語今年春好

沁園春 酬何龍巖見過

江北江南豈有文章車馬何勞可平生意氣寧甘潦倒人情翻
覆漫哭離騷我自知卿卿還念我合與窮愁作解嘲新詞好況

君家家世水部名高　青鞋布襪逍遙算卽墊於人分可叨想紅爐絲管白門宮殿花呈笑靨柳學纖腰吟硯未乾殘香仍簇風月猶當進爾曹期把會問老夫懷抱肯爲誰豪

應天長　客別

條來滿硯敘設胡牀此是與君談處旋摘紅蔬況有新醅甕頭財窗前臥門前坐收拾盡一村煙露憑渠送寂寞柴菴入夢皆去　世事應無慮箭插金絲千騎弓刀舉直恁功名生從野老懊暖花日栽花雨只鶯鴨柴荆長數君若念世上風波再來須住

賀宿

好事近　春曉

草綠蝶香濃惱煞妬花風雨雨後落英幾許向畫橋流去　夕

陽醉起毵初曙夢斷聞鶯語又是晚霞零亂與人歸何處

賀國璘 著飛鴻閣詩餘楚江詩餘合稿

東風第一枝 丙子初春叠韻二闋送嘉興錢又持覲友東歸并柬江左諸同人當有倚歌和之者

錦瑟湘波芳蓀沅漵王孫牽繫來此坐對經歲羈人滿載寸心剩事愁多無賴籍好友詼諧陶洗細指數宵永燈昏唱咏頓忘予爾　空自譜斷腸碎紙還易引夢魂萬里那堪紅樹青堤隔卻亂山鱗水鷗鵠啼處略不顧天涯憔悴最怕是三闋陽關攪入櫂歌聲裏

剛報條風堪憐陌上青青春色如此卻憎折柳牽情更共落梅好事長堤斷浦引惹得離懷難洗屈指計何策遲君一棹送君歸爾　衷曲訴雁行素紙憑展向瀟湘綺里也知前度驚濤未似故鄉秀水江東暮雨定念我和花同悴儘領受梁燕林鶯不

到杜鵑愁裏

華胥引 爲同學張豐村紀夢兼送之任通山

風流張緒契濶平生未通情款路入華胥揚鑣控縱先識面自哂背裂羈張向何人青眼君獨奚爲素心相見顏展　行矣驅車趁風雲扶搖霄漢壯懷灰盡似我都如夢幻悖角殘書高束況馬啼行遠作計尋思一犁三徑歸晚

哨遍 武昌送豐村刺史大滇用費此度先生韻

南有彩雲金馬碧雞休恨蠻荒地瀰牂牁瀘沅接滇池寄江梅多羅驛使盡一卮爲言丈夫懷抱平生温飽非無志仗數萬卷書二千石篆六詔烽煙新洗便崎嶇峻坂莫遲回憑叱馭前驅且驅之去也風塵勉旃霄漢樹標揚幟　嘗聞吏難爲蕭然襆被羈行李執手臨岐語眞面目還予故料喜舊溪頭弄波原上

摩崖鈎畫雄無比待蒼嶺銅鞮鳥蒙鐵柱男兒行自强耳況策名字內及清時縱萬里賢勞亦奚辭夜郎城竹王尋變儒生戎革何憚青史垂名矣看君嘯詠登樓揮麈婺女蠻僮隊裏故人雖老倚毛錐勒碑崖上逞長技

綺羅香　新安月潭贈別

映月珠樓凌雲綺閣奪目珠簾玉勒彷彿天台初遇劉郎顔色來同步紫電光移短長亭黃鸝聲咽自相逢落拓吳儂此身忘卻異鄉客　謾道黯然將別歎明朝岐路天涯南北搔首凝眸正是春歸時節魂銷處無着楊花與闌餘怕開蘼葉最難堪强撇愁顔道千金此刻

滿江紅　壬子初度述二首

撫景何堪回首處茫茫如此又何俟人生五十始知非是白髮

擁書貧未病青山荷鍤生同寄論臣年壯且不如人今老矣斑衣舞懶甘骨牛衣泣懶青紫任馬牛呼我從而唯唯得失寸心千古事沉浮廿載平生恥但百城萬卷願還賒空言耳已矣無聞更誰計十年聲價都莫問今時絳灌舊家王謝收拾窮途雙眼淚不須頻向西風灑倘名山留得一編存何求者結老屋南山鏟種老菊東籬下且友求秋士人逢春社賤子餘生憑杖履少年同學誇裘馬製荷衣閑伴隴頭雲躬耕也

又　疊前韻答陽羨陳其年時遊都門並寄兄子孟循二首

咄咄書空曉人意不當如此悔往日百端交集都無一是有夢還歸泉石處此身合向漁樵寄道浮生最誤是浮名知之矣褐似錦茶如旨秋月白秋山紫便北邙狐兎呼余卽唯長謝功名從吾賤不如農圃宜吾恥問英雄不朽欲如何欺人耳

天地吾廬更不向山靈問價任東去東風吹遍花開花謝隨意扶筇卯飲待放懷潑墨煙雲灑笑狂夫自詡句驚人庸庸者攜柑酒溪林罅停絲管啼鶯下放高僧據座閒鷗入社昨夜江南聞早雁此時塞北嘶秋馬便因風寄語耦耕人歸來也

鶯啼序 焦山懷古

突兀中流柱橫被焦生雄據君王其奈布衣何三詔催人不去留得雙峯凌萬里天將一鶴同千古只斷崖孤嶼撐住驚濤破扆　玉敕模糊石碑剝蝕雷劈痕如鋸尚依然周鼎斑斕鬭畫滄桑無數拱金陵獅象猶存跨鐵甕魚龍何處到如今冷落江天淒涼雲樹　水田漠漠又見梵宇溪溪一逕煙霞路忘卻此身今在江心浪濤間住更上危巒重巘巨浸回頭不覺身如霧望海門隱隱樓船聚悲笳戰鼓憑渠牧馬揮戈閒煞扁舟漁父

二三狂客千百芳樽莫把興亡訴但問草舖曲徑花護前溪鷹掠遙天蝶窺新圃江網魚鮮僧寥茶熟我來正值三春暮卻萍踪又問斜陽渡去時長揖山靈應笑茫茫半生眞悞

渡江雲 乙亥元旦舟泊湖口同王調翔對雪并懷諸同學暨兒子孟循

紀程逢歲盡小孤風送雲結暮潮橫片帆天際落隱隱鄉舟一帶晚燈明湘靈巫夢似依稀素面相迎侵曉來亂山螺髻失卻數峯青　飄零人同流水古驛荒洲類浮萍難定饒慰藉烹鮮煮茗未破愁城延天先有懷沙客幾回評鱗羽無憑當此際應知頻眺江濱

洞庭春色 仲春二月發岳陽雨中過洞庭揚帆二百里泊白魚磯上有湘君祠

駕戲波濤捲旗風雨帝子欲來看東南吳楚乾坤日夜龍堆貝擁鮫室珠埋明月大江歌嘯後更雲海心胸萬里開黏天遠正

帆檣箭激雪浪高排　平生五湖涉遍向何處醒酒舒懷笑秋灩彭蠡春流震澤參差池沼畢竟塵埃供奉拾遺飛艦去問誰復人間八斗才空同望見湘君山影縹緲銀垓

踏莎行　雨中渡洞庭入湘江用秦淮海郴陽韻

攜得愁來載將愁渡曲終江上人何處洞庭昨夜一帆輕春風春雨春山暮　峰影迷青波痕搖素古今遺恨難窮數祝融煩遣雁飛回怪他偏望衡陽去

鵲踏枝　花朝苦雨時在長沙

道是花朝春放假人到湘南都做傷心話二十四番開欲謝酸風曉透疎簾罅　紅雨一簾和淚卸柳線梨雲好景今年罷蟾影不來枝上挂惛怳睡過芳菲夜

瀟湘夜雨　長沙寓樓即事

高閣臨流麗譙平屋邪堪積雨陰濛春光都付斷腸中禁不住牆頭桃李爭不出郊外巒峯可知是長沙卑濕自古愁儂　瀟湘羈旅班荆投紵多歎飄蓬卻難憑驛使寄語江東番瘦影疏楊嫩綠含笑臉凝樹嫣紅難揉揾天涯病骨徹夜怯西風

踏青游　長沙和錢又持韻卻憶客歲都門病起同龔節孫踏青時事

寒食他鄉迷漫幾重嵐氣問恁處芳叢香細儘斜風催斷雨不成春思喜曉起枝頭一聲鶯囀引逗亂峯螺翠　記得萍踪長安去年聯騎擠病骨華林會裏樂游園消受得來禽花味總不似而今禁煙寒悄嘗透客中情意

長亭怨慢　湘江舟次

曉來擁孤衾寒絮望斷飛蓬濕雲迴處怒浪艪濤綠雲紅雨任掀舞一春過半清晝也長如暮向筆間靈均更剩有騷愁多許

前路痛長沙賦鵩賁少年何苦黃陵古廟也傳得鷓鴣如訴郤怪煞青草湖波總不送王孫歸去爾我共天涯休惹無端情緒

卜算子 衡陽同雁用東坡韻

便不過衡陽萬里飛難定帶得春來未解愁一片瀟湘影 縱爲稻粱謀矰繳重重省肯羨寒鴉枝上啼偏戀昭陽冷

蝶戀花 衡陽送春用斷腸集韻

九折愁腸多似縷目送春歸隨郤瀟湘去徑軟泥香沾落絮問天誰是忘憂處 鎖斷衡陽深閉宇怕是情多無那傷人意鶯也不來花不語廉纖又接黃昏雨

念奴嬌 衡陽春夜研次項王本紀感和宋人題壁韻

丹黃初罷正三更投筆躍然而起劉項雌雄儒者論大抵因陶

成器救趙功先入關期後戰血腥殘壘鴻門來謝軍威知不如矣　空嘆不殺非仁怒而撞斗心亦同之碎子弟銷磨慚父老莫問江東山水三戶亡秦太公歸漢往事青編裏虞兮紅淚美人花染嬌翠

南鄉子　聞鷓鴣

蜀帝欲歸魂喚得春歸客裏聞又聽聲聲行不得空村碧樹陰濃古廟門　起舞學公孫拔劍歌哀若共分歌罷啼音還未絕愁人晴雨明朝且莫論

酷相思　雨泊耒江

雁阻衡陽人未住又還上湘江去更來泊耒江江上渡前日也蒸江路來日也郴江路　煙樹迷離朝復暮接青草萋萋霧間何事頻吟腸斷句送客也橋頭雨迎客也山頭雨衡陽合江亭畔有青草橋

又 郴陽道中復叠前韻

山外青山連不住怪江水從之去有多少郴陽紆折渡予到也山巔將予去也江心路 望眼低迴長似暮總一派雲和霧正吟得銷魂淮海句難斷也瀟湘雨難覓也高唐雨

菩薩蠻 舟抵永興將由陸入郴郴水繞山紆曲西流過城下紀以此詞

郴陽高踞衡陽路亂峯簇簇斜川渡漫道楚天低楚江高轉西

山迎人面峙人望山頭指水也不東流奈何行未休

阮郎歸 郴陽感秦淮海事仍前韻

長沙幽院定情初聞名見不虛迢迢遷謫路于于逐臣長自徂

同調少賞音孤難教黨籍除衡南也見碧空書休言鴻影無

游郴陽妾留過長沙妓能凡上有淮海集戲曰願見其人否對曰幸見學士願奉箕帚已知爲少游大驚喜別後誓潔身以待少游卒於遷所夜夢來別泣曰豈學士死乎及喪歸衰服赴之一慟而死

夏雲峯　重午彬陽飲賞樓宴賦

日初長登樓客空教竚想斜陽吳俗但逢重午遠弔羅江今年遊屐親聽得欸乃滄浪共擬鄧招魂剩咏情緒凄凉　楚騷一卷攜將（時點次家拓菴飲縣方苑）邪須刊獨宵痛飲難忘凝望楚雲結處總臨眺傷悶天阿壁翻憶絫梓里龍檣閙遣向迎潮鬬綵飛棹騰翔

大酺　夏五初度壽邵虞在塡詞見贈依韻答謝併示同人屬和

便拔青絲塡白苧何處徵歌紅袖天涯悲泿跡味方回佳句正昏黃候甲子重周庚寅初度憑付彭殤同壽雄才君誰讓待羣賢綺麗簇霞攢繡況如此溪山綠波澄練翠峯清瘦　爲歡林感舊不須說牛馬慚居後算只有當前風景競勝爭奇左舒胖又還迎右且共耽游賞彝渠看觸蠻爭鬬有蘭莖堪同鯤公等

何限人世炎涼嘗遍古今幾餘鐏漏

青玉案 舟抵零陵瀟湘門

征蓬徧向三湘挂山曲曲江流瀉屈指萍蹤經歷者泝沅湘上抵蒸湘下又向瀟湘也 留題欲補磨崖鐫碧草萋萋漫郎舍鈷鉧潭西西日射道州邪伯永州司馬遺跡迷荒社

瑞鶴僊 零陵客署寄懷王澥翔并祝初度時澥翔在武昌郡

歲寒風雪裏共擊楫中流一江頭尾浮鷗楚天寄又春檣南涉洞庭無際衡陽雁字譜不盡飄零况味渡瀟湘黃鶴樓頭隔邻暮雲千里 曾記經過韶序少長三年髦毛如此聊云爾爾君才健孰差擬便扶搖而上摩空舒翼六月鯤鵬移徙更何須詫首青冥壯心不已

瑞龍吟 作客零陵與粵西接壤柬寄桂林別駕汪碧巢同學

瀟湘上經過合浦烟波踞崖南望登樓遥指蒼茫桂峯獨秀溪山接繡壤漫惆悵人隔伏波巖岸相思江漲風流别駕仙才玉壺映澈冰心朗朗　君是梧桐棲鳳挽符乘傳蠻荒煙瘴還問越王高臺揮灑神暢西湖畫艇多少陽春唱相應繼潮州傑調柳州孤響有客空悲愴故人落拓毛錐鞅掌迴雁峯誰擋崖盡處遥聞長空嘹唳數行拉雜寸心難狀

驀山溪 瀟湘門外謁柳先生祠步屧愚溪坐石梁訪西山諸舊跡

高山流水煙景斜陽裏蹤跡渺難尋懷古處誰能遣此曼遊如昨搜討按遺文晴峯翠暮雲紫人自千秋矣　黄蕉丹荔饗鼓村歌起公莫悵窮究論往事大都冷齒斷橋曲磵留得舊風流花容醉蝶魂睡新漲潺潺耳

浣溪沙 浯溪有鏡石嵌平崖間色如漆以溪水沃之能鑑人眉髮隔江山樹歷歷可數

鶯燕迴翔顧影疑山容如畫夕陽遲亂紅飛盡不沾泥　目送
雲移歸岫處腸迴風定落帆時羞從清鑑照蛾眉

綺羅香　語溪道中送李先華先返武昌

弔古荒邱懷人别浦都是羈愁支節聚亦無端休悵暫時離别
君莫怪迷霧藏山我一任濕雲欺月對樽前剖示襟期明明如
水不須說　當塲都屬傀儡惟有掀髯大笑冠纓齊絶熱面炎
天刮得冷霜侵骨燕欲語助客悲悽石如鏡照人親切動離情
一派青蒼亂峯圍萬疊

又　先華爲學使所留不果行復疊前韻

草不忘憂花誰解語冷落蠻鄉佳節老至情多折柳怕人言别
且剔卻五夜昏燈更領取半秋明月總休言去住悲懽蛩螿淒
咽似能說　人生行自作達偏到崎嶇偪側山川奇絶努力風

塵爾我鬚眉丰骨感今昔何限牢騷數得失幾多悲切儻罍
五嶽胸中那禁壘砌疊

風入松　立秋苦熱在寶慶寓齋時七夕前十日也

金風十日逗牽牛一葉報新秋丹曦猶趁炎威令怕霜娥不奈
清幽欲借蛟龍洩水平添烏鵲橋流　看他餘燄有時收淨洗
碧天愁莎雞偏向黃昏後趁微涼切切牀頭還望湘南南去有
人慵上南樓

祝英臺近　發靖州繞飛山行二十里回望五老諸峯

是何年來此地不復更飛去突兀遥迎五老五山古也知瘴霧
蠻煙夜郎自大說還是舊屯糧處　怪羈旅偶然征逐東西經
過恁無據夢縱重尋怕迷夢中路舊游忽記西泠冷泉亭上卻
閒聽飛來風雨

虞美人 自祁陽抵邵陽上湘州轉舟同寅諸公口始登舟山行凡千餘里夾此程

春風一舸湘江裏自夏徂秋矣于于折折楚山多又是層層疊疊浙清波 經年塡得新愁滿往事思量遍何當八月月華圓憶殺山塘聯夜小遊船

月華清 中秋集沅陵署齋月光大減前夕即席漫賦

圓缺何常陰晴難據昨宵偏恁清皎漫道霜娥不耐冰蟾寒悄把酒見波影雲移刻燭待素輝星耀還笑怕絲絲華髮未堪相照 最是他鄉懷抱縱北海飛觴南樓舒嘯無那秋聲只解催人顏老麗譙上二酉峯迴繡陌外五溪波繞飄渺問瓊霄安在仙槎誰到

水調歌頭 中秋月影朦朧同邵虞在錢又持夜話疊東坡原韻

十載浪遊客萬里桂華天直教無可排遣凄絕是今年幾度燕

山絲竹還憶梁園樽俎忘卻歷炎寒老矣亦何事躑躅五溪間
秋葉墜秋聲接那能眠也會雙照相賞秋半月輪圓歷歷平
生恨事默默殊鄉愁緒萬事一難全料得浚雲外原不礙嬋娟

又 十六既望節屆秋分對月有懷復疊前韻

此夕月光滿分得九秋天晦明大抵難料不用悵衰年太液池
邊蟾魄天柱峯頭兔影誰省廣寒寒莫以清輝苦留恨在人間
投袂起掀髯語不須眠明明照我有意補卻昨宵圓昨怨虛
逢良夜今悵空辜好景缺陷幾時全且勿互長嘆相與惜娟娟

賀新涼 秋分前後炎威大熾下弦日作寒如冬白日無酸偶拈此題

振撼疎林急是金風一時怒掃瘴烟餘積我見南訛秋半後猶
熾扶光烈日汗浹背袷衣沾濕似爾炎炎能有幾漏淇爐欲撤
層霄碧宵小技儘堪憫 流光轉瞬同遷客問長竊鞭龍爍石

可能留得，翻怪摧殘何太猛。一夜天沓，散擲剩寂寞蕭蕭蘆荻。人意差彊，須攙付倚城樓三闋桓伊笛。蟲唧唧，伏空壁。虞在原倡激壯悲涼，有鐵馬金戈之勢，犀利難與爭鋒，不得已出此偏師，藏其獨步也。附識

采桑子 沅陵秋雨再疊虞在長沙春雨韻

閒庭淡淺迎霜色，忽被長空，月暗雲濃，滅卻垂垂一夜紅。　無情最是清秋雨，催散城東，桂蕊殘慵，添得梧桐墜葉風。

向湖邊 舟過清浪灘望壺頭山是伏波駐師處感而賦此

寂寂疎林，淙淙新漲，怒激逆灘清瀨。仰瞰層巒，見壺頭山對倚。短篷鶴唳秋皋，猿啼霜峽，掉入五溪烟界。過客高吟，和西風鳴籟。　遙想當年矍鑠，英風在，懷古抱抑鬱，擔閒愁如海。馬革輿尸，怕流光難再。儘臨流憑弔，斜陽外，休追悵讒搆，一時增激慨。社鼓村村，報蠻荒祈賽。

龍山會 武陵署席間賦得九日無風雨用趙虛齋起句即步原韻送黃中允硯芝東旋

九日無風雨爽氣橫空千里舒眉宇憑高堪歷數峯欲盡南浦東皋煙縷古堞倚清江波渺渺長堤平楚闊荷爲秋當葉下每多吟苦 玉堂佳客歎逢落拓狂夫萍梗天涯聚湘南休作賦悲屈宋目斷紅塵黃土荒微雁行遲悵哀柳亂鴉啼午怕明朝河梁遙矚洞庭迴泝

桃源憶故人 武陵懷友

武陵溪上濤波溜經過古桃源口試問漁郎歸後還見花飛否悲秋正直陽秋候撫景更懷佳友松菊故園依舊人卻飄零久

惜黃花 黃中允硯芝別我贈我黃花數本晨夕相對如親素心拈此寫懷便附尺箇寄之也

沅江澄綠武陵紆曲淺淺溪短長堤駕帆何促投紵意殷勤分

祓言重覆更寄我數枝芬馥　清姿如玉素心同菊曉風吹碧雲圖膽瓶親沐人跡逐飛逢花影消殘燭卻正值月痕穿屋

一如夢令　岳陽樓燬後故址凄然感而作此

滿載瀟湘煙霧難覓桃源花雨逕過洞庭湖來問岳陽樓路三度三度一醉也無消處

金明池　初冬下浣岳陽寓齋值同學又將初度同虞允華疊韻賦贈

鸚鵡洲前鴛鴦岸側試問風光誰好偏惠踏湖南路遠頻惆悵江東雲杳怪王孫忘了鄉園欲擷盡湘楚美人芳草怕檇李煙波桐溪花柳卻詒笑荒春少　才子英雄須矯矯只挾琵歌魚未堪嘲笑余還羨設還事業君更有機雲同調昌歸歟整頓斑衣念鬢鑠高堂邪容言老待一舸春帆層霄秋翮再共青尊傾倒

鳳凰臺上憶吹簫 岳陽訪二喬墓

漢室三公喬家二女同時兩擅無雙問江東才儁若箇飛揚獨有孫郎表表乘時起把臂周郎眞佳偶藍田璧合洛浦珠藏堪傷叩天不語早年步隨波光後淪亡剩江山遺恨那論紅粧人去空餘愁黛相惜也玉鏡淒涼魂應共娥英姊妹淚染清湘

霜飛葉 再客長沙時逢冬至與同人夜話口占此詞

再來卻又登樓也長沙騷怨重惹欲眠其奈夜長何長莫如今夜看雪意沉沉待下經年衝激洪濤怕到歲暮祁寒短褐飽嚴霜落葉亂飛檽罅 還對異地同心懷人弔古此情癡憤難寫不平孤憤最誰多拉雜西窗話縱有恨難逢屈賈招魂清淚無端灑不自知君休怪客涉瀟湘大都愁者

賀對逵 著有皺水軒詞稿

浣溪沙 秋懷二首

楊柳絲絲已半黃芙蓉如面映朝陽小橋流水遶門牆 極目
遠山晴色好寒頭鴻雁怨聲長一年愁緒到秋涼
景物當年自足誇綠楊紅杏是儂家石欄杆護四時花 零落
只今爭似舊小樓虛受夕陽斜夕陽影裏數歸鴉

長相思 秋閨

曉風涼下繡床鐵馬聲嘶送夕陽愁人初夜長 進蘭房坐銀
釭暗把燈花占玉郎挑燈喚養娘

減字木蘭花 苦雨

夜眠無夢往事還拋誰一種已是愁多雨雨風風奈若何 落
紅無數旛掛枝頭難曲護命薄於花花若如儂也怨他

歸自謠 閨怨

眞愁絶倦眼看燈明又滅孤幃寂寂憑誰說　个如夢裏圖歡悅傷離別五更雞唱霜天月

菩薩蠻　曉起

曉眠只覺腰肢軟玉纖還拭糢糊眼小婢索衣薰焚香吐細雲經時開繡幕枕畔金釵落一夜夢難成瘦人三兩分

蝶戀花　客有道少年事者命作小詞記之

畫角聲聲天已暮六尺欄杆月影花陰護有約黃昏時候赴雪兒卻被紅兒妬　私自挈燈輕啓戶微聲檀郎引入仙源路不是諸姨爭雨露霍王小女殷勤慕

鳳凰臺上憶吹簫　閨情次何省齋太史韻

大地愁城天涯恨國經年人去涼州歎香閨金冷若个情綢繆日羅衫淚濕佳信杳絲斷今秋思前語言須應口口應心頭

休休從軍千騎似可人裘馬皂帽風流逐白沙黃草誰其田疇怎得雙丸脫手都遲我一夜歸舟辛勤慣斜陽立盡無計忘憂

多麗

天山夫子招覺海棠即席塡詞用宋聶冠卿韻同家廷評拓菴昆季遜芸叔兄伊人姪佗往不至

乙丑春暮坐臥白城懶逐東風未折垂條之柳常餘斗酒好聽過院之鶯雖無意於姓名實關情於花鳥閒居無事惟扃羅雀之門夫子來招初訂尋芳之約羣英亂點停遊騎於銀堤一種堪憐訪佳人於金谷茲者海棠纔放同調偕來向花下以開樽踞詞壇而布席人兼少長會擬耆英不醉而狂斑管並青樽齊瀉似矜非妬花枝與客帽相妨康樂無歸未其登山之屐同咸何處遂虛入社之期對景懷人一晌貪歡未久撫今追昔廿年

長恨無窮廻憶臥雲閣外高懸錦帳千層搔首樓前低護明霞一片無何人將他徙不期樹已前枯譜曰仙花試問仙歸何地號稱名友徒留名在難堪過舊墅而傷心侍楊亭而寓目座皆騷客爭題黃絹之詞僕本恨人獨濕青衫之淚竟成名夢有愧同牀矣

怎芳姿不受拾遺憐惜問西川攜來種子江南未許多得憶當初廻廊曲徑遶樓臺紅映牕碧如醉還愁欲眠渾怯細翻花譜讓他顏色無香處何須留恨長作此間客東君崇泥沙豈委向誰爭席　似今日楊亭爛熳鼻觀儂家標格素心人青衫黃絹棹入桃源塵世隔細雨籠晴輕風破暖胭脂微褪嬌無力春光好竹林人去夢遶池塘覓憑伊是無太上忘情些兒難擲

高山流水　次韻題家廷評小照

此身何必問西東駕扁舟一葉凌風山靜日偏長凡泥遊莫留儂塵魔斷說甚雌雄煙波裏餐盡煙霞滋味露滴瓊鍾聽清泚漱石隱隱理絲桐　長虹天空碧如洗更那禁舞鶴翔鴻真面目經年似此不怕隆冬黑頭都未羨三公野花紅採得些兒興會是境非空恁行藏冰心一片玉壺中

賀易簡 著有緘水軒詞同懷稿

南鄉子 夜況

小雨過欄杆幾度征鴻下碧湍隔歲離情都入夢多般也自供人一晌歡　夢破了無緣明滅孤燈散影圓起坐凝思都不是無端消受西風一夜寒

雨中花慢 次韻送別姜我英昆季

落葉漫空寒花貼地望殘煙草處迷正柴門徙倚細雨如絲一

一雁聲天末紛紛楓醉村西喜蓬蒿滿徑羊求過訪不辨雲泥幾年謀面數載懷私今方盡露襟期愧煢煢空傷判鳶莫問炊扊答歲喪母及婦執別應須索醉歌驪好唱新詞只愁酒醒幾行衰柳一帶鴉棲

高山流水　次韻題家廷評小照

步兵只合號江東喜幸舟舍陸凌風又似萘無涯依稀着影留儂萍踪過劍合雎雄丹青巧自此神描顧虎法借張鍾羨别開生面當獲夔餘桐　垂虹晴光跨溪冷少幾个集蓼棲鴻圖史畔巾蒙文穀不似隆冬朝綵應不掛而公笑顏紅儘受菰香野水星落寒空訪嚴灘挍圖恐入此山中

浣溪沙　春遊

香壓逆風一笑開春城紅粉亂成堆日長晴岸踏青來　細雨

舟行聽不見綠波芳草試徘徊羞郎低首卻兜鞋

黃鸝遶碧樹 送宣城同學沈芳郛卿次見投原韻

春信梅花報燕謀新壘雁商歸路有客何來羨烏衣談笑李舟初渡敬亭標格神仙骨席分鷗鷺如儂願擬欲追隨杖履鶯花別墅 遙想同人相見掀髯處從容道故愧陋室難邀長者曾非生伍午夜懷人不寐杖杜句空相慕柴門寂寞青山雉飛荒墓

丹鳳吟 送家從兄天山北上用陳太史其年先生韻

北去燕臺春早驛路花明柳堤燕掠錦囊佳製又見珠璣錯落馬首留題蓬牕得句可惜從前廿年高閣自此應教紙貴此日都城大非往日圭角 回憶先人溪許皆前輩曠會期郤兄在大人門下莫似從前慢趁得上林春暖一枝棲鵲策陳宣室不羨郤生

入幕總是鄉關魂夢遶小窗會付託長安佳氣鬱葱葱浮着

姜文燦

鶯啼序 次賀天山焦山懷古韻

濟勝穿無具桂楫中流堪溯懸崖千仞任躋攀人在碧雲深處木末倒懸孤刹穩波心遥注羣山附看軼塵落帽那禁此風颭邑　綠玉雕華天雞映日恍入崑崙圃又何須金闕銀扉遊向滄洲問渡掠垂楊三五香鶴浴晴波一雙屬玉儘虛設吮血肥遺磨牙馬御　鶴何時瘞更問洞何人隱鼎是何年鑄消得人間海市風煙江聲戰鼓劉宋南徐蕭梁北固興亡莫向斜陽訴但記取高人白雲塢我自揮麈那禁搔首青天攜得謝公詩句

房開帝女峯捐芙蓉隱隱疎鐘度奚似峨嵋高跐華子背登青蓮摩詰風標如許客散孤亭人歸畫舫牙檣徐擁輕鷗去更

醉餘同宵江大聲他時蠟屐重遊寄語山靈爲余呵護

偒錫華

滿江紅 題嚴陵釣臺

千古高風看雙石巍巍並峙有幾箇釣徒事業煙銷水逝渭水飛熊殘照外淮陰走狗悲風裏笑區區物色欲何爲徒然耳　江上嶺高如彼臺下水清如此問誰人志節差堪論比加腹渾忘天子貴除官豈是山人意只悠然一笠老煙波斯已矣

清平樂 漁

扁舟輕漾順水停雙槳欸乃一聲天際響驚起沙鷗兩兩　夜來網得鱸魚瓶中滿貯清酤醉倒船頭穩臥不知天地盈虛

南鄉子 樵

嶺峻碧雲橫石逕斜拖一縷明腰斧不辭迤邐入丁丁韻叶空

山野鳥聲 砍足便擔行紅日西沉萬壑鷲仙東恰逢柯已爛
卿卿莫學王孫看奕枰

南柯子 耕

平野和風扇盈疇暖日烘飛雲過雨忽匆匆惹得農家心事不
從容 茀草頻來往豐田課始終絲楊堤畔覷吳儂爭似孟光
廡下饁梁鴻

鵲橋仙 牧

乘堅遠道登車要路爭似騎牛穩步揚鞭迤邐踏香堤愛多少
風光處處 高岡徐上溪林便住隨意狂歌幾度夕陽西下下
山來弄短笛無腔故故

浪淘沙 晚口散步

一水去悠然兩岸風煙柳陰深處酒帘懸波上誰家儂趁渡斜

彈香肩　翁仲臥河邊衰草年年梁陵堙沒有誰憐空說當初能奪佛花雨鮮妍

蔡文熊

如夢令 詠燕

蕩漾攔成嬌怨又向東風相見去歲舊梁存記是王家新院堪戀堪戀攪碎韶華一片

減字木蘭花 感懷次張孝舒韻二首

年華易過杳矣君平休問課邪禁辛酸一代論交冰雪寒　牢騷賦罷市上羣兒爭笑罵訴向誰來稱有心知踏翠苔

科頭側坐幾疊愁懷今未破三覆鸞牋鳳閣鸞臺讓謫仙　蕭疎淺夏玉斧頻修詞上鏤細讀蘇詞續句紗窗任月遲

踏莎行 題何敦三小照

淺夏蕭森碧梧初褪鶯花滿眼誰相問琴書作伴倚山根狂騷端讓何家遜　隔浦涼颸茶聲隱隱披襟脫幘吟情穩韋標自足十分半何須更傳當年粉

浪淘沙　寓樓偶憶

風雨釀新冬大夜偏醲小樓簾幙掩重重手底愁觴難酒破買醉何容　悄靜一燈紅往事朦朧牀頭瓶罄曲書蟲銷廣漠寒潮喧客夢繞亂心蓬

文　病中午日遣懷

夢破簟紋涼小鳥回翔墀心淺日映簾牀誰折榴花紅到眼約畧端詳　新剔繭兒黃裊向釵梁硃砂細碾入蒲觴若累五絲能續命繫臂須長

傳言玉女　和史立尋憶妓原韻

人其秋遂秋上心來時節燈花牽夢正圓時又被啓約空壁眉
際意中長結是誰識得只儂情切　別緒如絲曾挽青驄低說
生香眞色透胸窩難綴幾幅簪花髩鬟喁喁聲息淒涼此際可
同凝咽

蝶戀花 題張商彝小照

薰風吹過平岡去遊興匆匆早把單衫試呆覷丰標誰得似風
流雅稱張家緒　倚石科頭搜好句吟罷龍涎又抱琴來御多
少情懷無覓處千層新綠明芳樹

又 春暮閨情和李世英

細膩香塵曾學步鏡影圓冰相對憐遲暮風定危花安不住春
歸好爲攜愁去　斜捲珠簾新月度小疊紅箋細署辛酸語柳
掠眉痕蕉樣緒銷覓橋在覓銷處

又 和晏同

啼碎春光鶯與燕日射横陳蟬鬢雲還亂此際閒愁郎不見綠陰紅雨深沉院 花信幾番風趲徧無計騰那清淚時勻面香瘦錦屏天又晚湘波不隔離心遠

又 和蘇子瞻

雨皺荷錢青更小絲柳棲鴉碧向紅闌遶似箭流光春剩少池蛙次第喧青草 怪底飛花迷古道殘夢微酣誰買千金笑蟾影半廊更漏悄鵑啼樓角增煩惱

又 和歐陽永叔

鷄乞新晴鳩不許簾寂堦空檐雨飾無數呆覓衾窩歡會處夢囘失卻西洲路 恰恰懷春花又暮殘艷零香且伴餘春住雙恨結成眉解語潑煙芳草人初去

水龍吟　王四維以持杯倚石圖索題口占應之

糢糊世界誰醒，因而繪得酕醄貌。行蹤略似，余家天啟，君家逸少。少不如人，君其語我，天容人傲。便長年倚石，終朝對酒，陶陶耳、眞歡好。　詎必紛爭鳥道。舊盟鷗、新裁書報。看没名韁，打鬆世網，惟餘冷笑。短褐蕭然，秖卻多少，金章紫誥。趁儒冠未着，香山譜內，再添一老。

金明池　屢約探梅茀園，陰雨不果，曉壽東周五秉章

千片雲封，幾層樹繞，中有臨川舊宅。幸處士、寒衣無恙，倚晴春、暗香欲曳。記芳時、攜酒懷箋，櫻桃塢、誰復翻騰素魄。算知已無多，恍如江水，離合晨昏潮汐。　恁好風光滯遊屐。看軟柳舒眉，嬌鶯學舌。何如放、雙眼長青，早趁此、顛毛未雪。想欄邊、錦幕初安，應候我、新詩醉題簾額。縱有約休辜，欣然曳杖，猶怕繁英狼

籍

大江東去（念奴嬌）季留招飲東園出詞二首索和

諸公暇日酒闌時陡見烏啼淸節窈窕溪山渾不似曾費當年周折花嵌欄腰歌停院角豪興何時歇賓朋列坐辟彊金谷稱絶　而今蘇綠蝸黃煙零雨碎幾樹殘梅活新笋纔芽甚貫酒籬落鄰見夜越學圃無新種桃非舊淚染青山血最傷懷處除敎杜宇來說

滄桑變也喜雄才櫪伏何𨻶健馬跣足科頭凭小閣吟到夕陽西下世其倫狂我寧坐懶此外無餘者有時醲醉定過鄰叟邀話　春來折柬心知爲言花放肯聽他凋謝倜儻豪情眞可贈那惜鱸邊酒價萬事都非只留凉月照舊時鴛瓦君休悵悵任天發付多寡

摸魚兒 堦下錦鱗爲大雨漂泊殆盡賦此解嘲

陡傾盆終宵無寐起來堦變溝壑紅魚些小纔離卵細看磁缸蕭索還驚愕豈算做將軍跋扈無拘束何如一勺任游泳從容似此奔騰友伴向誰摸　魚真錯淮海風波凭惡回頭渾不似昨浪遊我豈不如人株守十年籬落盟猿鶴也須省身文不隱遭人縛瑤池難着待紅白分明機心下餌想起舊棲託

葛　鈞 著名山叢詞稿

長相思 閨情

惜花殘又花殘拋却箜篌淚忽彈相思覷指環　望春山疊春山空折幽蘭帶露看妝成靜日閑

卜算子 賞花即事

美景最關情獨飲難成醉忽報園亭花盡開正值嘉賓至　薄

暮得鱸魚傾倒瓮頭醅更有黄鸝似管弦樹密得尋處

添字昭君怨 春郊閒步

此日春光明媚閒把平蕪踏碎雙雙燕子蹴飛花到誰家 水

上樓臺如畫弱柳金絲低亞青山點點映斜陽斷人腸

青衫濕 秋望

滄浪亭子經行處可似畫圖間夕陽遠浦漁舟初歇一帶輕烟

登臨猶意仲宣昔日宋玉當年只今惟見蕭疏雨岸衰柳寒

蟬

踏莎行 天湖道中

一葉扁舟數行疎柳青山半屋西溪路小橋深巷費追尋花飛

片片將人悞 唶唶啾啾咬咬嘎嘎水禽啼徧蒹葭浦倦遊

槳恰歸來碧烟幾縷斜陽暮

釵頭鳳 初秋宴坐

梧桐影銀床井轆轤聲斷空堦冷篠花落吹簾幙池塘蛙響絕勝清柝閙閙 中宵寢湘紋枕玉壺香泛深杯飲凉風弱侵珠箔蕭蕭絡緯踈籬閉作索索索

驀溪山 登岱

紫泥封鎖極目雲高處天際一峯遥望中原九州殘霧攢攢簇簇恰似錦芙蓉甘霖注雲來去大海浮萍聚 徂徠梁甫片片蒼烟護俯伏近門闌看紫府成行尊俎實幢芝盖祇恐岳神歸驚風雨棲松樹千載嗤秦始

滿江紅 薊門過荆玉圖

度日如年又過了暮春天氣金臺畔囊空表傲儼然蘇李絕域相逢甥舅天涯握手悲還喜溯從前難得到今朝真慚愧

匆匆別三年矣迢迢路三千里聽杜鵑聲裏不如歸去漫獻賦長楊瞻魏闕且悲歌灑酒來燕市試憑高回首望江南雲無際

又 賀天山四十初度郎用元韻

白鶴溪灣訪勝侶吾曾到此桃源渡雲深路僻方知非是聞說填詞多自況欲傳尺素無由寄至今朝屈指湖懸弧三年矣鱸魚膾饒甘旨蘇蘿帶誇青紫漫停杯評騭我命君唯月露風雲從俗何蛇神牛鬼真堪恥計騷壇旗鼓足相當天山耳狂膽狂言思欲貫青天無價掀眼處雙丸代轉四時更謝拔俗手標真耿介出塵奇恐愈瀟灑笑兩人各立一家言真傑者擁佳客鬪屏鐵門奇字臣床下傚西園雅集東林蓮社紅藥開前聽度曲綠楊影裏教調馬問他年作記者為誰湘湄也

水調歌頭 早春即事

雨雪山中人長日掩蓬門不知架上書史雙眼自昏昏忽聽鶯啼高樹又見花開蝶舞燕子到荒村頓覺心神爽徐步望郊原偶行眼底魚尋隊水逢源床頭竹葉香沁旋命汲芳樽剪得韭芽一掬剛得笋芽數指隨意點朝飧命僕橋邊揣恐有故人轅

念奴嬌 渡易水

遠山如黛見一泓縹緲使人衣帶日暮扁舟横淺瀨幾縷秋烟輕載何處吹簫誰家鼓瑟夢斷江皋佩洛神堪賦況魚落雁難再 遥想壯士當年仰天悲烟惟有寒波在數點歸鴻殘照外恰似瀟湘一派衰草淒風碧濤孤月不盡騷人淚謳歌歇絕至今空說燕代

又 七夕聞促織

滿庭蘿薜正黃昏冰簟未消殘暑怪殺莎蟲忙底事早訴傷秋

情緒賣盡秋綠拋離剪尺夢斷關山阻征衣須寄月華未照砧杵　却恨渢㵘鮫綃廻文難織何自頻催若此夜銀河雙鵲渡天女尚停機杼枕上巫雲屏閒洛浦正好敧金縷空勞凄切聲聲暗逆疎雨

春霽　本意

九十韶華將過半大都斷續風雨陌上嬌紅園林姹紫狼藉春光如許今朝探取淡雲初月軒豁畢又喜見山色鬱葱眉翠畫圖裏　因憶舊種鼠耳豚牙此時含鱗帶甲方起命巾車經邱尋壑殷勤指點荷鋤侶大塊文章誰是主獨擁書架閒聽百族鳴蟲竹閒花底向人如語

沁園春　吮友人李山業作

北望淮南一片茫茫吾家此中看喬林千樹悉成蟉島藏書萬

卷盡屬龍宮白璧親沉元圭載錫誰奏踈排決瀹功憑見眺見落霞孤鶩天水空濛　扁舟偶度江東嘆如此波濤又遇風昔陸機入洛先投衡叔信陵歸趙後訪毛公作室延陵買田陽羨種柳栽花更植松人間事桑田滄海都付漁翁

摸魚兒　泊羈鄴下逆旅主人有爲予祀神者賦此謝之

買三牲旋鋪燈火更陳香幣酒醴昏沉已過纔驚起忽覿衛風淇里詢端的誰爲我殷勤祈禳賽些只思之自愧即正直神祇邸之壽久違都聖賢語　曾記得河伯新婚巫女當時鄴令乃爾讀書千卷因何事識得幽明至理吾老矣休辜負主人愛客多殊禮身猶羈旅且聊復爾爾未能免俗一任薦蘭芷

揃搯　著寄醉詩餘

碧牕夢　離情

輕箔留縈素明疏度淺紅耐他花柳藉春風空憶月高尋影畫廊東

搗練子 花月詞用秦少遊韻

香細細影雙雙涙濕明河浸綺牕私語却忘聽玉漏解衣原不藉銀釭

長相思 粧羅

檢花枝點花枝鏡溜橫波不自持昇山鳥彖綠 要人知怕人知羅袖偏垂小立時推簾放燕兒

又 閨思

想離帆盼歸帆耐得高樓夕照銜雲深望眼饞 試輕衫減春衫春晝難判滌枕函紅斑別淚攙

南鄉子 青溪道中

遠樹擁餘寒雲飛滿帆夕照問猶有楊花黏客袂相看離思重

題雪未殘　野老一開顏簇簇秧鍼綠幾灣我亦臨風凴望眼

消閒指點船頭雨後山

醉春風　春曬

恰說耽春睡偏覺今春異拈針生懶繡常拋易易易歷亂蜂聲

低徊蝶影催人如醉　小約香雲膩與夢知無際流蘇輕揭試

幽探未未未燕子遲回鸚哥忙攪一簾花氣

鏡中眉　離思　汝董宛齋

無端疏篠相望處想却前宵愁却明朝一副柔腸兩樣焦　果

然人遠黃昏到坐則無聊夢則難招兩穗殘燈一樣挑

湘月　吳門花燭詞　拓菴賦

蒹葭秋淨過橫塘幾棹烟波風月偶影行吟山共曉何處問尋

芳迹江國才華吳閶佳麗千里紅絲結聘珠百琲編花萼切集
爭羨葉葉朝衫宮香猶染翠袖殷勤撥絛燭光酣清漏下莫
遣金罍虛擲慶會修圓鸞臺明鏡雙點輕螺色晨粧竟也笑看
京兆新式

念奴嬌 過洞庭

洞庭青草近中秋更無一點風色玉界瓊田三萬頃著我扁舟
一葉素月分輝銀河共影表裏俱澄澈悠然心會妙處難爲君
說　應念嶺海經年孤光月照肝膽皆冰雪短髮蕭疏襟袖冷
穩泛滄浪空闊盡挹西江細斟北斗萬象爲賓客扣舷獨笑不
知今夕何夕

畫屏秋 巳賀敏公三十初頭

莫惜從前日似張充牽犬臂鷹弄一隹嗣如君談經擁麈正爾

非癖（原詞恋其鄉人黃公先生有箕裘未恐便爲農之句）便罍罄瓶空錦囊彤管是長物綢得珊瑚盈帙料飛電追星暫教俛首指顧騰驤萬里汗穗凝血　常咽吾將淚說笑寒唇枯也誰悉蒼茫悠忽春逢六二秋居千十常十醉中山未醒待醒聲上還循鬢看四壁空剪方只坑望華誥紫鸞銜自紅月再頌眉黃眉白

水調歌頭　同天山拓庵叔度篁川范河用東坡中秋詞韻

秋與酒爲友相得正愁天知他搖落何似無策挺華年試倩醉魂飛去怯到謝家庭宇珠玉逼人紫麈尾拂涼影觴泛翠幃間　催新柏停露觶倚香眠居然高會猶昔清夢幾回圓千莫從來離合休把唾壺敲缺龍氣各能全歸路避鯨浪谷我問嬋娟

滿江紅　齊安郡中留別

不屑援戈去漫學魯陽麾日常放眼秋空千里高雲超忽濁酒

素箏君且共紫標黃榜吾無一笑多年私署好頭銜醒狂客禪自破能容蝨名未達何愁蟻走江疗畧辨挂帆風色槩東湖濡牛角册珍藏里塾雞毛筆趁晝天延攬此山川推篷出家計如何但屈指早梅開日須火速傾囊釀秫莫令踈忽已抑五窮無可六未妨三或存其一飲花前只許歲寒盟驅殘客疇習射勞懸蝨詐學劍思藏鍼有狂呼脫帽爲君本色耳熱忽聞滕六無氣酣那藉江生筆任兒童拍手笑頹然騎驢出

又再和天山初度述懷之作

捫腹行吟吾何以容愁於此今易轍從君商畧君當能是舊業總抛歎酒外閒情早信烟霞奇正風花成錦鳥聲多春深矣猿鶴荷承音旨松芝列供青紫但拈題友和呼觴婦唯雲水相忘何所戀性情隨例斯深耻倘故人存問僕行藏聽鷁耳

天地蜉蝣請無事買山嘗價遇執客謹吹篷華野人謗謝樓外
烟平春欲暮松花如霧因風灑許追隨麈尾策紅藜忘機者
待翠靄遥巒遊得新月啤篁下有麴生知我何須蓮社且聽兒
曹爭木兎閒教田父亂秧馬趁枝頭歷喚提壺酣歌也

望湘人　見新月用賀方回韻

泛聲聲柔櫓葉葉輕帆瞞過花月多半漸失遲紅連飛弱素才
覺傷春悲晚翠點新荷粉霑疎籜放晴催暖向閒堦信履來回
瘐影侵尋相伴　方記金波不斷又微瀾乍起天街星遠到紅
藥欄東一帶露揺光淺料客櫂滯蓴絲湖畔今覰姮娥宮襯怕
只是人倚西窻慵數出巢雛燕

春雲怨　留春用馮延巳韻

莫嫌風劣亂晴空紅雨飄零摧折只爲爭呈明艷錦幕金鐶遨

未得子頎陰穠疎簾相映籠絡朝暉自春色篆馥微蒸茗波乍點此景原佳絶　牡丹薄露依欄額更離離芳蕊情猶結小蝶頻來試輕貼淺酌閒吟休説常逢薄雲凉月便做霜天丹楓黄菊總是東皇枝葉

喜遷鶯怨情用高觀國韻

那能不怨也算得逢春醉拘夢倦慘澹眉峯微茫眼尾長與菱華同黯被輾愁綠剩綺枕漬淚痕湮點儂何似有冬無夏桃笙紈扇　倩盼圖畫得鎮任東風終是丹青面燕語常來雁聲頻過誰問暖輕寒淺空説魂消情在只怕年深心遠即何以蓬萊方丈可思難見

慶清朝慢虎邱卽目用王通叟韻

有文如雲粧成無事一心常怕春還恰逢霧圍微旭雨隙餘寒

侍婢扶嬌行處輸他翠經襯紅鸞生公石堆積堆積在醉醒間

花飛也鶯啼也已分得耳目似夢見般還教攬香壓影添圓

愁看爭覷秋波欲寫問伊可識淚痕斑渾無語漫天離恨撒自

眉山

疎影　雲間市上見青梅作

沈郎忘却故園梅樹上寒香初著夢裏心情擬賦蕪城覓尋水

部官閣一春愁夢鬧風雨遲蠟屐但餘不鄂念飄零無謂相逢

相失負他山諸　廻穉專諸墳北料清明已繁陰成幕山日何

期艷艷青丸龕近朱櫻光錯想因欲訢花時恨恐倦眼糢糊難

託記將冰雪堅盟悔殺今年情薄

多麗　三月晦日睡起聞鵑聲

爲春眠辜負數聲嬌鳥急披衣試攀庭樹算來眞是春老只枝

顛殘紅猶綴弄疏音有意相報且屬東皇痛浮太白整冠祖錢我應連醻又疑是夢情幻影忽忽自難了春果去請慢說爽吾知道　當年被蒙頭熟睡休問晨夕昏曉待醒緩移芒屐細檢餘光在芳草接喜延歡長歌高詠百錢沽酒復傾倒遍傳語春今未去日日調鶯好管誰笑不合時宜說春去杳

白苧　天山六十次韻時摺遊山右二首

忽天南忽地北前驅借暑御風無術何以如遊廣莫要權牽小船當屋也無著少壯已茫然翻自訝能潛或躍漸驚華髮故園似難忘却逢幔亭解衣聊釋吾屑鑰　頻酌中富太華青海黃河都堪下此他物盡情剷削并狩角殘書東之高閣但瞪醉眼看征鴻歸燕年年碧落忽有雙魚遠道相存狂喜誰覺快讀新詞又欲徵銀甲

待醇醪徑醉睡何妨碌碌箕山潁水算亦無多高躅況其人言存骨朽真追隨似雒邑書生也枉向漢廷生哭未央宮廢大匠元雕朽木據我聞參天孳日猶巖谷　無覆當塗與千歲快青編換他李趙一演雄鳴雌伏今日盛才賢走荀奔陸公年雖太定戢張髯髮唾成珠玉咫尺金閨慰爾嗟跎令我心是狂論無倫生小難羈束

賀新郎　五人墓用陳迦陵題顏魯公八関齋韻

可惜金甌壞從兒閹甘人醢骨彌天蓬蒿蹋踏冠裳攢鼠穴牛化短狐奴輩學射影晨趨昏拜誰識淸忠孋直字與銳舌肯放諸公在囚白日埋光怪　草茅孤憤終難解一轟呼滿城奮臂千秋奇快斷首剗胸何所恨碧血應通瑶海憑過客留題感慨我喜黃壚填義士偏姦魂一永滅妖魑態擲長劍倚天外

又　或以為前代亂民用前韻詆之

貞禍誰能壞想當年聚身義膽韜虵吞蠆今日靈旗猶電灼羈思不容而輩倘過此但當再拜前代妖孽幾餓月頓諸君揩得乾坤在光天下毋驚怪　黃門黑獄元無解只逮人豈由東廠舌鋒何快對豕安行腥迹徧怨雨濤翻陸海繙書史幾回吟慨墓上松杉都拱矣戰風霆淨掃韋脂熊蠹竒想碧雲外諸為義和

望江南　中秋雜憶

中秋好最憶在平江皓月石場遊虎阜畫船簫鼓集山塘人醉麝熏鄉

中秋好最憶在秦淮水榭星簾邀艷妓腰香長袖在瓊欽私語眤人懷

中秋好，最憶在揚州。紅板橋頭一片月，綠楊城角十三樓。扶醉木蘭舟。

中秋好，最憶在君山。地主贈行詩共酒，女奴度曲月臨關。忙裏學偷閒。

中秋好，最憶在京江。載桂小山香撲鼻，芙蓉高閣月當牕。新亭譜霓裳。

憶江南 雅詠

江南好，山水最清幽。家在淵明詩裏住，人從摩詰畫中遊。何處覓丹邱。

江南好，墻角覆桑麻。雞吠聲中聞絡緯，綺羅牕下響繅車。烝黍饁田家。

江南好，雅與古人同。簠簋瑚璉三代器，清新俊逸六朝風。撚藻

愧雕蟲

江南好，瀟灑少年遊。翠袖傳杯歌艷曲，錦衣驕馬獵長洲。郎壑儘風流。

江南好，艷冶鬭新粧。高髻困花蘭葉鬢，短衫褶疊趁羅裳。織亞翠眉長。

江南好，博雅舊家風。筆陣愧居羲獻下，畫圖直逼宋元中。絶技奪天工。

江南好，葭菼水雲寬。鴉髻女搖青雀舫，漁歌棹破綠楊烟。畢網得魚鮮。

江南好，花事更迷離。淺白深紅和嫩翠，烟條露葉間風枝。蛺蝶逐輪蹄。

江南好，風月總堪憐。江上山間應有主，舞臺歌榭迥無邊。贏得

羨人間
江南好山崦鳥間關百舌巧偷春信語八哥私學羨人言清韻細如絃

過澗歌 浦子叩真珠泉

積雨初收山似滌杳無人聲祇聞流泉鳴咽淇潔崢嶸鮫人其泣迸向金盤粒儁相觀擊入翠甕味清冽　昔年遊覽處李子祠邊延陵舊邑古井寒光熠更羨淇源萬斛明星噴來不陵依稀伯仲同呼吸

解佩令 題東隱山房春信圖

東風消息憑誰探取有寒香推轉星杓剪到商山看圖皓採將幽愨抱烏絲歸來閒作　月明飛鵲驚疑欲下踏孫枝茫茫舞着我亦朦朧對三秀暗中摸索邦何如手調東閣

行香子 待雪仝友人夜飲

日落平山雲壓江天高樓外雪意盤旋重將斗酒閒住輕輿看燈如月人如玉氣如蘭　嚴更已打君毋歸去且分曹各擘紅箋連宵韻事豹界娛傳有文中虎詩中畫飲中仙

菩薩蠻 舟中望句曲

寒烟瀰蕩籠秋月荻花風裏聲蕭瑟何處棹船過簡橋香草河一天秋露白洗出青山色句曲古仙都眞仙今有無

滿江紅 滿子户逆洛之吳門

立馬殘陽正波上風和雲活忽湧出空明萬頃碧天孤月南浦亂山昏欲睡東城淸角催何咽放中流一葉過京江濤如雪長亭下鄉音切花洲畔蒲帆折有千門銀燭繡簾閒滅潦倒人間忘物我徜徉林下無炎熱可相憐楊柳大堤邊同君別

又孟氏山樓招飲望金陵

如此江山也則爲龍盤虎踞有多少塵埃野馬蜂爭蟻聚半壁烟花還欲笑六朝宮闕知何處嘆金陵從古帝王都今禾黍休攜娥秦淮渡莫移文草堂路且持螯岸幘我歌君舞北海開尊肝膽壯西江酹酒蛟龍怒最無端鐵笛迸狂濤聲如訴

又觀文郎演劇用天山韻寄所思

楚楚腰肢不信道風流如此想當日春初荳蔻將毋同是髮星星年易老青天夢夢愁難訴彼華堂執拂者誰歟今亡矣餐秀色甘而旨更治服紅兼紫與箏師笛妓喁喁唯唯卿苦憐卿須自惜我寧作我從他恥問塵矣若箇識英雄紅顔耳十斛明珠方不脫才人聲價更莫問濟尼優劣何如張謝忽聽鶯從牕外語頓教淚向風前灑把晉陽花首特題卿其餘者

記搊搯圍屏餅曾觴施垂簾下有星君月姊相邀同社裂度夢遊神女峽重來門繫蕭郎馬笑靑樓薄倖杜樊川余非也

沁園春 海陵觀俞太史家姬演劇

花滿春城膩漲銅溝風光綺靡正戟門開宴兩行紅粉笙歌按拍百囀黃鸝眉語蜂衙目成波俏忽發狂言甚不羈休驚訝引一盃綠蟻自效情癡 夜闌月洗形𡠗恰搊搯婀娜桃李枝況當筵燭滅神逾飄蕩滑稽縱斷事更掀奇僕本恨人公眞長者小疊紅箋索品題盈盈態取哀絃脆管爭譜新詞

又 見秋篪有錄余海陵觀劇詞感賦

雲斂巫陽珮解江皋塡成小詞縱春風楊柳萬條瀟緗桃花人面兩處相思玉惜靑衫才憐金粉似夢年光暗裏移閒惆悵把冰絃痕搵淚滴金徽 怪來默倚朱扉渾不辨心情醉復凝想

流觴亭畔波澄似鏡迷仙閣外山遠如眉名標香呼姓甚紹續偏若驚鴻天外飛沉吟久嘆才人斷贅自古同悲

賀新郎 柬箬揚諸友

李子平安否記當日稚懷閣上論交攜手月白風清良夜靜曾買一樽綠酒剪一掬翠芽新韭落拓花間吾已醉羨諸君兀自呼紅友詩成柰罰三斗　而今人隔江城柳有無數長條纖柳繫驄搦膈更帶得漫天急雨逃入狂濤飛吼遠連着廣陵潮口忽濕暮雲春樹也霽色初開神馳左右言不盡遥稽首

夢揚州 本意

綠楊樓是當年寢食同遊屈指神交白雲一片悠悠忘形跡我俞君雅手編花月陽秋烏皮几綠沉管悲歌慷慨相酬　歲月別來如流想紅板橋邊柳髀烟浮是處繁華只恐飄零難留留

塘堠沓西風起剩荒寒幾箇漁舟禁不住半床幽夢夢到揚州

金菊對芙蓉 本意

柳尚搖黃蘆猶未老東籬恰見南山喜霜姿淡蕩玉質幽閒箇中復有紅粧觀映幾處岸芷汀蘭小年歡飲揮毫飛斝只伴花眠　頓覺是處情牽想彭澤歸來三經怡顏對無心雲鳥漫撫水雜烟花試問風流主館江有多少嬋娟石郎應道滿城佳麗秀色堪餐

飛雪滿羣山 本意

憶昔東坡雪堂淸境悽然獨得天眞荒山古木大江修竹極目千里同雲儘年豐兆瑞猶記得長安有貧士休虛擬是銀床玉井琪樹遍乾坤　誰變理倘焉夷舞羽年來三百旋轉陽春看庾嶺上暗香疎影襯明月滿前村倘遍舟乘興衝寒去閒尋故

故人溪山如畫恰容我一簑笠身

渡江雲 聞文郎踏歌有憶

正當爐黃酒春風嫋娜門外拂垂楊流鶯還未語忽聽黃鸝新調踏歌長聲聲慢引分恩怨餘韻悠揚是那鄒才人舊制提起倍悽愴 思量馬隨芳草路入平康把傾城士女夜深沉詳論翠影點勘紅芳銷魂一別人千里知多少宛轉柔腸空惆悵當年顧曲周郎

又 潤州懷古

向凌雲亭上仰天長嘯一片好江山有精兵百萬盡南連劉備北拒曹瞞髯奴獅子真雄遊虎踞龍盤愧三分各家割據中葉便凋殘 閒觀南徐壁壘北府軍容與東吳伯業似蕭蕭風吹竹籜雨打荷盤只今江漢朝宗處金焦聳雙闕晴巒龍疊壓燕

天一色安瀾

意難忘 梨花倚春燕

夜月明而峭溶溶院落斜凭闌而倩馬衣子弟熨玉骨寒而疑望久淚零而漸瘦損腰而春半歸過春社了怎不歸而 天涯海角思而記年時倏逸貼地飛而有呢喃軟語自上下輕而恨殺那秋風而吹寒雁來而吹得伊行歸去也直到今而

又 春燕弔梨花

憶白雲些護香魂片片偎玉指些一枝微帶雨淚點點零些遍大地碎瓊些聽杜子啼些道幾聲不如歸去去也麽些 踏青山月明些似瑤臺素女下廣寒些佩珊珊細響作汗漫遊些命宋玉下招些上下四方些有妬雨罡風習習不可居些

玉女搖仙佩 梔子花

玉骨迎涼冰肌消夏撇盡人間煩暑陡上心來佳名兆錫恰亭曾同之子清學渾天上牽牛河邊癡女長隔著迢迢銀漢娉夜同心羨伊連理件雙許佳人臺弄明珠水天嬉戲　此刻香侵如樓卷月臨風夜得簾痕微碎逗遺年時謝娘庭院向晚和烟初吐花與詩同寄有小篆紅飾箋尾說不盡金堂嬌貴玉臺溫麗而今花發時凝睇想花也舊情還記

曲阿詞綜卷之二終

曲阿詞綜卷之三

丹陽後學劉會恩時若輯

國朝

姜兆錫

西江月 自題睡覺東牕圖 有序

年來無事不從容睡覺東牕日已紅此程純公感興詩首二語也總角時柰讀全詩未識其趣近時頻加細玩始知先生性體融澈觸處洞然殆非尋常證道可比也今繪小照標此爲題並填六令於上非敢竊皖曩哲聊用自省前修鑒此賜之題命用作箴規庶閔衰齡炳燭之志而得釋汰踰之罪矣桐廬素清學者兆錫拜正

已歇鐘聲北院更聞鳥語東牕翛然一枕卧羲皇仙馭恰飛海

上　萬物與卿動息四時共汝溫凉晝前有易在何鄉試按河
圖初象
何處蝶飛栩栩悠然夢熟濠梁牀頭十笏射朱光蚤是甕間日
上　蠹閣曾加銖黍莩籥餘減毫芒天君那復繫滄桑認取游
中氣象
頃刻俄分旦晝十洲已遍梯航天淵幾許浴扶桑一任鳶飛下
上　有客約鼇東海誰家射虎南岡小樗梅影印清光閒數毎
龍狂象
此際陽開六宇爨時照入三商乾南坤北定何方應溯有形而
上　一室簞瓢自嫌八年胼胝塗遑箇中憂樂味堪嘗莫道風
雲變象
爨采奎垣星象千秋傳火重光道州門牖孰承將收入風雲壓

上　望裏寒山朔雪即來暖谷朝陽吟風弄月莫云狂猶是動
華景象
歎自洛川烟鎖忻逢活水方塘易詩四子掃榛荒一鑑來從頂
上　猶悵羣經永刻餘陰歷漢逾唐雲亭仙谷緒茫茫誰去月
中蔀象

又　紀四夢詞

苦意先慈語子夜分刻漏深長儒冠髯鬍過東方弧矢蚤懸楣
上　好自尋蹤道藪遺言灑涕難忘安披草色與蓮香一叩意
言圍象先慈夢儒冠服至家生錫
還憶桐廬別一業林檜影縱橫樞衣肅晉孔林闕再拜兩楹西
上　環珮俄從寢殿醒餘猶聽珩璜幾人入室幾升堂尙探詩
書易象壬午九月夢衛闈謁至聖遂掖入後寢

又憶艤舟濟水引登闕里魏堂堪悲數仭隔宫墻旅夢半輪月上　大學十箴甫半鐘聲已醒槐王關頭夢覺恰相當敢道得言忘象濟寧夢謁至聖命作誠意箴未畢而醒

數卷周官周禮半生几席丹黄燈前衮繡拜冠裳覺後鴻飛天上　試往尋之何處欲從只在詩囊一輪丹旭照羹墻猶見居東遺象京邸夢謁元聖蒙以囊著守錫

陳蔭元

錦堂春　偶成用明宣宗韻

簾外鳥音宛轉牕前花影輕盈小齋晝靜爐烟細韻雅更心清

一局棋枰遣悶數行真草陶情閒來縱步經遊處松響聞溪聲

賀　巽著有孤村詩餘

醉紅粧　虞美人

霸業蕭條垓下空，盡埋沒舊英雄。如何兒女情偏在，剩花衣舞輕風。　陸離五色爛園中，倚醉態逞嬌容。相對絕無亡國恨，却夢斷往時宮。

少年遊　僧鞋菊

名山踏遍芒鞋，未破何處得參禪。深林且住，秋光蕭索，說屐游可究問。　從此行塵皆不染，步人綠苔邊。一任清風明月伴優游，東袁足無譜。

采桑子　兩窻雜咏二首

荒園最苦秋蕭索，古樹驚風，衰草連空，切切淒淒四壁蟲。　今年意更無聊甚，烟暗窻蓬，雨滴堦桐，何事能消愁萬重。

飄零書劍思遊子，落落金門，僕僕風塵，狗監於今可有人。　秋

深何未寒衣寄霜砧清晨月冷黄昏裘敝愁難客底溫

點絳脣 秋海棠

絕代佳人珊瑚珮委欄邊倚晴啼鵑淚雨後霜前裹　酣睡增嬌頻倩風扶起淒涼意情深根底腸斷難言細

憶江南 納涼

幽居好薄暮暑天涼個月一庭鋪碎影荷風十里帶清香簟踞坐胡床

又 聽鳥

幽居好聽野鳥樹頭鳴紅日朦朧催夢覺綠窗宛轉佐詩成小立聽佳音

如夢令 寄干儼若

當世英雄有幾用武偏教無地老大漫悲傷有日鵬飛千里須

記須記烈士壯心未已

金人捧露盤 秋柳

怪涼風吹黃了柳如鸛佐怨秋情緒絲絲風流往事都隨流水去東西眉眉眼眼却爲恨凄絶平堤 嘆柔腰向人猶帶憔悴倩誰知恐章臺幽夢情迷飄零春色更非敗絮滿空飛斷腸帶月挂千縷霜夜烏啼

百媚娘 朱孔揚見訪

分得白鷗溪塢踞坐綠楊深處討欲消愁清晝永睥睨浮雲無緣叩戸忽驚棲有客來相顧 正值荷花香吐笑語渾忘天暑煮茗且留片刻聚無那匆匆別去空憶流鶯啼不住烟樹斜陽暮

連理枝 繡毬花

聚做團團粉似向風中滚底事輸梅甘心落後春光將盡看奇
英蔚起自非常愛珠圓玉潤　冰雪零星併別有天然韻香妙
無香色空即色現身入鏡登道場仙羽會摇臺望白雲隱隱

青玉案　楓葉

一般春色將歸去怕少個黃鸝語遥望芳菲深淺處飄零絳雪
迷離紅雨掩映斜陽暮　洛陽不入名花譜偏倚新粧風起舞
化作斷霞千萬縷吳江波冷御河水注點雞窗留句

臨江仙　舟過金沙未及晤馮尚友若舟諸友賦此代面

曾有子猷乘夜興不逢安道歸蓬今予來去太匆匆一帆空挂
月百里只聞風　回首故交相憶偏教咫只難通舊鷗今雨隔
西東溪山思邈邈雲樹望重重

又　自題小影

五百年前林處士冉來還作閒人狂歌醉舞鶴溪濱清風隨逸興明月任閒評　更愛孤山梅樹清標絕俗無倫時邀素鶴伴長吟琴書得真趣世事等浮雲

三珠媚　贈子德升表弟

天涯惟表弟記飄零杜老當年吟此我守蓬蒿也算求君外別無知已未飲醇醪嘗聽得雄談心醉更羨雞窗筆吐凌雲出人頭地　休嘆一貧如洗念清白相傳家風如是報國孤忠宣門閭高大彼蒼無意況爾才華應會見題橋車騎好把虹霓明月釣鰲作餌

乳燕飛　筆川荷花盛於昔日先人曾有泛荷諸什今已作廣陵散矣賦此誌感

舊日荷花好記筆川南園直到北園路杳未許清波鷗全占綸下時乘一棹摘取了筆床茶竈撐入花深覺香繞拂雲箋寫就

新詩草鼓棲遲歌音裊　今日淒凉誰更道悵林塘粉消紅盡
綠況綠槁只剩蕭蕭蘆葦在問與秋光共老病疇昔風流人總
縱使人如明月皎怕重來空惹愁多少荒徑裏憑誰弔

琵琶仙　寄懷徐清苑兼及須麟長

磨鏡天涯曾十載一榻茅齋未下欲吐多少離思詩箋怪難寫
可還記狂奴故態便重見大非昔者老去情懷病來滋味都已
消却　幾番擬殘月涼風乘逸興帆向寒溪挂無奈水天人杳
嘆知音甚寡怕我到蘭陵失路問故人都寂然也空望冷雁霜
空哀啼清夜

多麗　秋日偶成

算一年好景無如秋也問何爲淒淒切切古今多是怨者料只
因班香宋艷見人間傳作佳話少婦含情才人落魄年年當此

衰吟淚濕寸偏欲茅齋竹榻盡把愁都卸任談笑綸巾脫去羽扇揮酒　看千里碧空如洗不染塵埃野馬待初升一輪明月掩映青山渾似畫金粟芬芳玉簪馥遞藥欄點綴真幽雅休聽取雞邊草際促織鳴長夜悄思及遠客征夫飄流旅舍

金明池 向予訪于申如頻過漫塘及申如亡後絕跡於此賦以感懷

出郭尋芳問關訪友一望漫塘數頃隱隱見古梅傍岸猗猗愛綠竹滿天問舊時亭榭何存空覓到流水斷橋路盡且權在溪邊坐談片石笑是三生緣分　別後玉樓隨應命只錦囊詩剩當時吟詠恐憑弔無限蒼凉怕觸發幾多幽恨算年來未到荒園料花落鳥啼不堪情景縱風月依然雲山未改無復琴樽清興

賀新郎 次天錫原韻題時來小影

當代無知者問青天空生子輩風流瀟灑計欲允幾憑筆墨總是餅徒成畫念往事淚如鉛瀉南浦荒烟蔓草裏聽啼鳥似訴傷心話剩風月真無價　一編牛角斜陽掛笑興亡古今盡屬浮雲野馬只有青山安穩在儘足嘯歌其下却惟望清尊時把贏得松聲頻洗耳且深藏影避合沙射任世態紛紜也

又　懷高虎文

旁若無人者稱才華龍吟虎跳新詩揮灑我亦依聲曾和吞添足蛇非成畫嗟歲月去如泉瀉分袂無端數載隔特重逢剪燭西窗話問紙貴洛陽價　片帆望斷秋風挂凭江山留君偏畀倦遊司馬深負故園雞黍約冷落溪邊花下知樽酒何年同把愁聽烏啼催夢醒看月影隱隱空梁射最難遣此時也

摸魚兒　述懷次天山叔祖韻二首

嘆蕭條幽齋兀坐日長如歲難度少小艱辛無限事已把讀書擔悞今何據有默默情懷難向人問語翻來復去看花落添愁鳥啼惹恨聽送斜陽暮　依劉久思學當年虞詡欲供甘旨無具炎涼世界蒼茫路索米天涯何處更辜負是烟樹江雲久隔知心侶紅塵如雨想鬢鬢成絲韶華易逝還歷幾寒暑

痛雙親空教刻木深恩報得能幾慈烏反哺飛來去愧殺我為人子屈指計念早歲遭孤身向他鄉寄若無知已只淚濕青山途窮白眼多少傷心事　且休道壯志還未消耳蹉跎已至於此況因傲骨難逢世那得飛騰千里風塵裏嘆生計何謀歿固埋憂地開箋題字把書恨追思新愁細訴柔腸寸斷矣

內家嬌　懷御六叔

先生年老矣何來也只兩檝烟蓬向客路遥遥蕭踈鬢鬢征途

落落憔悴形容今何處曉風殘月際秀句錦囊中忘了故園菊松盡廢寂寥三徑秋草萋萋　結交非舊日黃金盡誰憐潦倒途窮爲問天涯知己若箇情濃凭飄流不定空依劉表登臨應倦當返梁鴻底事消磨歲月萍梗西東

綺羅香　楓葉

霜冷踈林烟寒困樹斷送秋光將去山舍丹楓點染反成畫譜映水際彷彿桃源對月下宛然花塢看繁華一霎芳郊鈿車認入尋春路　綠華爲問底事偷把還丹餌紅顏如許浣錦溪邊翠袖不倚天暮今改作朱戶流霞還記得碧窗滴雨恍野老酒借長顏酣醉風前舞

喜從天上來　留余淸苑

莫怪貧家既乘興而來且住爲家已謀諸婦曾拔荆釵相對且

泛流霞再休談往事任此夜爾我開懷啟南窗看淡雲山月村
樹庭花　淡泊愧非待容只佐酒青梅興致偏賒評論英雄使
君與某爲問是也非耶笑乾坤莽莽止堪賦秋水蕭黄醉酣後
首搔天際夢入槐街

拜星月慢　同其年兄凌虛閣納凉

岸幘臨溪薇麈舉扇最愛晚來坐此綠縐波痕却清風徐起倚
窗對傍岸蓼花垂紫隔水柳綠搖翠一嘯振衣竟蜉蝣天地
似扁舟放泝江湖裏算沙鳥與我深相契縱遇漁即問渡不問
今何世怪狂吟自笑還多事擬收拾感慨悲懷意只聽去欸乃
滄浪莫更談文史

水龍吟　寄徐長人

交遊落落晨星故人會面而今少別余幾載逢君今日可憐俱

老無馬功名海鷗時世不堪更道任胸中五岳難平也班荆只其掀髯笑　憶昔襟懷矯矯凭南樓月明舒嘯千秋自許乾坤放眼何人同調浪迹江湖飄蓬歲序英雄顛倒問牢騷應有奚囊佳句山川憑弔

又　蔣湘帆以湘江挂帆圖爲其小影自題絶句六首示予因賦此調

愛君胸次汪洋如澄千頃波無際曾同一棹中流擊楫壯心不已失路青衫添愁蒼鬢今皆衰矣擬相從浮海茫茫去飄然謝却人間世　誰料難成素志只丹青爲圖雅意破浪乘風揚舲駕櫓徙來奚自脫帽樽前披襟水上高吟遠寄問湘江肯許邛須故友招招舟子

木蘭花慢　姜奕蕃許贈牡丹賦此訂之

笑平生所好似杜牧爲花顛每覓豔尋芳聘紅買綠探綺頁綠

最發洛陽佳種有淸平佳調爲爭妍無那風流雲散蕭齋長日淒然　鸞膠君許續琴絃缺月可重圓早着意安排未闌干外白石臺邊握手臨行囑付莫相忘野老輿酬爾準擬秋來還續莫教望眼將穿

念奴嬌　送采臣兄赴館

幾年兄弟總飄零眞箇欲歌欲哭說甚文章有定價君豈堪爲雌伏搔首問天埋愁無地鬚鬢渾非昨傳經問字半生多被拘束　今日握手河橋匆匆分袂望斷斜楊落魂夢應隨去路遠吟入池塘草綠早訂歸期相逢靜夜重剪西牕燭評花問月爲君樂酒相屬

又　此光樓偶咏

淸風一枕只終朝高卧此光樓上世事眞如蕉鹿夢試看今來

古往漫道讀書休言擊劍悔殺從前誰孫吳班馬可能長在天壤　此後寄跡山中陶情物外頓絕紅塵想來去洞開常不鎖一任雲屏烟帳蔬食布衣蒲團竹榻學做仙家樣花時月夕開樽頻自清賞

桂枝香　寄懷馮向友

廿年別後嘆老情無聊拋殘詩酒更惜竹林嵇阮飄零許久驚花深負春風約恁良宵憑誰消受旗亭清曲新豐舊雨不堪回首　問五岳胸中平否知何日班荆共把情剖繡虎雕龍秀句空傳人口牢騷莫向青天問論人才大都不偶虞卿坎坷韓非孤憤俱成烏有

鎖窗寒　秋蟲

甚事相關淒淒切切替愁人語更闌夜靜燈影啼殘音總任樓

頭孤夢無成聽他訴到傷心處似幽窻苦風消魂歌曲斷腸詩句　情緒最難遣在敗壁荒階暗風冷雨暮笳遠笛不是聲聲哀蛬只當年無限悲秋班姬宋子堪爲侶更何須江上琵琶淚洒多如許

又　秋燕

辛苦成巢頓忘却了烏衣羈旅金風促別無計留他還住掠踈簾軟語低飛徘徊未忍輕辭出覺斜陽殘月秋聲水影都成離緒　記取遇當日正花徑分香椰塘撲絮相依未久早又渭城朝雨怕將來寂寞樓頭啟牕覺烏鴉棲樹望明春杏林春暖早入儂家戶

三珠媚　送于頴園之楚

扁舟君此去聽黄陵廟外鷓鴣啼雨到處江上應遍尋名勝賦

成，佳句若過長沙，且莫嘆賈生難遇。試憶當年慟哭，何須初逢明主。最念禰衡淒楚，正漢季、奸雄分據。落落難容，似此時寒士，頻怨失路。鸚鵡洲邊，好爲我、攜樽弔古。託取蒼涼風景，歸來細語。

丁香結 同其年蘊真兩兄過雨蒼齋看早桂，因憶望川秋水齋前桂園荒廢，感而作此

玉露初零，冰輪未滿，古桂先開山小。想曩時年少，見故老招隱，曾傳詩草。芳心尚如舊，奈零落、采芳人杳。空餘吾輩，落落閒步林間殘照。　憑弔。憶秋水人家，極目黃金光耀。不道於今，香塵盡掃。此間花草，渾似魯殿靈光，獨巍然天表。擬來朝重賞，共把一樽傾倒。

珍珠簾 近作寄示中表于行復

親朋都向於今老，心緒難知分曉。偶得借文章，怒罵和嬉笑。特

倩征鴻寄故舊未易與俗人細道煩惱是雨雲翻覆造化顛倒

可嘆往日清門怕重來愁見冷烟衰草空念茂林中觴詠春

來悄爲問長年君息影幾度曾狂吟殘照相較看老大悲傷一

同懷抱

雨中花慢　秋雨

竹徑連蔽苔堦積滴雨聲併入秋聲把疎簾漫捲小閣天陰晝

疊遠山雲暗蕭蕭高樹烟橫惜荷盤風碎點不成珠亂灑溪濱

床頭斗酒藏待凉宵花前對月同傾今辜負婆娑老興兀坐

愁聽幾欲消魂殘夜空餘伴影孤燈那堪棲鳥林間聞響幾度

驚鳴

倦尋芳　自銅官歸渡荆溪

烟山低綠似做蛾眉送人行色空翠携來又見溪雲橫碧乘扁

舟飛渡口半空雪浪風帆急且停橈在平沙斷岸推篷閒立猛聽得漁歌唱晚楊柳堤邊清波寒月萍鷗幾點水上頻看出没回首遊踪漸漸遠蒼凉此際情何極待歸時付南窻吟箋賦筆

水調歌頭 送采臣之京口兼懷天錫寄居橫塘

昨珍凉風早乘孤艇送君又去江城蓼汀楓岸到處起秋聲極目滿空蕭索更相念羣從飄零看雲際幾行雁字都是寫離情行程應望及橫塘別墅修竹疎林想惠連愁緒宋玉悲吟爲語故鄉荒僻只餘我獨掩柴荊那堪在各天分夢難共夜挑燈忘難忘 偶用荊南華韻

我豈揚帆發荊棘舍其梧檟曾甘苦螢窻雪案詩書陶冶名姓愧無聞當代漁樵老共棲淸野笑半生碌碌未曾問何爲者

綵千縷霜鬢下衣百結淚痕寫嘆題橋擬筆壯懷都假入世已嘆匪兕虎逢人且任呼牛馬更誰識爨下惜焦桐奇材也

又　弔于忠肅

帝反沙漠使須向林泉歸歟可恨至奪門之後竟遭禍烈赤膽中流撑砥柱丹心寰宇明如月怪無人當日辨奇冤空悲切徐石輩犬吠聲土木變國幾滅倘非公善計河山頓缺千古芳傳青史筆九泉碧化龍泉血但易儲惜未見先生諫官闕

又　七夕弔太真

良夜深宮雙星下悄然盟誓却誰料今生緣淺空言來世有限君情雨露原無端妾命風波起聽胡笳羯鼓亂催魂馬嵬死徒遺恨花鳥際枉留夢鴛幃裏嘆千古佳人一窩螻蟻巴水茫茫埋怨處仙都渺渺空悲思悔嬌癡當日侍花萼倚天子

又　喜虎文北歸

豪邁元龍喜相見依然似舊且休問金臺人物鳳城花柳多少功名轉眼盡忘如風月留情久把征衣從此換荷衣同漁父水曲曲環盧孱雲淡淡來遥岫好重盟鷗鷺陶情樽酒不履不衫君勿怪呼牛呼馬吾能受只名山藏得著書多應難朽

又　春日訪姜天枝前輩留飲花下偶成

老子婆娑有幽興還知不淺想近日詩場歌社清遊正健隔竹敲棋茶罌冷穿花與酒山家慣却今宵問字即高齋逢青眼攜手看浮雲遠開樽坐清陰畔有燕雛鶯友榆錢柳線脫帽臨風心已醉高談拂塵情無倦奈蒼茫烟樹夕陽迷歸途晚

又　與瑞圖

怪爾何爲守殘簡皇皇謀食頻向問於今誰是救飢之策貨殖

往來非我好躬耕作息依誰力莫無如劉向慣傳經還爲益休焚硯莫投筆坐蓬窗磨水穿嘆從前落筆文章遍都量萬胸中春八九錢刀內可容千百料高山流水待知音終須得

賀夢龍

留春令　春歸二首

陽春有腳幾時那步行來花處曾看他傳信梅梢知一晌花間住　百計遮留難再佇忍便拋人去一種風情恨匆匆叙不盡寒温語

光風乍轉梅稍探取傳來芳信曾幾時香國依棲怎便驟來拋撇　鄙邇枝頭方轉瞬偏是韶華杳歸去來兮待攀轅徒夢想青春鬧

喜遷鶯　本意

探芳徑入芳林香靄映遙岑華堂錦色占而今風暖日初臨競鶯遷圖鵬路從此杏花村住扶餘偏是綠陰深柳色盡簷侵

滿庭芳 牡丹

玉笛香銷海棠睡醒幾番花落成茵綠陰垂布鮮嫩又橫陳暫覓輕盈笑靨湖山畔紅玉紛綸花王也倚闌風擺稽首欲稱臣凝眉知幾許明霞襯翠麗錦攢紅料解語花來一見應須還憶沉香亭北慣勝醉嬌臉暈眉顰今休誇蓮生花底輕步玉樓春

減字木蘭花 輓友

人之生也風流誰得如君者一旦云呼應是修文赴召歟　流淚無已輾轉祇爲君痛耳夢可通焉平日相思豈枉然

賀青湖

醜奴兒令 閨怨

歡情別恨匆匆換，歡是前宵，別是今朝，一樣輕魂兩樣銷。　夢來夢去迢迢覓，去夢郎招，來夢奴邀，兩處輕魂一處飄。

念奴嬌 觀劇

山深路杳，有青松青柏，春雨春風。何處笙歌香裊裊，盡道賽神簫鼓。弟子風流，排場消雅，絕勝霓裳舞。興亡成敗，片時演盡千古。　因念未入吳宮，苧蘿仙子，應擬同塵土。驀地姑蘇相見後，斷送夫差疆宇。伯嚭奸回，伍員忠烈，指點村農語。五湖烟渺，扁舟更在何許。

瑞鶴仙 春曉

沉沉春夢杳，漸枝頭鳥語，一天清曉。心情正顛倒，但無言默默，悶縈懷抱。呪喃燕子，似說與愁人知道。好光陰可惜，懨懨直恁

等閒拋了　因甚如癡如醉疑懶疑慵愁多歡少東風裊裊吹
不散眉間悄記欄邊攜手簾前共酌月下相倚歡笑嘆佳期鏡
裏花枝一般縹渺

百字令　憶荆學山

蕭疏行徑更天生傲態養成癡骨我與爾看來此處想是有些
相合爾類顏淵我同原憲一例無分別雖然若是呼馬呼牛隨
客怎地別後情懷悠悠蕩蕩鎮日常相憶豈所謂情之所鍾
我輩正堪消釋太上忘情其次莫及從古曾經說謾存斯旨異
時重遇親質

聲聲慢　春晝

行來欠是坐去難安旋旋轉轉不任乍向床頭忽又階前徵步
心慵意懶體倦也莫知是何緣故破書史任塵生網結風吹蟲

盡　滿目淒涼烟樹觸着眼無非動人愁緒晝永天長急切那能便暮梁間燕來燕往更無語縱然弄語語未了一對兒飛向外去

齊天樂　秋雨

連宵風雨驚覓夢叓叓便多秋意天布重雲人披箬笠今日天晴猶未山嵐積翠見鴉噪枝頭牧眠牛背青草無邊正愁人睡起初覺　而今難提往事故鄉何處在欄杆空倚抱樹殘蟬辭巢舊燕不盡淒涼況味幽懷誰寄似敗葉飄零黙然而已助我相思更蛩聲砌底

望江南　秋夜

淒涼甚樓上怕登臨一陣西風催落日幾絲秋雨又黃昏還一盞孤燈　無聊夜悲極夢難成展轉床頭驚鼯鼠滅明窗外度

流鶯聽絡緯聲聲

荆人鳳

轉應曲 偕史梧岡遊納山

春去春去燕子銜回飛絮東風怕撚綃紗珍重留他落花花落

花落一握香魂如束

醉太平 別納山

山青水清花明鳥鳴蘆州柳岸魚罾醉南薰艇橫 長亭小停

雲晴別情殷勤還是流鶯喚東風幾聲

減字木蘭花 晚眺

綠陰低護徑側橋平看浴鷺細浪生時點水蜻蜓撲釣絲 藕

花紅破翠葉層鋪涼欲卧一作陰森嫌供小卧 好煞西風淨捲殘雲夕照

濃

鷓鴣天 題張天中宅

柳阜荷塘岸種麻土垣崩處積薪遮雞雛護母堦留粟蜂乳分王徑自花　籬引豆屋牽瓜太平生活小烟霞醉翁植杖擣青笠野水牛亭笑聽蛙

郭　序

浣溪沙 閨思集句

欲作家書意萬重戎昱美人千里思何窮吳融眼看春景不相逢元稹幾處吹笳明月夜李益數聲腸斷繡帷中宗放嗣秋波不動簟紋融獨抓孫

木蘭花令

初捲珠簾看不足權德輿翠袖紗紅映閣蘇軾星碎塵埃玉碎寒元稹花為布幢金為屋胡宿日暮東風春草深武元衡紫穗青莖會斷

日元稹繡軛香韉夜不歸崔塗端居懶唱將雛曲駱賓王

南鄉子　舟次

疎雨過春城王維岸夾桃花錦浪生李白復有樓臺銜暮景新晴杜甫
樹裏南湖一片明張說　嗷嗷野猿鳴陳子昂　野渡無人舟自橫韋應物
蝴蝶夢中家萬里三更李益行盡江南數十程杜常

又　客次

回首一傷神杜甫暮雨千家薜荔村譚用之　燕子不來花著雨黃昏韓偓寂寞山窗掩白雲權德輿　歸思欲沾巾杜審言　雨過山村見月新錢起獨在異鄉爲異客思親王維斷續鴻聲到曉聞張仲素

青夢熊

剔銀燈　同紿諫范椷士用拙齋韻賦琉璃燈

誰運風斤月斧移取片瓊元圃違燭燒來藜烟燃後映徹高寒

樓宇飛蛾可數遍十二屏風吹汝　表裡空明如許不是石家蠟炬姑射氷膚文園雪簡一段清輝涵貯嚴更漏鼓榮光起寒房溫煦

釵頭鳳　給諫范栻士少詹錢載侍御紀復亨顧光旭過寓齋小飲時水仙徹放故未及之

霜風冷寒宵永引商刻羽誰過郢高朋集壺觴列夜遊秉燭清言玉綴屑玉綴屑　調笙磬和神聽天涯會合同聲應自怡悅忘岑寂撫琴動操水仙圜雪潔團雪潔

姜　藻

金縷曲　題彭芝庭先生早朝圖

海上瀛洲湧玉堂仙經綸董賈才華班宋人羨城南天尺五宗世西清供奉繩祖武鰲頭重攤翠軸親攜趨鶴禁賜金蓮慣沐天恩寵丰采映掖梧鳳　三年浙水文旌控戀甌稜　帝城

雲裡幾番飛夢歸到金門聽早漏晝省聲名愈重太液水臣心堪共五鳳樓邊僊樹繞候花間長樂晨鐘動迎曉日紫霞捧

邁陂塘 平山堂懷古

試春衣維揚郊郭桃花吹遍香逕玉鉤斜畔迷芳草遊遍閒尋幽勝煙寺近恰早被輕風吹上虹松嶺平山曠景快登倚晴空三城環拱雲裏畫欄凭 凝眸處江岫淮岑遠映動人多少吟興文章太守揮毫後珍重綠楊春影時代永覽壁上龍蛇空剩蒼痕冷留連一晌便去路匆匆疎鐘幾杵回望蜀岡暝

又 紅橋懷古

溯邗溝盈盈一帶春暉低映明秀喚將畫舫搖波去靜啓碧紗窗牖凝眺久愛曲折鈎廊雕館沿溪構紅橋渡口正人影驚鴻歌塵花擁香沁玉壺酒 朱欄繞瑠璃岸金波似繡蜿蜒虹卧清

溜雷塘煙草無多路試訪迷樓在否隹詠有問訊繼揚州薄倖

樊川後沉吟俛首又殘笛船廻夕陽簾捲餘意付烟柳

又 雁邱追和元遺山

最無情雲羅霜繳西風摧壞鴻侶平沙遶水聯雙翼恐復向空

孤去隨斷羽拚伴了驚魂一處投香逕相看最苦把金鎩殘翎

玉關剩骨登石葬黃土　并州渡無限糢糊烟樹沾衣別唱愁

句山川滿目寒邱在飛盡冷雲荒雨魂暗語怕汾水秋聲還犯

驚弦路悽情萬古共蝴蝶幽墳鴛鴦哀塚淚化野莎路

又 題張孟雲碧溪閒釣圖

漾蘋風煙汀一片碧痕皺得如許何人雅擅臨淵興知是風流

張緒垂柳路愛曲岸鳴蟬聲裡扁舟住蕭閒眉宇把箬笠低擫

鈎竿徐嫋占盡水雲趣　元眞子曾號烟波釣侶舊盟原在鷗

鷺幽懷千載仍同調重唱斜風細雨還寄語放百尺絲綸須釣
靈鰲去溯洄仙渡向鳳沼隨槎龍池泛艇肯戀野蘆淸

沁園春 甲子秋金陵王成文社讌集呈同社諸友二首

昌谷胸中星斗紛羅相逢最奇喜南邦才士言工倚馬西淸公
子何必探驪書授嫏嬛碑研岣嶁江上人傳絕妙辭剡籐貴是
匡劉精液枚馬嗣徽 座間玉屑霏霏正此日雞壇慰所思指
蒼松磐石齊傾倩袁青雲飛鳥同話心期刻燭分吟銜杯索句
明月光搖柔翰飛金蘭傳載鍾山賦草桃渡詩題
一隊梨園鋪地氍毹歌筵早張奏高山流水欣逢鍾子陽春白
雪快遇周郎徐炙鸞笙匀敲象板演入風雲得意塲圍紅燭正
琳瑯四座飛映光芒 秋城鼓角摧凉判豪飲呼盧入醉鄉莫
吳都烟月今番把袂燕山風景此後褰裳鶚薦青霄鵬翔碧海

車笠盟言耐久長羣賢集禊蘭亭序裏千載傳芳

浣溪沙　多景樓秋眺

飄渺珠欄近碧霄西風樽酒動江篇吳雲楚水望迢迢　無數煙帆隨落雁幾重沙樹鎖迴潮醉餘飛與到金焦

又　登江晚泊

柳外高樓起玉簫芙蓉江上晚停橈一痕新月上初潮　微雨尋碑黃歇墓落花沽酒杜康橋十年前事首頻搔

又　燕

細剪曾裁湘水霞紅欄青幙語無譁受人憐處受風斜　飛破半勾楊柳浪立殘微醉海棠花玉亶親訪玉京家

長亭怨　江雨

盼江上野雲如絮波載輕帆秣陵城去每對茫茫便思起盡古

入語行過瓜步漸雲黯天垂暮零亂點風燈又添了空江秋雨愁緒掩篷窗欲臥奈狂濤未許幾番驚枕多半是夜寒蛟怒還暗祝江雨江風休灑到慈闈蕉樹怕夢醒三更憶我寂寥江路

瑣窗寒　卧雪樓飲酒

照水銀欄吹霞朱棟層樓清麗高竚仙粧艷絕月林羅綺點平泉疎影春燈冰虬玉鳳宵痕膩憶十年前到江城橫笛落梅幾笑重睇青山裏尚微雪封苔粉雲都睡翠樽浮煖空怯晚篝風碎問消魂春雨吟懷羅浮冷袂應頻倚也須分一襟寒香慰停橈人意

摸魚兒　寄張冠伯

記分襟秦淮樽酒星霜彈指三度江南才調誰稱最每憶風流

張緒推獨步灑妙墨題箋粘偏青山墅紅工　孏詩算春雨樓中

君家三影無此斷魂句　瑶函至謬把新篇索取慚非白石吟

侶天香異態難描繪還望成風郢斧花吐瑞卯甲子秋雲蘊貫

雙鷗去情懷無數待疏柳青溪涼蟾白下重對剪燈語

又　晚春賦落紅

傍清明連宵絲雨春寒、潛禁花吐、倦鶯聲乍報晴光好枝散朝霞

無數深院宇悵曲折銀墻界斷桃源路問花不語瓣一片閒情

烟中凝望暗引冶魂度　春將暮少女封姨競妬紅英難戀芳

樹飄颺逐入鴛鴦夜飛落硯池縈聚花不舞花也解鷓鴣啼徧

無行處殷勤似訴願常倚多情東風影裏時聽斷腸付

蘇幕遮　寄吉迺振吳門書院

柳迷天花釀地蘭槳蒲帆記送春波翠君憩山塘吾練水零兩

晨風情遶鵑聲外　遣閒懷餘旅思殘卷深燈鐘曉人方晒西
子琴臺休濕倚蔓草斜暉恐惹登臨淚

西江月　李問臺招飲金陵寓齋

沙岸樹侵簷角烟江帆度檻前冶城秋水桂花天三載停雲人
面　蟻滿瑤樽泛醑雁斜冰柱調絃賓非白石主青蓮同醉西
風簾捲

水調歌頭　贈彭晋函

雙手扶風雅聲價在蕭樓錦囊近日佳製老氣欲横秋交徧江
關奇士讀徧名山故紙眼底孰堪儔丰采出塵世踪跡倘林邱
流光迅算四十已過頭月明被酒長嘯龍匣看吳鈎只玩三
冬文史那羨五陵裘馬襟抱儘優游風起壯鵬翼不久卧滄洲

蝶戀花　冬曉怯妝

行剪霜風窗外曉銀葉初燒金鴨烟微裊千蝶帳深鸚語小憐
衣喚整薰篝好　小玉開奩粧勸早又怪青銅冷淡如伊少些
鬌未梳螺未掃峰欹雲亂菱花沼

長相思　秦淮客夜

晚風清暮烟横檻外飛來翠管聲輕舟盪月明　酒初醒思還
生商女歌喉此夜經淒凉不可聽

念奴嬌　同蔣中五文德橋旗亭酌月

千家燈火向秦淮市上旗亭歡聚水閣朱欄位置好杯底銀蟾
流素桃葉年年庭花夜夜最是銷魂處君宜痛飲一年幾次相
唔　可惜如此旗亭紅絃翠管不選黄河句人説文章聲價在
試看燭花成樹倚檻微吟臨流清嘯此夕知音遇青衫露洗石
橋扶醉閑步

又冬夜觀劇時演項羽別姬

江山若此是誰把五載覇圖灰滅子弟八千函谷外曾捲秦關金鐵鉅鹿烽烟滎陽壁壘轉眼成銷歇潰圍垓下楚歌四面凄絶　何必惆悵虞兮時之不利祇自貽之戚亞父奇謀歸逝水末路英雄嗚咽今夜蛾眉斷魂千里慘矣青鋒血料應此際蒲營月冷如雪

又題吉蓺揚淮南紀行詩卷

好春時節向淮南適館紅亭曾餞十幅蒲帆江上去經過吳宮隋院望眼晴雲吟懷宵月入到栽花縣楚州官廨幾番琴酒遊宴　最是韓信臺空枚皋宅圮蔓草都縈徧暇日登臨多古意譜就新歌哀艷梅雨荷風歸來練水碧社重相見謝郎遊什珠璣盈幅堪羨

江城子　春暮

牡丹開後綠陰齊畫欄低蝶來稀九十韶光都變柳花飛那是燕銜春色去花落盡燕驚啼　幽堦時雨浥香泥掩銅扉怕春歸歸去重來動是隔年期誰送暮春天樣遠登樓望草萋萋

祝英臺近　遊金沙史氏廢園

訪金沙留舊苑南郭翠微路孤館啼鶯鮮促探春步喚將漁艇揉波花村斜日送人到雲林深處　竹間度無限幽徑吹沙沾衣似成雨裏檻風揚溪暝墮空絮當年斷舞零歌交蘆館畔只還有冷雲飛竚

又　憶別次印義嵎韻

最銷魂江水渡別恨惹南浦羅袖香分贏得淚如雨當年門外蕭郎至今零落借一帶愁城閒住　任凭欄覷依舊斷雁西風情

悰怕重數一枕梨雲深夜向誰語知他門對江聲舊曾遊處拚
夢繞月波東去

又 石榴花下感舊和友人韻

靠銀塘臨石砌篁影暗無數榴火吹紅舊日斷魂路綠窗人倚
花陰湘簾痕底摘花朶微聞鸞訴 閒凝覷今日門掩青苔流
泉咽無語多事紅英又滿門前樹知他江上琵琶彈歸何處折
花也帶愁歸去

解連環 懷徐題客

小軒春晚愛嚶鳴綠樹好音無限正暗數江左才人有孝穆風
華玉臺名遠舟艤龍城記會任嫏嬛一面便匆匆經過空梁月
落幾番心眼 多情寄余玫瑰被雁翎誤了鯉函難見想綵筆
題就金荃惹海雨天風動搖靈腕譜到柔情比卧雪句還幽艷

算何時玉麈冰簾把君妙卷

又　客中秋枕同均度作限韻

紗櫥烟晚伴桃笙素影靄芬勻馥怪繡譜盡剩鴛鴦半藕渚蓮塘綠波人遠獨夜幽吟漸欹盡高城漏點只淒凉淡月穿窗移過覷人心眼　秋來旅懷荏苒慣酒醒孤倚雁聲啼怨選好夢只有邯鄲又空絮浮花去程愁轉暗雨哀蛩濱多少淚痕誰見憶家山玉鏡深閨繡帷半捲

百字令　東荆樹霞借閱秦樹峯先生柳下桃蹊小譜

昨宵醉矣正庭中燭短堦前雲客傳盡紅螺君隔座誰信華堂咫尺咏柳題蕉飛紅滴翠贈我詞堪炙公樂不飲每因佳句浮白　驀憶建業西風夜闌把酒鄰院歌聲劇斜月窺廊人酩酊閒話六朝風日桃葉江空雨花臺遠舊夢闌河隔少遊曾賦借

余小譜休愔

水龍吟 詠天竹實和柳下桃蹊詞韻

綠欄杆外寒深，是誰暗攪頹珠碎。銅墻高鎖，銀塘斜照，拂垣映水。鶴頂丹塗，猩蠹絳染，葉分蒼翠。怕花鈴撤去，潛來小鳥，細啄向苔陰墜。　何事冷颼飛處，有心情散霞成綺。傍石梅孤，窺籬竹冷，憐伊深意。月鏡粘霜，霓裳犯雪，幾曾偷避。算消魂記曲，相思紅豆，數枝堪擷。

疏影 秋柳次竹垞詞韻

平原舉首，正秋來木葉，槭槭聲驟。指點垂楊，斷縷空絲，斜暉掩映津堠。當年司馬西風裏，惆悵絕攀條時候。憶漢南春影依依，不覺淚痕盈手。　誰弄飛霜夜冷，惹葉殘辭去，閒墮溪口。枝上哀蟬，幾日無聲，料識此番非舊。癡情猶說王恭貌，曾濯濯月華

窗扃直待得春雨勻時重看楚宮腰瘦

南鄉子 題一草亭

曲徑雨初收石際松杉翠影浮行到板橋流水處輕鷗茂浴荷香上野舟 徙倚釣磯頭一 草亭前景最幽竹外棋枰敲韻遠凝眸隱隱紅欄見小樓

臺城路 飲戴勉思秦淮客舍聞歌有感

冶城吟袂分攜後吳雲望中縹緲花逕鐘微詩齋夢冷慚愧山陰雪棹秋風又悄向桃葉空江再傾幽抱落日登樓雞碑笑索近來稿 銀舡同酌翠醪聽紅絃一曲梁韻縈繞齋院金尊陳宮玉樹幾度哀蟬殘照歌情不了惹無語相看沾襟多少罷酒夜闌彩蟾飛樹杪

又題蔡樸夫桂林讀書圖

僧簃偷寫岌天景梧窗另斸新稿醮水烟凉過崖雲懶一帶秋林深翁何人靜眺舊漢殿中郎年華未老特地添毫染來黃絹甚清妙　遊蹤蕭澀最好小山叢桂薔和露開了錦軸吹香螺樽泛玉淨洗月明襟抱遙情不少更醉蔌蕉桐與追鴻鳥萬斛秋英晚風休亂掃

梅影　家兄晨玉爲張子切庚西賓張子遣騎邀余至峨衕齋聞晉陵鄭癡菴亦來及余至癡菴留詩稿贈余已先去張子偕余兄弟坐牡丹花下數日始別次彈指詞韻

暮春天乍樓頭夢繞鬧飛到迦陵羽書簡遙傳起放朱標日影依檀几細展蓉箋寫梁月幽懷行行悽切江鄉遠思字字精研蛾術齋頭正新到鷫鷞詩客特相邀論文把酒周旋沿途去見松英麥浪平野爭妍　款肩揚纖芳徑傍綠陰飛騎春興悠然齋繞新楊門啼幽鳥笑指欄杆花草依舊當年鄭谷詩編空把

已匆匆簫鼙破朝烟驪唱難追填音正好情味無邊萬齋幽同
心促膝閒評今昔燒殘蠟燭掛遍銀船　小雨晴時河梁欲去
感東君留看月華圓指瓊鋪瑶砌將開鹿韭待天香飛滿憑窗
同對嬋娟依早向紅塵扶玉勒紫陌梟珠韉牙籤萬卷閒繙閱
書堂消盡塵緣羨文河學海張華遊徧嘯乾坤斗室時證詩禪
幾日清娛應不數甯皮夜集通宵語那復梅花紙帳眠此後盈
盈一水重新爾地遙憐

瀘江月　寄鄭夢菴次彈指詞韻

記前秋初啓蕭齋覜木村徑飛霜雲臺一代風騷主相攜手形
遊都宗遠訪銀燭低窺畫舫寒波載去秋芳河梁斜日留戀豈
尋常譜新詞倚大奚囊歸來燈影裡羨頻頒三雅豪興難量劍
說清辭駒詩白鵠更知焦尾屬中郎憑君問紛紛眼底誰擅清

狂　別來心寫心藏暮雲春樹每黯黯神傷聞君重到嫏嬛宅
驪歌促雲返春江莊鎖蕉陰齋翻柿葉歸鞭正指鄭公鄉吾來
君去愁聽按伊涼空倚徙昔日開廊嵐姑閒處愛南堂詩卷彷
彿天香麥蝶温韋屏摺冰鳥凝菴偏具錦爲裳知何日重逢把
臂餞渴應償

高陽臺　題王乳泉恨夢窗詞韻二首

沙暗城根烟分渡口衰莚古岸流濟廣福招提幽林石徑廻環
瓊波一線流孤月恰惠峯名似龍山有人將第四泉詩吟向欄
杆　乳花沁玉和香味是何年留了空鎖苔癖桑苧翁歸銀床
無限春寒霜鐵雨碧飛清苑只斷雲尚覷檻邊忍摩挲堯叟題
名石影還圓
敗甃埋雲頹墻泣露年年廢井糊濟禪界剪幽空憐榛繞莎環

鍾情偏是登高客破冷泉落葉空山護香溪重掃徑臺重整欄杆　蘭舟都爲天槳纖喜銀瓶素綆涴盡塵痕竹冊煙爐評香人坐蒼寒文園最有相如渴把一杯萬頃亭邊莫從今聖水常流慧日常圓

又　秋江悵别和友人韻

小砌扶苔斜欄石鎖他家門巷幽深十五王昌斷腸徙倚堦陰輕花低裊鰕鬚畔借南枝暫與樓傍最難禁月影紗窗人影羅衾　曉風吹醒巫雲夢正綢龍漏冷金鴨煙沉何事陽關歌戍人列江潯從來悄説銷魂别倩寒流流盡離心夜悲吟江樹模糊化蝶重尋

南浦　秋水次王田春水詞韻

凉露散遥川漸西風攪碎白蘋清曉沙淨雁初飛邊愁寄縱有

蘆花雜擣驚秋意緒彷溪猶聽蟬聲小行盡池塘青已暮不是春時芳草　誰人遊倦緇塵夢煙波苦憶蓴鱸不了楓色點吳江垂虹路曾記月寒帆到雲湖珊瑚蓮娃散去鷗汀悄恐把閒中消息問畫裏悟禪多少

又　前題次碧山春水詞韻

銀鷺宿前汀訝宵來怎把蓼花紅染纔得幾分秋行吟際暗覺芳蘺彫遍微波脫木洞庭應是沙痕淺風急天高猿嘯處愁望長江一片　堪憐烟暝瀟湘又匆匆催散春來紫燕橘柚遊香流離樽泣添人淚珠千點天涯白月寒濤難洗琵琶怨無限閒愁題落葉分付晚潮吹遠

綺羅香　殘蕉

紅藥疏窗青苔小砌誰種芭蕉成樹一片綠天宜與幽人閒住

梅雨重晴，覺心抽蘭風散餘看扇舞，那曾輸光賦雲箋與來欲寫枕中句　凉天殘葉非舊和敗荷枯柳影裡無主幾度銷凝愁把秋陰剪取會伴我花月欄杆怨擲他烟沙渠路任離披永夜霜中蕭蕭吹暗雨

惜餘春慢　賦衛瘠牡丹花謝詞以送之

粉檻留霞銀墻借月香拂一庭芳草宮妃捨就野鹿銜來還伴玉樓春曉憶得花初放時雨潤低枝含英猶小把紅螺叫蒲花前豪飲情懷多少　是誰勸百舌枝頭喚春歸去頓惹蜂悽蝶惱雲銷夢玉錦斷沉香滿砌落紅如掃昨夜雨聲暗催帶雨花開雨中花老想盈盈綠蘇扶醉猶有芳魂縈繞

珍珠令　和均度秋日課農詞次玉田詞韻

歸田平子真鴻杳塵襟少南山下豆花收了露葉染鷺黃採香

珠趁早　從賦拈毫如電掃漢廷上有人知道怕杏雨蒲烟難
留芳老
又秋夜同均度讀玉田詞次前韻
玉田風調仙雲杳情多少烟月句湖山占了詞伯是王孫恨王
孫去早　吟向秋窗燈燄掃箇中來兩人知道似敗葉寒蛩暗
啼秋老
齊天樂寄鄭癡菴滇南官舍二首
袁江鄭谷風流擅閒情鷓鴣曾賦燕市歌篇晉陵詩卷君自都
官佳句當年年暗記把酒評花焚香話古意氣爭投誰敎一別
便如雨　飄然身寄萬里想官衙正對昆明池路金馬山高碧
雞祠迥遊屐知經幾度焦桐試鼓料回首江南也增離緒滇樹
吳雲夢魂千萬縷

遙遙六詔梁州境參差點蒼山　口詭譎猶發雜奇氣士傳到新
舊稀有名山不朽比海外瀛文那慚蘇晏蛾術齋頭宵寒捧誦
未離手　三年羈絆贖足問鬢烟鬟雨誰共相守種就紫陰迴
來桃葉縹緲殿兒堪負佳音信否願努力加餐嘗遷匪人何日
逢君夜闌重把酒

又　暨陽懷舊

潛江載筆垂雙鬢韶華暗驚波去古驛停橈荒亭問酒聽盡客
邊疏雨遊蹤幾許記黃歇春山杜康秋渚雲沙烟迷十年飛夢
暨陽樹　重來殘雪未歸對淒清旅館舊愁都聚漸散青衫半
欹烏帽何日風培高羽孤吟伴桂怕此度帆歸江梅音阻誰凭
闌干玉龍吹怨語

又　重詠蛾術齋牡丹

分明瓊島飛來種枝枝別饒深艷闌雨停葩温風攲彩午夢繡
幃初捲留春笑靨襯翠袖輕盈縹裳惹傷國色眞稀　庭淸露
異香染　十年舊情回首倘吟箋研粉界際粘偏蝶檻晴酣鶯
簾晝悄前度名花重見靑樽慢掩拚醉伴芳菲玉蟾宵轉肯放
春還錦霞吹片遠

探春　送冠伯之維揚次春雨樓詞韻

黃閣名家靑山芳墅君似瓊枝瀟灑岸撲楊花帆停燕子信宿
曲阿城下攜一編春雨播藝苑烏絲爭寫玉田舊日聲華宗風
一例閒雅　催度烟橋淮左向廿四橋頭花壓飛惹邗水聽歌
平山載酒俊侶應陪淸暇紅藥留題處可回憶蘭陵花樹翠幕
銀燈留春亭際如晝

印昌世

蝶戀花 姝麗

一顆櫻桃樊素口不愛黄金只愛人長久學畫鴉兒猶未就眉尖已作傷春皺 撲蝶西園隨伴走花落花開漸解相思瘦破鏡重來人在否章臺折盡青青柳

沁園春 輓呂悔菴大兄

追溯當年謝郎方少愛佩羅囊正竹馬初過橋名皂筴春衣晚入巷號青楊才子多貧英雄失路放浪人間風月場呼余笑謂今時不樂日月其亡 百年歡會何常漸酒徒零落散高陽嘆四明先逝謂賀雲從文壇寂寞悔菴繼須詩社荒凉月滿梨園花明韋杜物是人非倍可傷重相訪到黄公壚畔見此茫茫

喜鶯遷 賀厲耘斫叔子立履入泮

象賢難必嘆吏部門風金根枉抹暹日鯉庭新陰鶴和獨樹已

稱秀絕爲冶爲弓傳授難弟難兄重疊分明似似老蚌珠胎并鬢頰捋　爭說桐花路河東三鳳未盡聲清激伯仲聯鑣叔兮獨擭有季將新衣鉢誰擬眉山佳與我亦神情飛越思情意但衮師嬌小敢云無匹

魏晉錫

暗香　詞中秋京邸小飲

亂雲暝色喚天龍起鐵吹開玉笛淨碾碧輪萬里刀鐶幾心折何處瓊樓翦字辜負綵瑶華仙筆浸一片荇藻河山飛冷上吟席　鄉國信正寂記病起賦濤鬢雪輕積蛛床漫泣欲缺初圓恐牽憶回首西樓倚笙天外叫孤鴻横碧又甚夜攜桂影小山醉得

摸魚兒　贈於心廬南歸

最無情滯人風雨離帆偏解催去春明門外千行柳一一去程堪數君小住算幾番去聲屠沽燕趙悲歌路黃金謾諾但人老蒙空練明蔦帔飛雪點衣絮　西窗話莫把嬋娟自誤芳蓀長恐招妬秋霜早入潘郎賦此意白鷗難訴憑起舞還待我巾冷共拂冠纓土鷓鴣正苦怕如此溪山黃花碧蓋目送斷鴻處

孤鸞　輓胡貞女

楚江萋滌正淚灑秋雯斑斑叢竹噩夢東華怕說驛亭飛鵬風饕又乘雪虐理水絃暮雲黃鵠拚化武昌片石伴箇人幽獨記素車白馬渡湘靈有艇子中流湘娥宵哭兒女癡騃溝水閒翻覆妾心自憐古井鎮狂瀾一泓清玉重向紅燈繡佛認蕭郎遺幅

寓法曲獻仙音　邑侯俞于京生日

甲子天開五雲多瑞又見次辰春媛寶馬香塵五衢燈火千門頌聲初展看五鳳啣書下明朝五花爨五音足獻　記當年山陰溪畔通德里遙望五星貫（余越遊獨未至新嵊）尺五比城南願五枝丹桂前縱五老中庭更從頭策探大衍說使君五馬練水雙禾長現

百字令　題張健園詩詞稿後

鏡湖波冷倩誰人喚起四明狂客老卻金貂無長物辜負春風詞筆葦帽欺寒鞭絲續夢都入淒涼拍先生休矣相逢何必相識　聞道楚尾吳頭驪珠顆顆怕有蛟龍逼暫盼年光還潑水我輩區區兄借破褚重拈殘煤細認挑盡寒燈梧桐疎雨夜來穿溜微滴

大江東　同韓生淦陳生蒡沈生濤泰陳生陳步眺山絕頂玩月用東坡詞韻

亂鴻天外又驚心故里登臺雲物乍踈金丸看不定飛上藤蘿絶壁遠水痕生稀林影落沁我冰壺雪天機清妙幾人君黨英傑　催起睡鶴無眠颱輪何許待長空發似有人間鬪笑語吹墜異雲還滅叠鼓頻傳孤蓬任轉送盡華年髮相思莫忘此堂今夜明月

探春　送於心盧南歸兼賀令郎玉山入泮

平水粘沙斷雲釀雪賓鴻飛渡寒野錦字催歸荷衣傳喜小試郎君倚馬看賦成鷃鵡正年少風流儘篤後生來者焉知十年會訴情話　休學濤曹薄宦款老我華顛明鏡羞把落絮粘泥芳蘭當戶情事盡歸紫陌收拾燕臺恨莫載與輕帆南下到日梅開紅燈人課春夜

羅陂塘　甲辰清明後五日遊二宏院追憶納川逸字賓石諸友作此以當弔輓

蕪城坳一痕新綠野棠開遍無主遊絲吹送垂楊浦遥指梵聲飛渡憑記取認石上清泉長印禪心古閒愁萬縷莫重到元都劉郎老矣白髮鏡邊數　三生夢當日鸞牋秀句碧紗誰罩壁土雲中鴻爪東西聚輸與故園鷗鷺君小住看排闥青山幾疊松楸路零鐘斷鼓怕遠水平蕪斜陽短笛又入酒爐賦

臺城路　題秋江芙蓉圖用玉田韻

碧雲揚子懷人渡風帆亂收千褶沿岸吹香涼波濯錦長記年時輕折飄烟抱月問袖底消凝鏡邊圓缺淡抹秋痕遠情沙鷺似能說　江郎又吟賦別嗟誰頻寄慰老豔凄切雨佩搴愁溪裳集恨多少花飛春歇驚颸暮咽弄一舸嫣紅嫩寒天末宛在伊人泝洄潮信濶

顏　忱

如夢令 題漁家教子圖

其泛一江秋水遙望前山如黛莫道是浮家竟頤兒董只此記否記否昨夜鯉魚風起

柳梢青 湖心亭

碧流千古風颭入嬌荷欲語列岫攢青荒村晻樹渡頭白鷺捕魚小艇三五依約菰蒲歸去日落烟青月明沙白笛聲遠浦

傳言玉女 本意

一握春光恰耐幾番風雨正須彈指又早落花飛絮紅稠綠穉況值東君無主鶯娘方字燕兒初乳　珍重兒家莫輕就今托付有如明月照河邊織女怎道忘情此行謾說多愁應封侯悔教夫壻

荆　舫 字方舟邑文生

一萼紅　題桃竹蛺蝶畫扇

甚丹青繪羅浮仙子栩栩愛游春何處園林誰家庭院慣惹幽夢無憑見數朶夭桃灼灼更修竹嬝嬝復亭亭覓艷尋香穿花弄粉應遇傾城　未許詩題崔護有此中人面相映分明空谷幽居天寒日暮翠袖不倚娉婷即此悟色空空色好喚春夢霎時醒我亦莊周化蝶猶記前生

劉奎年　著桐花館詞稿金鹽詞稿年再姪東澧塡諱

十六字令　閨情二首

愁這番相憶莫登樓西風峭落葉遍天秋

驚無端相見倍關情尋墜珥故繞曲欄行

清平樂　春遊

問春何處弱柳青無數玉勒金蹄拴不住敲遍城南溪路　旗

亭大有雙鴉鵾絃撥盡琵琶聽到竹枝新句愁來欲倩山遮

浣溪沙　雪夜宿毘陵驛

黑夜驅車向水程雪花如蓆照空明渡頭不見有舟橫　沽酒喚醒隣客夢理歌重感舊時情一燈山店數寒更

又　春暮送別

樓上雙看玉筯垂花間挽袂唱將離別春又作隔年期　燕子到遲寒雨作海棠開盡暖風吹溫和能得幾多時

水龍吟　渡揚子江

曉風吹上春潮浪花濺岸成珠雨石頭西望海門東瞰蒼茫烟樹飽挂輕帆柁樓吹笛魚龍起舞頓客心磊落揶揄不盡杯酒酬思千古　天塹由來雄濶閱興亡更端難數猘兒少俊寄奴老滑俱歸黃土只有而今江流滾滾依然噴怒十年來重見鷺

浴鷗飛蘆洲荻渚

揚州慢　廣陵寒食

客館徵歌醉眠乍醒曉來天放新晴聽吹簫隱隱深巷賣餳聲好半是水楊拖翠山桃綻碧柳作去聲清明有簷前雙燕立花絮語輕盈　家家禁火鬬秋千畫架高撐看來日春遊香車寶馬士女傾城到廿四橋邊十二樓畔請盡閒情笑三生杜牧浪得薄倖虛名

念奴嬌　多景樓坐酒

江樓暮飲怪霜濤兩岸奔馳鐵騎無數雲帆留不住空剩斜陽而已吳蜀英雄齊梁烟月往事難呼起欄杆拍遍今宵濁酒須醉　自笑拂拭龍泉高談興廢是書生習氣傀儡胸中何用語都付征鴻聲裏一片沙鷗兩行堤柳畫出悲秋意多情玉笛休

向襄城重倚

瑞鶴仙 曾蕭墓下作

到江山險處看潮洗殘碑漢朝遺墓姓字尚書曾憶孫郎帳下謀臣如虎紛紛竊據誰肯念王孫失路將虬髯慨借荆州偏使英雄用武　還慕深交公瑾醉飲醇醪指囷相助能恢氣宇共僚友初無忤怎伯陽偶爾埋香瘞玉偏自逢君之怒歷千年昔日精靈不隨黄土

又 客中聽度曲

京蟾斜耿照看花樹簾垂石欄人峭企玻璃深窔映晴光四座珠燈燃燒筵歌繚繞躍瑜暖衣香振掉一聲聲唱徹瓊枝偷得霓裳新調　真妙凝眸低盼膩語佯羞描伊心竅金杯飲醮誇拇戰增喧笑悔寒檠夜守咿唔黄卷辜負當初年少願從今艷

質奇姿都歸詩料

醉太平 夜宿湖村聞笛

風馳雨鳴潮來浪驚孤村燈暗三更聽龍吟數聲 杯殘劍橫愁添恨生那堪宿酒初醒寫離詞寄情

眉峯碧 春思

一水分雙岸弱柳輕遮斷鎮日蘭房不耐寒怎郎處春偏煖 抱影登樓看柱頰依欄嘆花外車輪井轆轤分明直向心頭轉

水晶簾 漁父

鷺鷥飛破夕陽烟水風偏笛聲圓全家來往蘋葉藕花邊網得鱸魚何處賣時換酒枕船眠

蘇幙遮 有感

暗風吹初雁渡檢點青衫消息愁如故午夜停杯簾外步桂子

香飄盻徹雲邊路　霽河明寒斗布玉殿珠宮咫尺今何處壺
說嫦娥因酒誤轉恐醒時索我霓裳譜

浪淘沙　閒情

此去便蓬瀛一水盈盈十年愁夢苦相縈最是滿天飛落葉難
寄深情　悶極揀雲英細煮茶鐺西風哀雁那堪聽縱說鐵腸
應也恨淚滴銀箏

鷓鴣天　送友人之姑蘇

落葉飛飛逐水流離人獨上木蘭舟驪歌欲唱微風起别酒初
傾夕照浮　垂柳岸易牽愁此去山塘已過秋應將樂府裁新
曲刺史當年正姓劉

又　晚晴

雨過前溪漲晚潮攜筇偶訪百花橋兩行宿鷺明沙嘴一縷斜

陽上柳梢　微浪皺薄烟銷依稀螺殼酒船遥輸他待月誰家女閒倚紗窗弄玉簫

又　送江棣軒同年南歸

待得西風動畫輪羨君不蹈九衢塵泥金帖寄門闌喜五色衣添帝里春　時判袂自檢身也有高堂白髮新同來未許同歸去落拓長安且傍人

南鄉子　贈賣劍者時一匣雙劍

有客叩荆扉虎項虬髯短後衣醉把豐城暫相屬雙揮兩袂生寒燈燄微　血色逼霜威並得雌雄世所稀說道是龍人不信霏霏風雨俄驚破匣飛

摸魚兒　十里湖村夜飲

踏疎林飛來黄葉無端添得清思凉颸雁字重山外吹徹暮雲

千里心待洗愛舍北溪南月色寒於水長宵能幾便掃石題詩
典裘換酒秉燭古人事　開筵處算有霜螯最美糟卵高粱堪
倚男兒未到長安日且飲江湖風味還灑淚痛與世浮沉失却
英雄志虛名誤耳看隴上田翁衣冠古朴落落少拘繫

又　衕圃菊飲

暮寒侵薄裘初試此情何處堪傾積天秋思都無據惟有山家
清景來三徑看晉代殘花千載今還盛樓臺相映更落照斜曛
晚烟低颭香色倍深靚　疎簾捲我輩莫辭酩酊西風颯颯殊
迥依言灌瘦形如鶴瘦骨比花應勁華燭永俯十二欄杆酒令
思量整無端猛省奈四壁蛩聲聲聲催逼似欲喚予醒

又　詠虞美人和郭季特原韻

暖風吹輕寒乍歛東園開滿春色蜂窺蝶伺匆忙甚雛燕飛來

無力鶯艷絶看粉白施朱窈窕自傾國芳名難覓正歌遍虞兮傷殘楚些幽恨向伊說　應揮淚夜帳柔情未極軍聲四面何逼君王不返江南棹妄自空歸香魄無人識這細草濃花是昔年凝碧欷歔過客有寶劍縱橫名駒蹀躞庶足慰岑叔

踏莎行　金陵訪舊

梛陌鴉棲花宮燕住而今雨暗長千路重來今攜緩相尋朱門半掩人何處　寂寂池塘沉沉院宇小橋西去仍如故新潮昨夜漲青溪金錢自買前灣渡

又　曉行涞水道中望西山積雪

萬疊峰巒千重崖凹蒼茫一片看明滅玉龍塩虎各崢嶸朝曦倒射寒空澈　衣敝塵緇馬疲汗血依然不改平生潔前村煮茗嚼梅花沁香肺腑添清冽

瀟湘逢故人慢 漁艇

楚江雲淨正黃蘆滿溆紅蓼汀洲遠照夕陽浮西風峭波浪頓起人愁好尋曲港繫儂家一葉扁舟還覓得舊時儔侶依然同伴鳧鷗　塵勞事都拋却更何緣偶羅縈攪心頭爛醉勝封侯況甕內新醅有婦堪謀巨鱗可得笑無餌權下空鉤嗟此竟無人領會扣舷獨自長謳

齊天樂 同郭學均家素心攜酒過準提禪院飲落葉中

吾儂不是傷秋者霜林謾誇如畫池映丹楓堤摧碧柳只當粉飛花謝吟詩初罷正共命瑤樽來過僧舍無限豪情拾將落葉去分寫　疎狂謾詡聲價數大江南北誰擅風雅但食豬肝兼啖餅餌詎讓晉唐而下一般堪詫更技癢難禁玉弓珠靶自掣鷹揚向平原控馬 時素心習武

轆轤金井　惠山泉

支節屏岫怎雲根一罅瓔漿飛溜穿松洗竹聽終朝鳴漱天成珉甃郤着倚石亭低覆最好吳娃攜將素綆汲來當晝　紛紜遊屐輻輳看畫艣載送吟瓢酌飲品入茶經應次中泠後鳳團蘇糅且試煮魚鱗初皺客至寒宵清芬堪薦不須醇酎

滿江紅　題杏花春雨圖爲中翰鮑雅堂作

家住江南最愛煞蓬萊春色且認數年橋庄畔大平園側依約一枝闌不住濕烟輕罩嬌難敵笑風流獨自着花紗標清格鴝覻炙霞箋擘調綠綺呼浮白恰溟濛細雨胭脂均拭深巷閉門播短髩小樓倚檻看吟客算何年　上苑縱遊時同君摘

又　送孝廉魏澤錡北上

開氏湖邊正初值梅花風信看無數輕盈成纔歸雁排陣揮手

吳宮春未老舉頭但覺長安近且停舟挽袂唱斑騅傾佳醞聆短笛何須怨吟別句宜加慎怕山重水複嵐深烟閟玉宇高寒萬里遙金臺岌業千年峻倘酒人今日共狂歌勞問訊

又 過淮陰釣臺

漢代河聲還流徧荒臺未改笑指點閒鷗成慨禿楊如瘣市上少年都不見沙邊漂母今何在想當年國士嘆沉淪八千載橫短劍歌慷慨斟濁酒澆魂礧正風波反覆幻同烟海雲夢心猜能早悟未央法重寧須悔算輸他漁父弄扁舟聲欸乃

御街行 紅蜻蜓

朝霞薄甚硃砂紙暖做遙天綺空堦草碧上窗紗偎有蜻蜓依倚比香瓊墜鬭簪絨髻獨向朱門止 美人撲得心歡喜緊繫羅幃裏時時開看待郎歸索賦新詞相擬莫教飛去釣絲風緊

亂點桃花水

洛陽春 閨情

閒數嫩紅將謝懶薰香爇養娘攜綵過花陰且搭起秋千架隱約石欄杆畔百般粧假拾將梅子打流鶯都生被鸚哥駡

永樂遇 柳絮

漠漠樓臺沉沉院落天氣初霽一片晴雲幾堆香雪亂逐桃花墜高低無定黃鸝飛過趁欲啣將斜睨應猜道迴廊風暖春後[illegible][illegible]梳[illegible] 湘簾乍揭畫欄纔倚蹴起千堆愁思舊夢迷離別魂飄蕩輕薄央伊替踏歌聲綴黃昏星淡和月篩來難麻怕點上潘郎影影那人心悸

江南春 旅況

雲歷亂雨淋珊畢書愁借盡濁酒澆殘芭蕉葉大酴醿謝翠

掩重門燕子寒

眼兒媚 春景

小樓東去草萋萋水漫上平堤兩行翠柳一枝紅杏幾箇黃鸝送人前浦歸來晚閒泊畫船低錫蕭聲遠酒帘影颭花墅烟迷

又 有感

芭蕉影裏掩重門淡月照黃昏紅帷夢短青衫人老一樣銷魂玉屏敲徹金釵斷心緒向誰論蛾眉蹙損柳腰瘦減然對雙樽

宴新都 冬夜觀劇

四壁珠簾揭光廻處火樹羊燈煁煁畫屏烟褭鵲爐香細不知寒冽一聲簫管低吹遍煖透氍毹霜月同要換琥珀松醪且暫

把金貂脫　醉來自炯雙眸深杯小雅何辭百罰描摹逸態跌宕柔情勾留豪骨酒人今古無幾莫向華堂輕惜別聽笙歌繚繞莫催歸寒更未歇

雙調望江南　登雨花臺

初雨霽景物望中清一片花飛桃葉渡千層浪打石頭城春老小鶯聲　興廢事不盡古今情麥隴賣餳簫市遠柳陰沽酒釣船橫山外夕陽明

採桑子　溧豀道中

秋晴遙望添圖畫山勢逶迤水色漣漪十里官河打槳遲　支頤愛詠澄江句採得蓴絲驚起鷺鷥柳外涼風颭酒旗

霜天曉角　龍潭道中

重重山路自策蹇驢去野外梅花無數香侵袂輕寒護　借問

何處駐溪林烟罥處有箇茅菴斜嵌聲隱隱疎鐘度

又 招隱寺訪昭明太子讀書臺

松杉高架空半寒濤瀉徑曲過僧舍無人處飛禽下　散步細草藉臺荒難覓樹一掬鹿跑泉水清澈底流山罅

憶江南 寄魏澤滿

江上別把酒向天涯隔院笙歌飛燕子滿川風雨怨桃花春思屬誰家

又 閨詞

寒夜永香爇獸爐温剔盡銀燈裁錦字撫將玉軫送金樽窗外月移痕

又 觀音山玉乳泉

苔繡處名姓至今留玉乳泉三字宋陳堯佐八分書明月照開金甃井香風送

叟白羲甌瀟灑一天秋

賀新郎 初夏

鎮日長無事揭重簾昨宵雨過綠陰如洗燕子歸來梁上語報道酴醾開矣恨柳絲載愁不起飛向池塘渾欲化正離離萍藻新浮水時一望小舟艤　桃笙小簟臨窗倚歎年來咄咄書空閒愁難記誰把玉簫樓上撫吹人愁人心裏甚時日同敲棋子漫摘青梅沽白墮助金樽獨自圖酣醉且高臥北窗耳

南浦 帆影同鮑步江張石帆分詠

風急到江關任雙橈初把綠蒲輕試片葉趁新晴橫斜處貼着波紋同駛低遮岸草高隨堤柳爭空翠任過沙汀渾不礙且莫教鷗鳧避　和雲飛渡前溪訪紅樓忽哨紗窗人啓指點未歸時斜陽外一片客愁難繫殷勤細認又早是月明千里應跟向

五湖釣叟來往東西摇曳

減字木蘭花 黄金臺

荒臺草細說青燕昭應灑涕不羨黄金只羨當年重士心 而今重到兩次春風同玥璪自愧無才敢望承恩始郭隗

蝶戀花 甲寅元日立春和王雲芝韻時在湖北藩署

香髩黄柑爭釀酒轉踏燈輪歌徹重宵候陡憶 皇都春色濃有誰玉勒天街走 百尺珠樓張綺繡妙舞雲翹火樹光分舊小立東風扶彩袖滿庭月滿憐伊瘦

綺羅香 鼻烟壺

琢玉爲胎鑲珠作益巧匠須呈隹製體格圓奇鈿盒膽瓶爭麗慣摩挲身小脾覓勤捺撥口深頸細婦人憐纖箇香囊將伊捉向腰間繫 何緣醉醒都宜有分來呂宋淡巴菰詭百末名香兼

私應嘗許多調劑排孤悶暇郎欣聞逗相思偏逢親遞彈指下
笑看檀郎怎迎風頻噎

漢宮春 桃花

緩控青驄閒蹤踏春郊山村野店橋東路轉忽遇緗桃如茜劉
郎初度愛紅霞光凝一片細端詳宛然含笑真肖去年人面
洞口依稀茅院咫尺垂楊外亂鶯忙燕飛英滿地無避秦人相
見憐他嬌女漫簪來鬢邊添艷問亭亭倩魂誰倚猶有斜陽眷
戀

荆大鼎

如夢令

枕底秋聲凄切好夢驚回長別一夜睡惺忪寒影疎窗如雪秋
月秋月不聽愁人分說

如夢令 春閨

雨細青苔濕透風緊綠波微縐試與捲簾看恰是早春時候消瘦消瘦昨夜笙歌散後

又 賦別

綺語和郎細講紅袖半肩輕擁忘却漏聲殘早是信雞催送珍重珍重此去畫橋霜凍

感恩多 鴻信

昨夜傳鴻信雨後花扶病兼得病有因爲郎顰 忒覺情多真假轉難分離難分便是空言忍猜他未真

醉公子 重來

乍握纖纖手儂意他知否莫便使他知教他歸去思 重來花下見紅暈潮生面纖手恰輕籠微微露玉葱

憶王孫 春閨

春風庭院暗香恬半樹梨花壓畫簷眉黛無端簇一尖晚愁添細雨瀟瀟不捲簾

長相思 閨思

長相思短相思日日相思處處思夜深還又思 沒歸期憶歸期杳杳歸期默默期奈何常失期

清平樂

孤身飄泊心緒成零落一片癡情無處着那更春宵寂寞 陰陰院宇無人懨懨欲睡還醒消息梅花試訪侵尋已過初春

菩薩蠻 生拚

怪郎昨夜欺奴甚生拚獨就紅氊枕脈脈轉銀河郎將奈妾何心腸畢竟軟漸褪羅襦半不覺響流蘇雙鬟曙去無

卜算子 春感

漫說我愁眞漫說我愁假眞眞假假爲憐春幾箇憐春者 何必蕩輕舟何必嘶驄馬檢點春光數落花愁聽春歸也

減字木蘭花 雨中花

閒花不語烟鎖丹霞着春雨紅淚盈腮爲惱東風纔半開 嬌姿無力窈窕新粧香帶濕似笑如顰笑倚闌干欲撩人

眼兒媚 泛湖

毿毿楊柳畫橋前花壓翠雲妍兩行踈雨一行斜照數點輕烟 漁歌日暮青山碧小艇鬪嬋娟三分春色二分明月十里青川

采桑子

一簾花影嬌無語不爲春慵却似春慵恨藉臙脂冷處濃 芬

共小院輕烟裊可愛東風怎奈東風揉碎香魂滿地紅

漁家傲　送春

景色闌珊愁未了落紅滿院何人掃兀坐幽窗雲樹杳情悄悄那堪風雨催花老　忽見枝頭梅子小等閒辜負春多少燕語鶯啼無限惱春去早匆匆改定憐春稿

雙調望江南　春景

晴光好何處賞風流翠鎖桃源香滿地烟籠麥浪綠盈疇惆悵百花洲　人寂寞春去可能留一剪輕風裁暮靄幾絲細雨織春愁無奈落紅稠

阮郎歸　春閨

東風一夜落棠梨香魂壓翠泥小窗斜倚草萋萋停鍼渾似迷　紅雨亂綠雲低差含楊柳堤鶯殘午夢惱黃鸝春歸只管啼

踏莎行 夏閨

兎管拈毫鸞箋覓句離愁不綰春光住薰風纔逗倚南樓雕梁乳燕雛還聚　槐影籠烟荷香着雨冰壺玉斝添愁處流黃點點漾新凉共魂今夜遼西去

南鄉子 秋閨

金井落梧桐水院凄凉伴晚風檢點征衣淚滿繡牀朧影隻形單明月中　準擬寄秋鴻腸斷衡陽幾萬重底事南陽今夜過匆匆依舊天涯信未通

一絡索 冬閨

繡幕凝寒眠未遣愁無地柔腸寸寸裊爐烟非關酒長如醉　徹夜朔風頻吹又添憔悴晚窗疎影綻梅花折一枝憑誰寄

鷓鴣天 送春

九十春光逐水流紅稀綠暗雨初收盈堤柳線空牽恨滿地榆錢不買愁嗟寂寞嘆沉浮恐教麗景等閒休桃花落盡春歸去肯爲羈人一日留

青玉案

曉霜霜落黃花歇哀雁聲聲凄絶回首須臾雙鬢雪連宵風雨重陽過矣又是小春時節 紅塵潦倒空存舌冉冉年華如夢蝶一片熱腸一腔血那堪對此蕭條黃卷夜添悲咽

浣紗溪暮春

滿眼芬芳不忍看氤氳天氣鎖春寒未經風雨也闌珊 春色那堪愁裏去落花況是客中殘翠勻紅引倚闌干

又野花

宛轉芳姿舞繡茵偏宜淺笑與深顰依依無語欲銷魂 信試

東風誰是主纔經曉露不勝春野花何似可憐人

滿江紅 渡江

雁影排空卻正是片帆千里一望去迷離山色蒼茫雲氣小艇橫飛欲破浪偏舟斜挂驚無地況波濤百尺撼魚龍秋風起說不盡英雄意拭不盡興亡淚看大江南北古今何異瓜步孤懸天外樹金焦兀峙中流砥任悲歌慷慨氣如虹情無既

金縷曲 感懷

日月銷沉矣猛思量事業功名壯懷不已螢火雪窗今廿載領盡凄涼滋味重回首暗彈酸淚縱是文章無足擬豈詩書果誤人如此天欲問人知否 情深處許多傀儡更那堪冷月齋中寒碪夢裏身世悠悠真可惜敢道浮名似水歌與哭任情何意秋雨疎花愁易老大丈夫一點雄心耳須記取垂青史

賀鼎來

河滿子 春閨

獨夜寒燈愁坐淒涼雨滴空庭一陣驚風吹嫩蕊落紅滿怨飄零正悵誰家玉笛那堪蜀魄聲聲 璃砌雕欄倚遍香鈿寶珥縱橫嘆息天公心似鐵安排不管離情却妬雙雙春鳥故來簾外啼嚶

錢雲漢

一剪梅 春恨

雨打梨花深閉門春至無根愁至無根一腔心事對誰論花下銷魂月下銷魂 無語相思怕酒尊千點啼痕萬點啼痕看看惟有雁書存朝也昏昏暮也昏昏

滿江紅 夜雨

紙帳堪眠更將盡瀟瀟雨意寂寂空堦滴不入愁人耳底點點不離楊柳内聲聲如在芭蕉裏也不管孤客睡和衣思鄉里風一陣敲窗細復滂沛萬珠碎都因何付與離人滋味使我不成蝴蝶夢猶扶角枕難安睡起挑燈漫寫情詞曲誰來寄

荆　蘧

秋波媚　咏花次友人韻十五首錄四　玩花

艷質春慵困午風欲折轉生憐金鈴低挂恐驚啼鳥悄近香簾注眸凝盼顏先腆點地暗留連眉尖情緒料伊解語盡在無言

好事近　約花

幾度到花陰欲把衷情傳說又恐簷端鸚鵡向人前饒舌　暗將鴛帶寄幽思挽箇同心結莫做檀郎草草使芳心輕洩

更漏子 夢花

碧紗窻黄昏月一線神魂如蝶芽繡幙啟花房重逢別後香

漫纒綿頻繾綣果是香温玉軟餘半枕擁孤衾醒時愁更深

近春樂 催花

花間事忍待鶯聲告倩雪意催梅早桃源有日佳音到便直入

遊仙道 更將羯鼓深深禱但只願東皇做巧莫把韶光抛作

等教人煩惱

荷葉杯 採蓮

徑道樹間鵲噪郎到撑艇入銀塘並頭折取問檀郎香麽香香

麽香

醉春風 小飲有嘲

杯滴瓊漿清枝挂鶯聲碎三三兩兩坐苔茵對對對對此春光

解閒離緒不須偷淚　休憶香鬟綠莫想花鈿翠花香和酒沁心脾醉醉醉醉入羅浮春寒日暮美人嬌媚

惜餘春慢　落花

嬌可牽，偏媚能解語那慣愁烟泣雨可憐玉質不挂金鈴受盡蝶嗔蜂怨况復反舌喃喃布穀囂無人攔阻向花叢軼宕摧殘絕艷視香如土　想當日寶檻輕移畫欄深遶愛惜更將紗護幽傳檀板調譜金縷多少風流佳趣只今粉褪紅消淚滴花梢珠傾千縷任春風偶吐濃華早被子規催去

春從天上來　春日

燕語春晴見春陌春衫春踏春衢綠雲春滑翠黛春橫春堠步步春生恁春魔春攪對春景難訢春情厭春鶯不管人春惱只是春鳴　愁雲惜春春歎悵春雨春風零落春英春暖春寒春

慵春悶釀人春病春醒覩春池春水恨春紅細點春萍看春歸問春魂春夢誰餞春行

過秦樓 海棠

歎帶紛披柔枝掩映誰把胭脂相染恐他春睡捲起珠簾再護幾重曲檻檢點莫使幽姿夜靜更闌紅粧消減嘆嬌羞嫩怯梅花未聘已先顏腆 誰則是艷質勻風媚情調雨稱意態神仙遠新吾寄恨舊夢生憐那不雙眉鎖歛一片芳魂竟看作斷腸花怨堆愁臉正春陰漠漠早又半天雲捲

念奴嬌 牡丹

清晨乍起對茶鐺禪榻蕭疎寂寞忽見窗前紅玉蕊開放作胭脂第一奇香無雙絕艷不入金張幙來訪吾廬多因笑我清約 暇想品敘歐公名標謝客富貴誇京洛深鎖重欄圍百寶

誰許風姨輕褋可嘆如仙更憐如夢一但空零落無蹤已去何時再入香閨

郭　深

摸魚兒　虞美人草

綠陰涼薔薇開盡園林花信縹緲欣看西國芳姿吐艷楚宮糚好偏窈窕愛脈脈臨風欲語如愁貌含情多少正紅袖輕翻翠鬟低嚲舞節亦何巧　閒憑弔霸業銷沉如燼香魂何處重到歌殘玉帳千年恨空自托根芳草最堪惱想一劍匆匆耶把君恩報江東父老問氣短英雄情長兒女終古向誰道

金縷曲　芍藥

誰挽殘春住見翻堦幾枝婪尾盈盈凝佇夢影朦朧烟霧重起傍闌干閒步怎獨對蠻人不語浩態狂香空想像會眞詩莫復

憑軒賦悲往事這無數　揚州自昔豪華路憶當年高會風流爭傳佳譜二十四橋明月夜悵望竹西歌舞漸半脫宮衣相顧我最多情君莫笑恨塵緣十載長辜負聊把盞遣愁緒

垂楊　本意惜別

青青煙雨正渭城把酒玉鞍催去灞水橋頭翠條難繫離情住依依長短津亭路淡烟鎖愁腸萬縷聽鶯兒應解傷心也數聲淒楚　此去關山甚處想殘月曉風野堤荒浦人遠天涯幾回惆悵盡和侶多情只有紛紛絮逐征客風塵縈聚誰教三疊歌殘燈別苦

又　本意懷舊

紗窻夢覺記數聲晛睍好音嬌小寶馬空嘶斷橋搖曳東風悄攀條前度津亭道翠雲鎖玉樓深窈倚斜陽烟縷絲絲潤甚時

還到　堪恨清明過了又剪剪青青淡眉如笑人遠天涯幾回空悵蘇提曉多情只有飛花早引春夢隨風縹緲處來一片閒愁誰爲掃

邁陂塘　雁

近重陽汀洲初冷霜華凋遍衰草夢杳長憶天南路又逐西風吹到橫夕照正波遠瀟湘千里黃蘆遠天涯縹緲拚夢冷荒烟聲寒淒雨話盡素秋杪　孤村廢落葉疎林杳杳誰家清練催擣高樓此夜憑闌處贏得愁懷多少頻悵眺想玉塞金河應有平安報倍添悽悄又月澹星稀哀聲嘹嚦驚破野塘曉

又　雪夜憶周五却寄

記分襟秋霜初落相思今已冬序寒風黯澹雲垂幕零亂六花爭舞催薄暮正練水城東目斷天涯樹間情誰訴聽遠雁哀鳴

飢烏野噪共作斷腸語　沉吟久公瑾風流何處迢迢百里伊阻山陰此夜明如晝乘興扁舟未許憑尺素算重訪金沙烟樹河橋路離愁無數又急響敲窗碎聲入幌淅瀝似疎雨

荆雲鳳

水調歌頭　演劇觀方正學草詔

一死等閒耳此事本無奇奇在忠臣自矢立志不能移脫却皮毛身世且有激昂心性不僅號男兒歌泣動今日趨奉愧當時建文走齊黃戮總堪悲不負高皇托付千載一書癡剩有鬚眉似鐵贏得麻衣如雪刀鋸總由之何日薦蘋藻稽首拜公祠

曲阿詞綜卷之三終

曲阿詞綜卷之四

丹陽後學劉會恩時菴輯

國朝

顏　燊

念奴嬌　牡丹

暮春天氣正百花開放將完時節似說那牡丹放了聽得五更百舌猛起推窗徘徊花下見新苞初裂天姿國色果然風韻獨絕　拋却幾許工夫歌詩作賦總爲他心折曾什麽桃雲散綺又是梨雲飛雪如此良辰豈當辜負不殷勤點綴花王無語也應不笑吾拙

風光好　鳳仙花

鳳仙開鳳飛來與彩霞爭傍玉臺不凡材　朝陽五色卿雲護

溥珠露會見翺翔瑞九莖莫相猜

浪淘沙　觀連環記劇

漢末祇柱狂瀾王允誠難奸雄董卓僞交歡計奪奉先憑女子同室相殘　却昧禍多端虎去狼蟠卯金炎運那能安獨惜當時差一着未殺曹瞞

張　槎　著有考木軒倚聲初稿

菩薩蠻　偶詠

水蜍緩趁珠絲隙緗桃扶影當窗立良夜隔迢迢隔樓何處簫啼鵑聲訴急一枕江南憶遊子奈愁多玉人憐奈何

解語花　寒食重訪不遇爲雨香賦

分幃盻愛斷袂償憐別院韶光遲曉風番手移人處畢竟小憑韶秀重尋邂逅空自有曲欄依舊思那回碧唾青衫目極頻護

首　儘日簪花醉柳教別人消遣伊家清晝濃烟噴獸無他妨
幾見情絲蘸透單衣時候知誤却半邊春色芳與問渠人相思
脉脉愁如酒未一作也應念龍郎消瘦芳與闌燕燕歸來猜說相思久

點絳唇　偶詠

一晌春愁惜春端的春知否綠窗初句應有黃鸝語　不辨萋
萋擬踏橫枝路年華暮斷腸分付紅淚桃花雨

念奴嬌　寄呑潤東用白石韻

暮雲一抹望鄉關千里難呼鷗侶野色做寒秋意直催度征鴻
無數蛩鬼燈昏菊描人瘦又近重陽雨殘積依舊伴余倚坐裁
句　遥想江國如今蓴鱸應好爭擬臨風去只恐蓼莖難問渡
迷大烟汀沙浦詩引愁來酒袪愁去愁也忙中住王孫何事負
伊芳草歸路

臺城路 有懷旭升用梅溪韻

扁舟不隔芙蓉浦離愁倩誰將去把菊銷魂題糕强興誰念倦途風雨盟鷗幾許但蘆老中州蓼低遙渚立盡蒼茫醉紅吹暝下寒樹　琴絲知我愁緒漫淒淒訴出情侶離聚客燕辭巢賓鴻叫月各惜秋風翰羽憑依玉柱思幾度華年遠程修阻莫虛芳時怕空床鵑語

水龍吟 奉和夢溪夫子賦蘆花用玉田韻

暮湖吹蕩香雲沙汀一色凝霜露幾番贈遠滿身秋意不堪起舞瘦穗供鷗低枝橫雁嫠綿圍鬢又琵琶咽恨青衫濕淚看別浦愁人處　長恐翠裙招妬正難顛至今貽誤伊人在否淒淒何似憑君寄語擁絮江南帶霜天北一般淸素回灘淺泊斜颸急浪捲孤蓬去

高陽臺 蠏

水落沙黃霜晴荻白遥看敗斷燈移江上人歸霏霏碧曙珠璣嫩筐不耐椒漿醉對菊天旋試紅衣盡陪他纖手香橙玉液初醒　騷情慣趁雙螯健向漁莊稻舍留寄新詩岸葦荒寒珊珊何自來遲西風極浦思公子問斷腸秋有誰知記依稀瀏眼窺人茶鼎溫時

長亭怨慢 送心廬歸江南用白石韻

淚沾透年時袍袂衹泛天涯老憐蓬戶易水蕭蕭短衣孤劍更何許歲云秋矣頻問訊江南樹壯氣未曾銷怕又到江南思此進暮嘆歸來雪鬢羞對黃花無數殘編破麓準喚取兒曹相付便都忘落魄詩人不才甚甘違明主也燕市離歌辜了玉奴金縷

六醜 亦名箇儂 賦翠雀花

訝遺鈿碎玉正一剪蘘苞攢聚湣容靚粧依依如欲語獨抱幽素莫是香茵底碧尊同欸翫醉邊仙羽羅浮别夢成離緒淡竹根縈牽牛葉護天斜數枝齊舉笑紅纖粉怯誰共儔侶 佳人前遇記殷勤拾取向我低聲問春又去眉峰秀色何許料冰紋乍展楚宮新譜將簪向霧鬟斂殷爭得似一點蔚翹鬢裊爲伊横覷渾無奈日暮延竚便嫩寒倚遍蕭蕭竹何繇寄與

拜星月慢 謝雨香在和六醜詞韻並呈香巖

吞樹靈烟嬌鶯啼夢暗送春歸如箭楚客飄零蕩清愁繚亂鎮凝竚一襟騷思靜遶窗隙秀句時沾瑤翰剪碧裁紅總憐香心眼 我何堪冷落燕臺畔恨歌來聽徹銅壺嘆取次老了相如把吟情都頽想瓊簫醉弄扁舟晚詞仙去幾度梅花怨算何日

醒酒垂虹泝烟波清遠

聲聲慢 丙申秋暮南歸錢塘留別劉晴軒賀雲門諸君

開樽延月散髮吹簫羈魂暗逞神京墜葉西風不堪重聽飄零蕭然角巾身世指蓴鄉回首頻驚歸許好奈河橋柳色都嗔青青　此去休歌怨曲望肅蕪似織已自淒涼古驛荒村幾多山鬼逢迎白鷗與秋俱夢向秋醒爭似鷗醒頻翦燭向西窗更訂舊盟

三姝媚 香巖之官項城邀余與俱適余有歸志不果行河流湯湯太行縱橫幾思曩客衛州時不禁感慨繫之仍用玉田韻

河聲搖碧樹正寒玉澄明錦帆飛去幾醉離筵歎文園衰矣不堪同侶月冷塵空愁獨泛華清仙露我亦尊前料理歸程翦燈溫語　往事却還沙鷺更莫訴篙雲那時射虎向遊鄴邑王非其人故及之

此去經秋料裛楊羞見故人爲旅贈佩貽椒憑爲弔英遊隹處
那起歸鴻好寄燕山舊雨

應天長 愚 舟次東昌感舊

藍衣謝艷柄葉怯晴秋姿頓入蕭索漸次旅魂纔定芳心耿絙暮凉雲墜横𨻶闇暈一縷玉鈎天角正人在寂寞東昌短掉初泊 沉憶乍相逢素手分梨心事眼梢覺奈是浣花招妬匆匆破幽約蛾眉近厖吠惡倩雁羽細傳謠諑最無頼獨凭愁舲緩引清酌

探春 送於心廬南歸兼賀玉山令郎入泮和癡夢溪夫子韻

長鋏摩挲舊冠拂拭看花遲愧東野賈傳才疎終軍年壯忍覺見童竹馬喜後生莊簡早令我臨風心寫遣鴻芳訊何如故鄉會寄佳話 應記君家祖武有桂樹一枝香韻盈把紫鳳聲清

孫蘭芽茁競說喜承弓冶更報泥金帖看奪錦他年都下此去三冬披吟珍重良夜

摸魚兒 贈於心廬南歸和魏夢溪夫子韻

恨同遊別離都盡驪歌適送歸去西風長短郵亭夢應衍玉人逐數行且任容易見十年漁火瓜州路雄心欲嘆華髮飄零故園蘺薜促織苦叨絮 迷津渡恐被漁郎再誤尊鱸千里難姤相如盧鄰凌雲賦閶闔九閽難訴君起舞憑記取登樓懷遠非吾土微吟正苦看布襪青鞋孤松獨撫落日晚鴉處

呂 欽

點絳唇 阻雨

烟霧濛濛雨絲不斷常如線空堦滴遍那管離人怨 孤枕長眠無計能消遣最堪羨畫簾深院只有雙飛燕

念奴嬌 智慧上人生日

西林竹院謁師範知是禪家人物說有談空了悟處堪想功深面壁投果無言拈花微笑心地成水雪名韁利鎖枉推今世豪燕 誰道滄海無邊慈航一葉自在中流發普渡隨緣點化時貪與嗔癡俱滅龍馬精神六旬已届休問星星髮年年初度約余吟徹秋月

揚大章

南鄉子 小關十六景 舍前流水

曲水抱村流鷗鷺紛飛愛客遊一逕溪光隨意入悖浮風前岸不收 有客步芳洲遙指東皐路倦聆隔岸橋邊何處所幽幽柳暗花明自一邨

南柯子 蘿外遙山

巖散峯逾陡雨餘色更青如迎如送揖仙靈極目南天無際遙矚情　排列疑螺髻晚蜓想畫屏主人相對不知名長作疎籬遮護各尋盟

謁金門　讀書處

書滿室四壁清芬籠掩住樹陰陰花寂寂半軒簾影碧　北牖南叢蒼古心鏡有誰知得香篆裊窗琴挂壁輕風時一拂

清平樂　平心亭

小亭閒做芳信流年催一榻琴書花作障人在羲皇以上　心如止水無波興來隨口詩歌不讓柴桑栗里何如安樂遺窩

霜天曉角　翠柏

倚空屹立枝葉周遭密平地一峯凝黛四時換無終極　精神稱勝絕細看忘寢食試問故鄉何處商州在華山側

醜奴兒令　紉梅

催粧酒煖佳人面，媚色籠霞。洗盡鉛華，嫁得孤山處士家。　桃根桃葉芳相接，謾賦同車。濃影橫斜，取次吹香到杏花。

重疊金　木香棚

峯迴路轉濃陰結，疎籬一帶花如雪。繞屋散餘芳，居人魂夢香。　紅塵飛不到，何用呼童掃。小逕碧苔稀，新來經雨肥。

憶秦娥　葡萄架

葡萄架，叢叢密幄堪消夏。龍鸞宛轉，婆娑其下。　涼州美酒知無價，纍纍結實晶光射。晚涼新浴，玉盤高瀉。

浪淘沙　虞美人

簾外列成行，競鬬新粧。風流疑著舞時裳。試憶當年垓下事，遺魄猶芳。　夜飲楚歌長，無限悲涼。劍鋩甘逐謝君王。堪笑沼臾

巖散峯逾陡雨餘色更青如迎如送擁仙靈極目南天無際幽
朐情　排列疑螺髻蜿蜒想畫屏主人相對不知名長作疎籬
遙護各尋盟

謁金門　讀書齋

書滿笈四壁清芬薜括住樹陰陰花寂寂半軒簾影碧　北牖
南叢芸杏心鏡有誰知得香篆裊窗琴挂壁輕風時一拂

清平樂　平心亭

小亭閒倣芳信流年掌一榻琴書花作障人在羲皇以上　心
如止水無波興來隨口詩歌不讓柴桑里何如安樂遺窩

霜天曉角　翠柏

倚空屹立枝葉周遭突平地一峯凝黛四時換無終極　精神
柄蔚總細看忘寢食試問故鄉何處商州在華山側

人去後一葦僧航

眼兒媚　杜鵑花

高低深淺一欄紅有意戕春風子規夜半聲聲啼血染上花叢
摻摻笑撚花枝艷閒挿鬢雲鬆檀郎情遇祇是燒却微蹙眉峰

鵲橋仙　讀桐臺

高探碧落下臨無地何必當年豪舉梧桐影裏碧陰陰鎮日裏風光如許　鳥窺竹外雲來樹杪占斷園林清趣石欄點筆共題詩又何必嚴遵獨據

少年遊　伴花軒

夜深花睡魂應艷商略伴花眠淡蕩風前朦朧月下驀地兩相憐　雕墻掩映深深處坐入燭光偏好夢難尋幽懷未訴窗外

早啼鵑

惜分飛 花墻月

昨夜閒階香藹散月上花墻一半迤邐斜懸轉重重疊疊清陰
漾。兩兩精神交燦爛更自深深欵欵蹋點侵衣綴水晶簾下
玲瓏著

阮郎歸 竹塢風

清和初試薄羅裳薰風入袖凉塢間疎竹韻鏗鏘迢迢白晝長
暮歷落箇悠揚吹來新粉一爐低篆火輕颺評茶造夕陽

點絳脣 月池

半壁清池遊鱗歷歷都堪數落花流去燕蹴雙雙舞 托出荷
盤擬其淺返語問凝覩碎珠拋處一陣催詩雨

訴衷情 茅亭

亭無修飾但葺茅家風號小陶脫巾漉糟渾酒讀罷廋蝢涯

書蓋好枝頭挑蘚遶朝曲欄低倚橫石爲眠名利都拋

添字昭君怨 夏晚遣懷

林外斜移雨腳雲聲一峰如側怕因望月又思家任雲遮 烟重小庭窗暝且喜愁人無影呼童遞上讀書燈看流螢

臨江仙 重題小陶茅亭

景物自饒天趣圍亭未着人工一簾山色有無中清風如我待明月與誰同 水墨畫中韞影無弦琴裏移宫時呼濁酒對羅東平鋪春草綠倒影夕陽紅

好事近 初夏登護桐臺有見

躡級上層臺看盡卧紅堆碧風景不隨春去任桐陰移易 佳人抬翠屣逢迎花徑頗嫌窄欲訪莫愁無處把欄杆低拍

摸魚兒　與諸生講小學

做男兒能文事小身心須早收斂項天立地眞豪杰只是所生無忝憑點檢最好是兩篇小學咀難饜珍同琬琰任黃閣名臣白鬚老叟應捧作金鑑　殷勤學休作詞章泛濫宛然聖賢模範嘉言懿行都編載聽爾端居深念親試驗果常自惺惺更自主何玷功夫若欠便筆吐千花胸藏二酉偏駁未能掩

酹江月　敬題關夫子畫像

忠肝義膽要扶持漢室高光無異巴蜀偏安人道是天運循環所致魏國山河吳宮花草都付銷沉裏惟公正氣浩然常塞天地　遥想秉燭當年春秋一部究繼先師志尚論英風三代前難此君臣兄弟東岳鍾靈西山神降高古再深思願生好人願人常行好事

荆錫球

意難忘 即事

驀地魂消正嬋娟三五小飲東皐橫波斜柳線綴笑靨花梢停玉筍試鮫綃粉頰暈紅潮起襬羅衣交小玉細點雲鬟　尋春杜牧無聊時隨他香徑仔細摩挲弓鞋休蹴損裙帶可難牢閒蝶粉洽蜂腰轉眼度城壕帶得幾多春色也付與今宵

浣溪沙 春閨

芳草芽新綠未齊軟烟一片着春衣美人偏立杏花西　故折殘梅簪綠鬢錯聽野鳥認黃鸝好風吹我又空歸

呂斌

風蝶令 題雙美人圖

鳳髻濃如黛金蓮曲似弓櫻桃紅透粉香融記得年時曾見繡

帷中兩好情無妬雙嬌態不同琵琶聲細聽無踪怕有知音宋玉在墻東

滿庭芳 青山望江

嵐翠凝烟天青如幕楓林紅映山腰暫停征騎蠟屐萬峰高多少英雄事業空回首浪湧雲飄沙汀外鷗儔鷺侶是處結蓬茅迢遞舒望眼風帆片片古戍蕭蕭莫提名韁利鎖牢騷開懷處村醪暢飲樵叟共酕醄

踏莎行 歲暮龍潭道中有感

俗事如麻浮名似縴蕭辰策馬凌冰顛春風猶未到龍潭客裝亂灑梅花片 茅店荒涼松莊隱現回頭不見青山面酒旗招颭且圍爐浩然興到重呵硯

呂叔衡

臨江仙 題一草亭

三載未來勝地，而今遂接前遊。桃源猶肯繫漁舟。清風飄短袖，杯杓笑延留。　共歎故交落落，閒思往事悠悠。無邊春色一團收。羣芳開次第，排日下詩鈎。

鳳棲梧 醫士奚監月庭菊

一秋心事渾無數。讀佩霓裳，五色屏開處。不染繁霜欺冷露。任君日月壺中住。　滿艷光搖燈蒲路。管弦聲裏，風約芳香度。攙試成庭菊賦。醉鄉那管盈川妬。

陸炳

安公子 劍門

冉嶂連雲起，鋒鋩劍簇齊天齒。吞吐金風秋乍老，干峰色紫。設險非常，郡自梁山始。思往事、代謝悲何已。問守關憑閣，多少英

曲阿詞綜　卷一　十

雄一死　萬里長經此登臨迥異趨朝而驚雁猿程破曉凄涼

誰似笑放翁來驢背詩人兩論客途貴賤同移徙拔雨霖鈴處

古驛琅璫玉趾

三臺　曲川懷古　蘭張使臣

向年觀多少勝蹟草堂址荒瓊堵細竹幽分映斷橋西廢池畔瘦游春雨烟花徑好景知難補剩洞門僧來僧去寂寥意無限凄涼更躑躅自憐懷古　照東山空有片月暮雲暗靄禪宇記梓州題遍牝王宮戀遊處吟殘工部千秋後想像隨鄉廡墜緒中風流無主落英碎驚燕魂消寒鴻歸杜雨啼苦　痛登臨今昔代謝客路縈遷歎聚問那能爽醉與淋漓闊長袖佳人歌舞涪江岸畫艇傳簫鼓翠黛愁香異洲渚喜嘉會追惜王郎近詞寄傳樂章府

荔枝香近　同敘署諸友登大觀樓

棘道何時開闢，緣漢代透雲百丈高樓城市今殊慨登臨遠擬籌邊戎馬運長塞知此勝蹟追隨又誰再　斜照裏看滴翠山如黛四面環峰更上一層無儗曲榭雕欄欲近天河月光殺蠟炬銀燈交待

新雁過粧樓　秋夜對月

秋氣初涼疎簾外風清桂苑生香月明如水疑是浪靜瀟湘匹練先浮鴛瓦碧影寒浸透客衣裳其傍徨更誰步屧閒度迴廊

愁將遊心萬里向素蛾定約遣費商量雁門關去會慣塞上風霜應憐壯懷未巳靜相待情同秋夜長南樓側悵片帆飛恭魂斷東堂

花陰　九日宜賓署中

萬里悲秋人强酒短景逢重九細雨濕黃昏三徑香濃醉裏閒
消受故鄉何日歸良友賓館空回首料得蟹初肥楓葉吳江
小艇宜京口

惜黃花慢 秋夕

猛地魂消看亂螢暗滅處却花梢夜深人靜漏寒砧悄停杯索
句隔院聞簫淡雲微月驚啼鳥塞鴻急飛度霜[illegible]去路遥客心
更遠誰共聯鑣欄杆遍倚還敲恨九秋信杳有曲難調故鄉
何所大江兩岸蘆花萬頃雪捲波濤醉來破浪初更後海門上
正値歸潮與舊豪賠觴夢繫蘭橈

雨中花慢 夏日同查明府遊草堂寺

子美祠東浣花水上禪房一榻堪眠喜濃陰砌竹逸響鳴蟬靜
悟抽簪解韈遺疑奏管彈弦小樓登處幽情更遠塵慮長捐

草堂遺蹟錦里虛名惟存宿鳥孤烟閒會得牟尼語報白馬經傳追和還欣舊侶同心共繹新篇雲催暮雨風清瀑影料理吟鞭

金菊對芙蓉　九日憶宜賓

秋老成都舊懷賓館遙知三徑荒蕪問誰憐黄菊共把茱萸四圍豈獨南山色登臨處峰巒浮屠朱提白鶴險分半壁不偏崎嶇　寒暑更變斯須到芙蓉花後風景全殊襯斜陽紅葉疏裏榮枯[illegible]醉憶同遊侶江城畔落雁飛鳧欲通消息試歸畫艇鎗[illegible]

滿庭芳　秋曉

窗竹敲風庭梧落葉正值秋色斑斕亂紅堆砌皆草露初凝最是芭蕉破碎聲瑟瑟披拂欄杆烏衣返重簾未捲爲怕透輕寒

寥寥深院步橫琴佇月清韻誰彈念菊籬樽酒無自追觀還想陰晴水國江湖淺釣許垂竿何人覺離鄉客瘦憔悴似幽蘭

劉以敬

虞美人 九日有感

等閒又把良辰負鬱鬱誰堪訴知他落帽興如何惟有一腔幽恨對茱萸 淵明三徑歸無路黃菊誰爲主長房何術把愁袪有興登高一嘯大懸壺

酒泉子 題畫

畫取峰巒才尺幅咫覺生綃秋意足別開妙思待誰裁蒼秀欲浮來 蘭閨點筆消淸晝鏡裏眉峰應比瘦夕陽杳杳隔林端翠袖不禁寒

臨江仙 憶梅

歷盡霜侵雪踐空巖斷吐珠璣深、春開遍向南枝暗香浮曲塢
疎影照清池 一霎風風雨雨、等閒斷送花時雲堦月地尋
思彩雲何處去長笛數聲吹

卜算子 春夜

積雨喜新晴小院風初定月滿芳堦露氣馨花動雕欄影 寶
鼎篆烟微幽夢殘燈醒怨逐鐘聲度小橋不管春衣令

徐璲朋

解連環 秦淮寓中晤張穎泉

相逢意淺憶金沙殘歲停雲一面便客舍唱徹陽關又練水琴
孤潤城帆遠月落空梁照入處幽懷無限喜西風建業江雲飛
繫重逢孤館 多情共繾綣想雞窗螢案丹鉛同研是誰教一
別三秋半夙契飄零知交離散握手高歌看長劍光冲銀漢語

長也堦前露濕桂香衣染

風入松　題文姬歸漢圖

氈裘貂帽朔風寒霜雪迷漫笳音乍感蛾眉恨情懷聊寄絲絃膝下胡琴拍板淒凉無語相看　佳人何必怨氈鎖愁鎖眉彎黃金終爲紅顏費幸玉關猶得生還不見明妃荒塚只今青草年年

菩薩蠻　題美人撲蝶圖

阿誰蘸筆渾無賴閒情畫就生香態遠岫歛蛾眉輕盈粉撲兒愛看蝴蝶舞小立頻無語不爲妬雙飛何須紈扇揮

一葉落　秋閨

啓畫閣搴珠箔無言倚遍欄杆曲心中事忖量西風羅袖薄羅袖薄修眉時一蹙

念奴嬌　寄楊湘亭

停雲望遠，悵江南渭北，常縈別緒。欲寄相思魚雁杳，鎮日樓頭延佇。捧到烏絲，吟成白雪，君肖冠川句。圖山風景，知經遊屐幾度。　準擬令節中元，相逢旅館，握手傾情愫。立盡梧桐芳訊遠，又把佳期頓誤。練水琴孤，山齋夢冷，算得何時晤。銀蟾滿處，清光應許同賦。

下水船　遊延慶寺

三里城南路，簇簇青蔥林樹。一陣春風，送我招提深處。偏饒趣。但見門圍疏竹，香積炊烟幾縷。　迴廊步，滿院鶯花度。片片落花飛雨。佛閣僧樓，遍吟壁上題句。日將暮。扶杖歸來，踏月回首，鐘聲幾杵。

浪淘沙　春暮

幾夜雨聲中春去匆匆殘英滿地曉園空蝴蝶不知花事了猶戀芳叢　遲步出簾櫳幽意難通欲拋離恨付東風奈不辭將愁帶去但解飛紅

如夢令　春晚夜雨

百舌枝頭喚早映窗紗猶小夜雨雜風聲收拾春光草草潦倒潦倒知道落花多少

虞　鎔

繡帶兒　秋思

蕭索一天秋剪影竹籬幽瑟瑟西風來也偏惹起閒愁　明月照孤村閒堵立盡黃昏殘燈一點幾聲悲雁無奈銷魂

憶秦娥　秋夜

雨初晴幾陣涼風海月明海月　明半窗疏影四壁蟲鳴　千門

萬戶寂無聲花間又見舞流螢舞流螢空階露冷團扇無情

雙調江城子 咏蟹

西風瑟瑟稻花秋夕陽收白蘋洲隱知傍簖一片嫩黃浮爭向燈前鋒擁急筐繞咨沫珠流 無腸逆引同儕水飛遁月懸鈎卧渚含霜雙螯如劍寄以縲横行情若醉人設餌竟誤投

黄 培

念奴嬌 懷官文硯耘

鞭絲風影記城南握別折殘春柳咫尺揚州天萬里夢斷雙魚歲久冷落歌場淒涼月夕懶去尋詩酒何時訪戴片帆重過京口 憶昔紅燭聯吟青樓賭酒技擅雕龍手慨自同袍人去後再又竹林無偶潘鬢全凋沈腰頓減瞥眼吾衰醜新愁舊恨淚珠濕透襟袖

綺羅香 杏花

宋玉墻邊逋仙林下春色闕他不住搓粉凝脂剛值韶光百五天桃畔帶雨微酣垂柳外倚風齊吐最堪憐上塚人歸酒旗遥指前村路 粧樓纔罷梳裹急喚賣深巷插向釵股此去尋師吹透一壇香霧盼良辰藍水開時選俊侶曲江宴處鬧枝頭乍白還紅團十分嬌嫵

王文河

步蟾宫 惜春

荼蘼冷濕梨花雨夢斷了灞橋詩句東風回首豈無情奈滿眼落紅飛絮 賣花聲起垂楊巷平白地將春賣去牡丹零落海棠愁一聲聲黄鸝獨語

黄鶯兒 春閨

風簷鐵馬　夢初回魂欲消關河萬里青山老柳外翠嬌花下紅飄　荼蘼香裏沉烟裊恨迢迢千金價也難買此春宵

劉孝祖年姪秉禮塡詞

滿江紅　感懷用岳武穆韻

芳華逝矣聽林間鶯聲作歌嘆疎慵諸凡碌碌僅能數劉齏鬢霜漸逼一一遷延歲與月文章詩酒漫徜徉悲切　臨寶鏡齒如雪千古恨何時絶望長空劍鋒冷侵月缺壯志似成强弩末雄懷猶自嘔心血問蒼天生我竟何如思金闕

揚州慢　城西梅竹軒詩人吳荃之別墅也聞有名妓僑寓是軒訪之乃向所識徐四娘自言徃金陵四載始歸感而作此

梅子棲黄竹梢逗綠臨軒初試新粧對菱花宛轉含笑矚檀郎想當日匆匆離別後酒闌夢覺無限徬徨最難忘鸞釵半鞞鴛袖

儗歸　名韁利鎖負多少舞榭歌航任華髮垂青朱顏再駐便
似年當遙想相如張做買為他兒女情忙愧青衫未釋依然白
下疏狂

李兆薇

沁園春　清明

風裊遊絲日薰啼鳥南陌衣香看桃蕚脂融香繞迷蝶柳條金
嫩陰未藏鴉鼓鬧紅么錢分白打酒旆招搖隔杏花平橋外又
餳簫吹過路轉三叉　踏青士女諠譁其遙指秋千認那家更
鬱鬱佳城長楊蕭瑟纍纍古冢老樹杈枒爍竹喧時紙灰飛處
少婦啼殘臉暈霞遊歸後嘆先塋未掃淚灑天涯

念奴嬌　冬至前一夜夢卽席賦醉玉詞一闋旣寤促憶暖玉天餘三句因索筆補成

是誰金屋貯阿嬌傾國態濃香綴為問春花深幾許呼酒與郎

消算黃帕初開翠濤止熟蒲注蓬萊琖藏鈎射覆與來戲合頻換 幾度碧漪瀟湘何空盈閒重露花枝歎笑指粉腮辭薄醉艶極翻成靦覥暖玉一八斜橫波句線一朵紅雲髻半肩嬌羅眠八鶯語微顫

滿江紅 秦良玉勤王

一騎紅妝忠勇肅纓殺敵叱咤處英風閃閃萬夫辟易蜀錦征袍親陷陣桃花寶馬生擒賊笑崇明引頸就長繩嗟何及 饒吹動妖氛熄羽檄到膚功立嘆思宗將帥幾如巾幗錦繡夫人如可作繡旗女子猶非匹木蘭代父遠從軍成雙璧

趙 偉

賀新郎 跋東坡墨蹟

宋代能書者數名家誰爲第一東坡是也七百年來尊奉久晃

憤碑文懸挂恨墨蹟無從乞假未識廬山眞面目怎傳聞佳妙空摹寫口欲辨心如啞　而今覓得甚稱快將石刻多般比較都殊黃碑側管雖云濃驪墨躁而狂風飄灑更迅若橫戈躍馬我欲臨摹三百遍奈昏花老眼先辭謝徒賞玩情難捨

虞美人　畫眉

珠簾巨捲粧臺曉細把蛾眉掃遠山初月不堪誇只愛彎環弓樣入時新　小鬟笑話濃兼淡少箇張郎看伴頃娉子忒多言那念梢頭一筆待誰添

清平樂　鸚哥

斜陽簷下鸚哥雕籠挂學語無多偏作怪只合喚將人罵　么麽鳥弄圓吭但憑無狀何妨那曉有人簾內教他故故輕狂

滿江紅　弔岳武穆

十二金牌奉詔，一聲齊哭。從今後、中原淪喪，休言恢復。可恨已償金虜願，那堪更造風波獄。就宛刑、慷慨復從容，千秋獨。　也不語君王錯，也不怪奸權惡。怪當時、國運這般窮，縱教汾陽唐室福，捐軀諸葛劉家局。只精忠兩字荅朝廷，心無怍。

吳玦

少年遊　送別

落紅成陣，飛絮如綿，芳草自芊芊。春波綠水，銷魂時候，燕歸帆一席懸。　纔得相逢能幾日，無奈別離天。叮嚀囑附，聚首訂冬前。

巫山一段雲　途中即事

遥見風箏墮，斜楊挂小橋。前途幾處起烟燒，村店酒帘飄。　傍柳漂舟歇，依林鳥認巢。歸心似箭路偏遥，雲散奇峯高。

陳公位

金縷曲　題施曉鴻秋林倚杖圖

白髮渾如許記當年弱冠青山翩翩霞舉袖底彩毫原未秃落紙能驚風雨看對面傳神何堵真香生色工點綴件詩人解語花枝嫵報金粟堦前吐　驚秋不作悲秋賦嫩京天驚歌象板玉綃低樹酒後能爲金戟舞應笑當年白傳空唱澈承豐新句好趁清風明月夜挈紅顏攜入蓬瀛伍桃子熟幾千度

百字令　東青選用東坡韻

秋風倏起看魚龍變化都成異物眼底冬烘誰似我學得蟲吟四壁白滿蘆花紅堆楓葉得句清於雪騷壇興譽早算來君最雄傑　記得米老庵前東書挾筴曾共晨雞發矮屋堂廡碑碣在要箇影兒出滅君翩先籌吾今未就曾鏡看華髮相思兩地別來幾見圓月

又 輓王孝廉暨元配李貞烈殉節詞用前韻

天乎太忍使風流蚼宛頓成異物學富青箱名與譽早擬欲神蒞破壁戰罷南宮承歡練水官況清於雪鸞支再卜雙士女奇傑〻悵自結悅于歸郵亭驛館千里懷明發合巹剛逢悲伏枕蓮蒂忽同生滅連理無期投繯自了拚棄如毛髮隻魂歸去訟庭花下圓月

又 停琴佇涼月用前韻

西風一動聽蕭蕭木葉紛菲故物手換朱絲剛按譜忽聽悄然四壁竹葉蟲吟松濤鶴唳幽鏡清於雪高懷水寄友他千古賢傑〻慨白山水移情鍾期已往今愁從中發望斷參天雲沒處歷〻征鴻漸滅斗轉況吟低徊無語涼露侵華髮停琴欲試林稍又上圓月

姜步瀛

浣溪紗　過寶塔灣

七級浮屠踞上頭一灣流水送行舟沙平草淺晚生愁　東向
寒潮來鐵甕西歸馳道歷金牛匆匆過也不逗留

如夢令　端陽大雨

屈子恨成烟雨曹女魂迷江渡忠孝兩傷心此日波濤千古重
五重五詞客近來翻譜
菰葉捲來角黍繡線裏成艾虎雨打水雲鄉難起畫般簫鼓閒
住閒住默默孤懷誰訴

滴滴金　並蒂鳳仙

前生想是鴛鴦折化連環花疎絕彩鳳雙雙集丹穴綽約神仙
骨　兩岐麥秀休饒舌那堪賞清秋節秦女乘鸞稱郎切艷帶

同心結

念奴嬌　秋閨聞雁

晚風送暑垂楊外斷續哀蟬如訴浴罷慵穿羅襪小墜翠一鈿蓮步鳳吐玉堦桐飄金井此夕流螢渡夜凉獨自可憐無限傷懷　方欲斜剔銀缸側眠鴛枕默記長門賦忽聽秋鴻入耳半盡少遲遊征路爲寄雲箋代傳錦字莫把紅顔悞疾忙飛去空房淚下如注

賀錦運

浪淘沙　臘雪

不辨是山嵐月影遥含珠光玉屑遍東南爲訪寒梅消息去步過溪潭　酌酒興彌酣杯盡猶貪賓朋樂聚快雄談去說是一年餘景無限幽深

蝴蝶詞 次惲子居韻

尋芳覓伴颺輕風妬花艷似儂蹁躚弄影去來空癡情入夢中旋有態倏無蹤堦前一片紅玉腰減却醉春容流光自不同

賀昌祚

滿庭芳 早春見梅

山意衝寒霜禽偷眼總禁一度東風梅傳春信村路更相逢不是羅浮夢覺酒醒後歌罷青童甘心事竹籬茅舍月照影重重何須共紙帳巡檐索笑踏雪尋蹤欲載孤山酒碧嶺雲封趁韶華未老從此處寫破眉峯誰知道疎枝冷蕊獨冠百花叢

雨中花 落花

怪殺東君情意薄遣風雨催花自落看曲砌廻欄霏香碎影燕拂穿簾箔 飛到這重樓叠閣殘香半惹鞦韆索與柳絮輕狂

榆錢散亂一樣同飄泊

纏綿道春興

步屧東郊到處桃花流水酒旗斜颭東風裏柳暗離亭一日三眠起　向愁眉不開韶光彈指負今朝千紅萬紫不妨頻向花前醉此間樂也何必尋梅市

漁家傲

月照秋江帆影小柳隈漁浦蘆花繞欸乃一聲洲樹渺浮家早青簑只合風霜老　岸上柳條低手拗貫魚換酒須傾倒炊火船梢烹綠蓼風味好醉眠不覺江湖杳

東南華

桂枝香秋意

迎風葉落江樹底溪邊人倚高閣猶憶三春深院千花陰萬邦

不信青陽去遠踰朱明又臨秋肅樓遲遊旅更那堪闇雨鈴風柝　倩誰點綴清秋色喜金粟將開芳含叢萼守着臙兒恐被鶻鵃碎啄待光滿月輪香足好把盞高吟水調不負良宵娛余逸興殷勤莫錯

荆亥泰 字協和邑庠生

浣溪沙

倦聽春聲午夢遲心情不定渾如癡春陰飛上柳絲絲　抗吉每懷高士傳消閒且吟細君詩鑪香冉冉裊已多時

記得尋春上翠微滿山芳草綠初肥歸來斜照掩荆扉　最喜梅花隨意放生憎柳絮滿天飛一春情緒總依依

江南好 春月雜詠郊景

青齋好堤柳淺春先人日梅疎飄管酒上元日淡遍書床竹影

半横窗

書齋好社燕款牕紗一夜東風添柳浪二分春色過梅花闘草屬誰家

書齋好修禊寫新箋牕外鳥啼三月雨門前花撲一溪烟高卧夕陽天

周　標書　有有竹居詞稿

憶秦娥　送别

進君酒殷勤囑咐離毋久離毋久欲言相别又還携手　依依陌上垂絲柳年年曾送行人走行人走無端情緒不堪回首

錦江春　偶成

花宜半吐日月愛未圓時若到花開月滿樂已嫌遲　囑咐有情知風流都是少年兒徒然老大傷悲已往空剩相思

鷓鴣天 齋中偶興

幽居何異小神仙無事閒從竹榻眠匣中寶劍藏三尺壁上焦桐剩一絃　顏沃若室蕭然披風抹月費周旋枝頭好鳥聲聲巧樂意相關二月天

踏莎行 春閨

燕構新巢桃開舊樹香車寶馬東郊路珠簾暮捲柱斜陽望不盡綠楊深處　既怕春來更愁春去細思無計留春住自悲自解自商量紅顏畢竟因春悞

畫青眉 閨思

只道酒忘憂相思酒後更難休深夜淒涼人不寐悠悠皓月滿庭渾似晝　即引到揚州衷腸底事多憔悴拂拭菱花剛一照羞羞去山兩道忒含

蝶戀花 閨情

庭院沉沉靜悄悄夢到池塘水漲肥芳草一自別來愁不少腰肢消瘦無人曉　風送飛紅歸去了梅雨又催辭得東君早紛蝶覓花知道惱惶忙結伴尋春鬧

滿江紅 夏雨有憶

閒剔銀釭聽細雨不堪愁絶况正値端陽近也歸心甚急隱隱來成虛枕夢聲聲轉覺空房怯鎮淒涼獨自掩窗扇思重疊　雲鬢擁蘭心寄存想像添嗚咽却幾時歡會又成離別早知是恁地難拚捨當初那般親切待如何捱過這黃昏腸欲結

賀翼

滿江紅 步岳忠武本事原韻

樹樹南枝千秋後雄心未歇別擊楫枕戈時候自然忠烈萬里

中華胡虜地兩宮君父天邊月奈臨安甘作小朝廷忘悲戚公不死佗可雪公一死金誰滅更后妃拘執盡隨圓缺壯志不先除內患酬功應有風波血嘆徒然攔空有髮衝冠憂金闕

又　重九與鍾玉亭分賦二首

氣運推遷有春夏自然秋也昔年宋玉悲搖落伊胡爲者作賦登高兼暢飲任烏兎東升西下況良時一去不重來金難買歌我作倩君寫歌君作我洗筆竟忘形爾我居然瀟灑破帽不煩風更落昨宵已易街頭蟹任傍人評定短和長真和假惱殺重陽處處是丹楓黃葉又惹出多少騷人悲秋詞客蝴蝶果能長戀菊菊花未必堅離蝶想青蒼多事是春秋榮枯迭茱萸酒盈觴過題糕手才欲歛也登高作賦度斯佳節寒雁飛鳴千里遠萬山木落雙眸闊待來年重整上山鞋登峯極

荆鳴昌

蝶戀花

聽說傷心今又去細雨叮嚀盡是消魂句別後春歸留不住落紅偏傍欄杆聚　芳草迷烟聞杜宇雁杳魚沉誰寄頻裁素數徧歸期重又數畫橋柳色纔飛絮

鷓鴣天

寂寞蕭齋對短檠小窗風急響疎櫺生來怕煞黃昏後夜雨空階滴到明　心已碎夢難成犬狺聲裏一更更斷魂兒是多愁客鐵馬敲殘不忍聽

如夢令

屋外梅花樹樹雪壓香凝不度驢背漫敲詩人在萬山深處得句得句四頭玉屏千座

郭定

如夢令 郁梨花

竟灑鍾山清淚且趁洛陽新醉寂寞送春愁靜女因何消瘦憔悴憔悴羞擲相思紅豆

百字令 寄問賀鏡湖周蘊峰

猛懷甲子共車聯溝笨橋通別業伊是濂溪伊鏡水和我汾陽三傑綠樹吟風青山酌月破盡閒消息纔將瞬轉兩番離恨難說 驀地鳥語迎歌花容賣笑都是愁時節還有淒凉情至處蛩咽雨殘燈滅何日楸枰幾時茗椀再展騷人席可能期否莫嫌舊話重疊

劉文然

東風齊着力 美人風箏

迤響臨風韻流絃外近隔雲蘿步虛仙子不藉鵲橋過豈似隣家癡女寒玉指斂却雙娥將碎縷從空繫臂漫結綵羅 愁絡更如何非怨薄命獨自抱雲和無情有恨舞袖復婆娑縱使乘風去也還相近月姊星娥偏多事招來天際駐拍停歌

厲青梧

點絳唇 寄劉畤菴並訊次年寅席二首

第扃秋巾尋芳未值詩人遇炊烟遶樹斷續西城路 楊柳絲長難繫斜陽暮或雲賦驚人佳句誰挽金閨步

背郭青山交窗歷歷修眉嫵穿花蝶舞慵倚秦箏柱 王粲辭家不似家居苦悲秋侶回春氣煦還顧藥君主

木蘭花 感舊

荼蘼香夢梨花雪年少烟花情獨切狂風葉緣杜郎歸春水漲

青江令別■帶圍漸漸成銷減只有相思應不少去年花下倚修蛾不忍今宵見新月

沁園春 中秋有感

矯首雲飛柳梢月上一碧無瑕正南浦波迴雙瑤萬頃長天雁去砧杵千家排闥無聲拂墻有影短笛風搖落暮鴉拚此夕倚欄清嘯沉醉流霞 一襟幽思交加更散步中庭感物華念五次爭名猶然林下三旬歡賦依舊天涯八斌衫寬杯深暈淺剩有茶烟颺鬢斜除是睡到嫦娥不管捱上窗紗

劉省樞

如夢令 憎蚊

孝子血枯夏暮烈女露筋道左才士欲吟時厥君奏錐刺破無那無那不向帳中去躲

采桑子 聞歌

世間何處暗銷魂巧奏鸞笙細弄銀箏易惹春來作病根 世間何物號多情小曲輕盈別調歌傾儘是逢場作戲人

憶王孫 寒食

杜陵寒食草青青挈榼攜壺上祖塋一陣衣香撲酒醒見卿卿窅窅弓鞋步步輕

疏影 賞菊

寒摧秋暮有幽姿欲舞秀英爭吐笑問庭前人瘦如花花瘦可憐如許琉璃屏上秋多少也澹到寂無言處嘆此中真香生色惟有陶公領取 猶記乍開三徑曾耐寒幾度此情誰訴直到如今升置中堂不怕滿城風雨一時豪傑寄人籬下受却人憐最苦且偷閒檀板銀箏譜得暗香新句

姜景華

十六字令 閨情

愁懶上珠簾懶上樓金爐側獨立不回頭
慵怕對菱花理病容懨懨坐忘却髻雲鬆

擣練子 憶昔

槐午蔭境初閒深院沉沉午篆殘風靜日高簾壓地有人窗外倚闌干

滿江紅 雜感

潦倒天涯一回首壯懷激烈悵長劍匣中夜夜悲何急五載吟成王粲賦十年禿盡班超筆憶當初學迂儒嗟何及 風塵苦何時歇湖海氣猶未滅草廬中且自長吟抱膝靈鳥原非腐鼠志鷦鷯自與驊騮別念封侯畢竟是書生關心切

剔銀燈 春夜

簾外春風料峭碧窗下人聲悄悄爐篆初銷銀缸乍暗此際清懷多少欲眠猶早鞦韆外月兒上了 蜀魄似悲春老呼得離腸縈繞楊柳凝煙海棠帶醉助我傷春懷抱閒愁却甚最怕聽銅龍催曉

漁歌子 傷春

杜宇聲中獨掩門海棠庭院悄無人情倚枕暗銷魂一簾斜月又黄昏

一剪梅 閨思

十二闌干斷妾腸傍盡斜陽立盡斜陽荷池風度散幽香恨殺鴛鴦羨殺鴛鴦 紈扇輕攜納晚凉汗濕羅裳淚濕羅裳黄昏時節恨偏長梧影西墻月影東墻

別緒幽懷那可論新恨三分舊恨三分銀荷膏膩玉鑪溫香盡黃昏燭盡黃昏　下那珠簾掩那門花也愁人月也愁人羅衣何日斷啼痕春也銷魂秋也銷魂

鳳凰臺上憶吹簫　旅恨用漱玉詞

風捲離思雨催鄉恨一時俱上心頭悵浮生漂倒孤負吳鈎蓮況更兼逢轉瞬浪迹何日方休悔當日儒冠自誤枉度春秋歸休吳頭楚尾千萬里關山莫更羈留天涯杳渺愁倚江樓七尺之軀猶在對樽酒豁起雙眸問胸中幾時掃盡今古閒愁

燕歸梁　春暮

風擺簾鈎垂楊搖曳千條線黃昏庭院忙殺雙飛燕　陳甫潢瀟輕掩門見扇蘚苔遍春光怕見滿地梨花片

閨秀

賀　潔著有愁人集詞

一剪梅　情况

鬐子鬅鬆掩鏡奩。花也慵拈。香也慵添。倚闌終日病懨懨。風自開簾。月自穿檐。　一庭芳草綠鋪氈。紅杏初甜。蓮筍初尖。倦扶雛婢望銀蟾。鳥影兼兼。柳影纖纖。

如夢令　秋宵

寶鳳斜飛慵整。一種閒愁誰省。紅壓小欄杆。裝住一枝花影。花影。花影。淚眼且看秋景。

南鄉子　夏雨

炎退景俄收。枕簟涼生未是秋。球滚荷盤圓復碎。都流。翠盖斜翻瀉白鷗。　萍葉傍堦浮。玉尺抛梭嗳水漚。女伴閒呼消永晝。抛鈎。笑倚軒窗作釣舟。

滿庭芳 咏鏡裏美人

花霧空濛鳳幃春曉開奩試青銅玉臺高架擎出廣寒宮何事姮娥影隻蟾蜍杳玉兔無蹤番檀袖微風乍舉彷彿似驚鴻微慵舒柳葉芙蓉兩頰淺黛輕紅更嬌嗔巧笑一瞬千容羨煞生春真色憑丹青描畫能同悔空費黃金購得周昉畫屏風

賀祿 著有奩餘亭詞

點絳唇 舟中即事二首

水濶天空曉霞飛盡星橫斗猛然回首身在江南否 記得叮嚀合合終須有頻斟酒且開懷抱莫把眉長皺

堤柳含烟流鶯何處綿蠻語為誰留住想在花深處 剪掠情波紫燕拖紅縷離懸處再來重見都振風前羽

一剪梅 和家季妹崇兆韻

秋來寂寂掩重門，蟲鬧墻陰，葉戰空庭。看朱成碧倍傷神，愁緒紛紛，情思昏昏。夢中可許暫相親，一晌無憑，一晌分明。處涼枕鐙夜難禁，聽徹雞聲，聽罷鐘聲。

念奴嬌 夜泊黃河

一生如夢，歷盡了、無限傷心時節。過去流光曾一瞬，愁多難向人說。笑擲紅顏，驚看白髮，獨擁牛衣泣。問誰知已，扁舟今夜明月。 堪嘆三載孤蹤，天涯浪跡，閶闔原無力。暗向西風增悵望，疊損眉峰千叠。世事浮沉，吾今老去，白眼還如昔。黃河天上，濁流相對淒側。

臨江仙 箕川即事

殘樹疏林秋已暮，蕭條兩岸芙蓉。平波蘆荻戰西風。鹿門深掩閉，入在草堂中。 剝啄偶然來遠客，歡迎同步芳叢。一番情話

又匆匆歸帆爭水急兩地夕陽紅

菩薩蠻 將赴威城別家羣從諸內外

纔斟別酒心先醉孤身老向天涯外三疊唱陽關輕將和淚彈 歸期應有日此際能無切從此托鱗鴻雲山千萬重

丹鳳吟 次韻送天山從弟北上

被冷一枝梅蘂歷盡冰霜寒侵偷掠陽和氣報香靄氤氳院落 新來聞說蘭溪泛棹又入金臺觀光 鳳閣莫嘆從前偃蹇料得而今聞歌應識牛角 玉韞山輝川媚行看得售休忘却共說 星都好聽繞樹星稀南飛鳥鵲延津劍起不寄他人離共 回首天南須記取有箇人兒爭託歸鞭早整趁秋風先蒔

惲氏

如夢令 即事

謾弄笛聲宛轉渾似歌聲一串慚愧之知音不覺調翻幽怨人倦人倦悶把曲欄凭遍

望江南 春懷

春來也春燕說春愁蹙損春山憐影瘦絮飛春雨一春休春色不能留

又 秋懷

秋來也羅帶不勝腰綠暗紅稀芳信改只餘怨種與愁苗常伴可憐宵

徐紹芳

搗練子 秋夜

香羅幌擁香衾銀缸明滅不勝情無端鐵馬聲頻送幽夢驚殘月半林

少年遊 感懷

深沉靜院香消瘦孤雁哀吟透碧簫聲斷回看隻影無限愁心逗悶倚衾裯怯暮寒淚溼羅衫舊夢破燈殘月圓時候斜欹珊枕聽清漏

陳銀 著有黛山齋詞草

虞美人 步小鸞韻送春

亂紅風急隔鶯惱暗數韶光過了愁緒新添多少綠遍階前草歸來紫燕聲聲悄有客憐春去杳滿眼鶯花謝老猶喜荷錢小

搗練子 即事

深沉水理瑤琴寶篆添臭細風生偷將離恨花前訴只恐鸚哥送學聲

如夢令 春曉

喚夢鶯聲驚早睡覺餘寒料峭黛減鬢眉斜時候緒有梅知道依笑休笑你也憐春瘦了

浪淘沙 春閨

新恨自綿綿懶整琴絃落梅巧點鏡臺前枝上金衣嬌弄舌陌柳三眠 深院草芊芊帶雨和烟護花天氣燕翩翩砌上海棠三四朵含笑誰憐

賀雙卿

鳳凰臺上憶吹簫 殘燈詞

已暗忘吹欲明誰剔向儂無燄如螢聽土階寒雨滴破三更獨自懨懨耿耿難斷處也忒多情香膏盡芳心未冷且伴雙卿星星漸微不動還望你淹煎有箇花生勝野塘風亂搖曳魚燈

辛苦秋蛾散後人已病病滅何曾相看又朦朧成睡睡去空歡

又　再謝隣女韓西饋食

寸寸微雲絲絲殘照有無明滅難消正斷魂魂斷閃閃搖搖望山山水水人去去隱隱迢迢從今後酸酸楚楚只是今宵

春遥問天不應看小小雙卿嫋嫋無聊更見誰誰見誰痛花嬌誰望歡歡喜喜偷素粉寫寫描描誰還管生生世世夜夜朝朝

濤侍　咏瘧詞

依依孤影渾似夢憑誰喚醒受多少蝶嗔蜂怨有藥難醫花證最忙時那得工夫悽凉自整紅爐側縱訴盡濃愁滴乾清淚冤殺蛾眉不省　去過酉來先午偏放却更深宵永正千迴萬轉欲眠仍起斷鴻叫破殘陽冷晚山如鏡小柴扉烟鎖佳人翠袖懨懨病春歸望早只恐東風未肯

浣溪沙

暖雨無晴漏幾時牧童斜插嫩花枝小田新麥上場時　汲水種瓜偏怨早忽烟炊黍又嫌遲日長酸透軟腰肢

望江南

春不見尋過野橋西染夢淡紅欺粉蝶鎖愁濃綠騙黃鸝幽恨莫重提　人不見相見是還非拜月有香空惹袖惜花無淚可沾衣山遠夕陽低

濕羅衣

世間難吐只幽情淚珠嚥盡平生手撚殘花無言倚屏　鏡裏相看自驚瘦亭亭春容不是秋容不是可是雙卿

二郎神　菊花

綠綠脆柳裊破淡烟依舊向落日秋山影裏還喜花枝未瘦苦

雨重陽挨過了虧耐到小春時候如今夜蘸微霜蝶去自垂首生受新寒浸骨病來還又可是我雙卿薄倖撇你黃昏靜夜月冷欄杆人不寐鎮幾夜未鬆金扣枉辜却開向貧家愁處欲澆無酒

孤鸞 病中

午寒偏準早瘦意初來碧衫添襯宿髻慵梳亂裹帕羅齊鬢忙中素裙未浣褶痕邊斷絲雙損玉腕近看如繭可香腮還嫩算一生凄楚也拚忍便化粉成灰嫁時先忖錦思花情敢被爨烟薰盡東菑郤嫌餉緩冷潮回熱潮誰問歸去將棉曬取又晚炊相近

黄花慢 孤雁

碧盡遙天但暮霞散綺碎剪紅鮮聽時愁近望時怕遠孤鴻一

[illegible]去向誰邊素霜已冷蘆花渚更休倩鷗鷺相憐暗自眠鳳凰梁

縱好寧是姻緣　凄凉勸你無言趁一沙半水且度流年稍

初盡網羅正苦夢魂易警幾處寒烟斷腸可是嬋娟意寸心裏

多少纏綿夜未闌倦飛誤宿平田

摸魚兒　謝鄰女韓西饋食

喜初晴曉霞西現寒山烟外青淺苔紋乾處容香履尖印紫泥

猶軟人語亂忙去倚柴扉空負深深願相思一線向新月搓圓

穿愁貫恨珠淚總成串　黄昏後殘熟誰憐細喘小窗風細如

許春紅秋白無情豔一朶一儂難選重見遠聽說道傷心已受

殷勤饋斜陽刺眼休更望天涯天涯只是幾片冷雲展

春從天上來　餉耕

紫陌春晴漫覓裹春紗小梅春瘦細草春明春田步步春生記

那年春好向春燕說破春情到如今想春殘春淚都化春冰憐春病春春幾被一片春烟鎖住春鶯贈與春儂遮將春你是儂是你春靈算春頭春尾也難算春夢春醒甚春魔做一春春病春誤雙卿

又 梅花 查西清散記調同而詞異不知何譜

自笑懨懨費半晌春忙去看花尖玉容憔悴知爲誰添病來分與花嫌正熈衣催洗春波冷素腕愁沾襪裏東風狂寒著一度新月纖纖 多情滿天墜粉偏只累雙卿夢裏空拈與蝶招魂替儂拭淚夜深偷看楞嚴有傷春佳句酸和苦主死俱甜祝花年向觀音稽首雙遍靈籤

吳素修

秋波媚 新柳

剔繡簾鉤晒起遲小婢最無知報道園林柳魂先返碧叢絲絲

淡烟輕靄畫樓西低臨妝閣時似窺人意愁顰眉黛瘦學腰

肢

孚月兒

醉太平 春閨

梱抛花深燕掠風輕疎簾百尺愁城爲春歸斷魂月上蓬衡燈

照孤衾雙魚難度離情看水紅淚痕

荆州夢 閨情

芍藥欄邊花少漸覺薰風未了姑惡一聲聲到月沉天曉　拾

得紅箋微笑輕招一痕灣小抛與玉堂人可識麻姑仙爪

滿庭芳 閨感，答荆天樵

簾前彩鳳爭傳才子之吟馬上啼鵑競學夫人之唱周

奈不作宮羽難調素知宋玉多情更有江淹抱恨招賞
譜蝶篇篇黃絹新辭鏤月裁雲字字錦囊佳句拾其餘
唾可消三斗塵氛仰厥鴻才笑止于金聲價黃鐘律響
瓦釜雷鳴敢綴俚言恐汚繡牘
筆底烟雲針頭鸞鳳閒來默默神傷雙棲海燕何處戀金堂偎
佳雛豚墜裡因惆悵聊譜宮商斜陽外花飛雲捲似水度流光
春困何會醒依稀還似尼閨黃楊爲鶯儔蝶眷瘦損容粧任
說挑歌柳舞鳳流甚難遣愁腸閒遲想畫眉仙子自有好鴛鴦

賣花聲 有寄

金鴨裊微烟冷淡疎簾菊花憔悴小籬邊恰似紅顏遭薄命病
裏愁添　強自拂魚箋幽怨頻添佳期曾與訂秋前露冷霜清
時候也孤病誰憐

祝英臺近 寄婿邀看龍舟

月鈎斜榴火艷競渡蒲邊浦也擬同遊沒箇爲歡處怕伊粉蝶齊飛彩鸞雙舞悲兮淡孤鴻誰與　能相顧只這練水溪邊便是藍橋路又恐饑鷗驚破藏春塢那堪斜照城闉晚風舟尾難排遣歌闌人去

女尼

舒一霞

鷗江仙 舟中作

閒却此身滄海外帆輕不計途長村村樹色柴秋霜波漂菰米熟風送野花香　蓼渚蘆灣何處宿狎鷗一様行藏十年前事已相忘只愁今夜夢隨月到家鄉

人名索引

説　明

一、本索引以本書所收作者的首字筆畫爲序，標注此人在本書中的頁碼。筆畫數相同者，以起筆一（橫）、丨（豎）、丿（撇）、丶（點）、乙（折）爲序。首字相同者，以第二字筆畫爲序。餘類推。

二、姓名相同者，一般在人名後加注字號以區分；字號不詳者，則根據實際情況標注籍貫或科舉情況等。

三、一些作者，主要爲女性詩人，其名不存，僅以『某氏』表示，一般在人名後加『某某妻』『某某女』『某某母』等以區別；無此内容者，則標注籍貫等内容。

四、本書所收詩人姓名，個别存在訛誤的情況，能據相關資料確定的，在編製索引時徑改。目録和正文不同者，在没有其他資料確定的情況下，一般以正文爲準。又有同一人重出的，則合併爲一處。以『無名氏』收入者，不列入本索引。

二畫

三畫

四畫

五畫

六畫

七畫

八畫

九畫

十畫

十一畫

十二畫

十三畫

十四畫

十五畫

十六畫